컴백홈

황시운 장편소설
컴백홈

초판 1쇄 발행 • 2011년 5월 16일

지은이/황시운
펴낸이/고세현
책임편집/전성이
펴낸곳/(주)창비
등록/1986년 8월 5일 제85호
주소/413-756 경기도 파주시 교하읍 문발리 513-11
전화/031-955-3333
팩시밀리/영업 031-955-3399 · 편집 031-955-3400
홈페이지/www.changbi.com
전자우편/literat@changbi.com
인쇄/한교원색

© 황시운 2011
ISBN 978-89-364-3386-4 03810

컴백홈

황시운 장편소설

창비

| 차 례 |

서태지와 슈퍼울트라 개량돼지

1

2002년 6월, 아빠는 거의 날마다 치킨과 생맥주를 배달시켰다. 그러고는 배달된 치킨과 맥주를 거실 한가운데 죽 늘어놓은 채 붉은 티셔츠를 꺼내입고 텔레비전 앞에서 괴성을 질러댔다. 어느 팀 간의 경기든 마찬가지였다. 멀쩡히 다니던 회사에서 하루아침에 내몰리고 내내 우울해하던 모습과는 딴판이었다. 아빠는 마치 이전까지와는 완전히 다른 사람이 되기로 작정이라도 한 것 같았다.

"집구석 꼴을 이 지경으로 만들어놓고 그게 도대체 뭐하는 짓이야? 아이고, 이 인간아, 지금 맥주가 목구멍으로 넘어가니? 그러고 있을 시간에 무슨 일이 됐든 일자리를 알아보란 말이야, 일자리를!

사람이 능력이 없으면 염치라도 있어야지!"

엄마는 아빠가 넋을 놓고 보고 있던 텔레비전을 떡하니 가로막고 서서 잔소리를 퍼부어댔다. 아빠는 목까지 벌게졌지만 똑같이 맞붙어서 싸우지는 않았다. 그러고 보면 그 시절의 아빠에게도 염치라는 게 조금쯤은 남아 있었던 모양이다. 그렇다고 해서 치킨과 생맥주를 시켜놓고 붉은 티셔츠를 입은 뒤 텔레비전 앞에서 괴성을 질러대는 한심한 짓을 그만둔 것은 아니었지만. 엄마와 아빠의 신경전이 계속되는 동안, 나는 고소한 치킨 냄새가 진동하는 거실을 어슬렁거렸다. 그러다 조그만 틈이라도 보일라치면 치킨 조각을 재빨리 낚아채 내 방으로 가져갔다. 그걸 먹다 엄마에게 들키기라도 하면 머리통이나 등짝이 얼얼하도록 얻어맞기 십상이었는데도 번번이 같은 짓을 반복했다. 눈앞의 치킨을 그냥 지나칠 수 있을 만한 참을성이 그때의 내게는 없었던 것이다. 열한살짜리 계집애에게 60킬로그램의 체중은 단지, 추상적인 숫자에 불과했다. 나의 미래는 눈앞의 치킨조차 마음껏 먹을 수 없는 현실에 가려져 완전히 빛을 잃어가고 있었다.

그즈음 서태지를 알게 됐다. 엄마가 습관처럼 틀어놓곤 하던 라디오를 통해서였다. 가장 처음 들은 그의 노래는 「Come back home」이었다. 노래 속에서 그는 세상의 모든 진실들은 이미 혀끝에서 사라져버렸노라고 선언하고 있었다. 당시 내 삶을 막은 것은 내일에 대한 두려움이라기보다는 아무리 먹어도 채워지지 않는 허기 정도에 불과했지만, 그것만으로도 성마른 엄마와 무기력한 아빠를 탓하던 분노가 증오가 되기에는 충분했다. 그의 선언대로 진실들은 모조리 사라져버리고 마침내 삶의 끝에 도달한 것처럼 절망스러운 나날들이 이어졌다.

"다시 하나의 생명이 태어났고 또다시 부모의 제압은 시작됐지⋯⋯"*

참기 힘든 허기가 엄습해올 때면 차가운 방바닥에 배를 깔고 누워 그의 노래를 따라 흥얼거렸다. 그럴 때마다 엄마는 밤낮 처먹고 누워서 뒹굴 게 아니라 나가서 좀 움직이라고 야단이었다. 그러면 나는 슬그머니 내 방으로 숨어들어가 입을 꾹 다문 채 그의 노래를 듣고 또 들었다. 노래의 한구절 한구절이 허기진 계집애의 가슴속으로 날아와 박혔다. 마치 나의 절망을 완벽하게 이해하고 있는 누군가가, 그래도 괜찮다고, 아직 다 끝나버린 것은 아니니 눈물을 닦고 내게 오라고 손짓이라도 하고 있는 것만 같았다. 2002년 6월, 온 나라를 들끓게 했던 월드컵의 열기 속에서, 서태지는 그렇게, 붉은 티셔츠를 입고 텔레비전 앞에서 온종일 괴성을 질러대는 아빠와 그런 아빠에게 악을 써대는 엄마, 그리고 미처 다 씹기도 전에 무조건 삼키고 봐야 했던 차가운 치킨 조각들 사이로 뚜벅뚜벅 걸어왔다. 60킬로그램을 훌쩍 넘는 체중을 가진 열한살짜리 계집애에게로 말이다. 그는 영문도 모른 채 세상으로부터 버려져 기약할 내일조차 잃어버린 내게 손을 내밀어준 처음이자 유일한 사람이었다. 나로서는 도무지, 그를 사랑하지 않을 도리가 없었다.

_____

* 서태지와 아이들 4집 「Come back home」(1995)

2

1992년 4월 11일, 서태지는 1집 앨범을 발매한 지 19일째 되는 날 MBC 「특종 TV연예」의 신곡무대 코너에서 타이틀곡인 「난 알아요」를 불렀다. 정식 데뷔무대는 아니었지만, 그는 그날의 방송을 통해 비로소 세상에 자신의 존재를 알렸다. 십수년이 흐른 지금까지도 대부분의 사람들은 그의 첫 무대로 그날의 방송을 기억하고 있다. 신인들의 무대에 네 명의 전문가가 점수를 매기는 형식으로 진행된 그 코너에서, 그의 팀이 받은 평균점수는 7.8점이었다. 코너가 사라지는 순간까지 최하 점수로 기록되었을 만큼 형편없는 점수였다. 그리고 같은 날 비슷한 시간, 나는 이름만 따사로운 '봄빛산부인과'의 분만실에서 4.78킬로그램이나 나가는, 개원 이래 최고의 초우량아로 세상에 나왔다. 최하 점수와 최고 체중이라는 차이는 있었지만, 양쪽 모두 그 시작이 초라하고 불안했다는 점에서는 다를 바가 없었다. 그리하여 나는 내가, 서태지와 떼려야 뗄 수 없는 인연을 타고났다고 믿게 되었다. 물론 그동안 우리가 그 특별한 인연에 어울릴 만한 관계를 이어왔다고는 말할 수 없다. 그는 아직 나의 존재조차 모르고 있으니까. 하지만 언젠가는 그도 우리의 특별한 인연에 대해 알게 될 날이 올 것이다. 아마도, 언젠가는 말이다.

"서태지는 분명히 달에서 왔을 거야. 그런 게 아니라면 어떻게 그렇게 특별할 수가 있겠어? 달을 외계인이 만들었다는 말 들어본 적 있어? 넌 보나마나 말 같지도 않다고 생각하겠지만, 난 충분히 그럴 수도 있다고 봐. 사실, 세상엔 과학적으로 설명할 수 없는 일들이 너무 많잖아. 서태지는 외계인이 만든 달에서도 가장 특별한 능력을 부여받은 존재일 거야. 틀림없어."

"미친년, 까고 있네. 달에 깃발 꽂은 지 이미 오래거든?"

내가 양파맛 프링글스를 와작대며 말하자 지은은 대꾸할 가치조차 없다는 듯 통을 놓았다. 하지만 상관없었다. 양파맛 프링글스를 먹으며 누군가에게 서태지에 대해 이야기할 수 있다는 사실만으로도 감사해야 할 일이었다. 내 주제에 상대가 친절하기까지 기대하는 것은 아무래도 무리였다.

"눈에 보이는 게 전부는 아니잖아. 또 모든 걸 다 볼 수 있는 것도 아니고……"

나는 길쭉한 통을 튕기듯 살짝 흔들어 프링글스를 손바닥에 덜어내며 중얼거렸다.

"아, 됐으니까 입 닥쳐. 할일 없으면 처맞은 데 물파스나 바르든가."

지은이 신경질적으로 손을 휘휘 내저으며 말했다. 안 그래도 아까부터 허리며 어깻죽지가 욱신거리기는 했다. 하지만 역시 상관없었다. 양파맛 프링글스를 와작대며 뒹굴다보면 곧 괜찮아질 터였다.

"살 만하니까 신경쓸 거 없어. 그래도 앞으론 좀 살살 팰 수 없겠냐? 눈치껏 말이야."

혹시나 싶은 생각에 물었다. 맞아서 아픈 거야 둘째 치더라도, 이런 일이 언제까지 반복될지 알 수 없는 노릇이고 보면 겁이 안 나려야 안 날 수가 없었다.

"지금 그 말, 오늘 네가 한 말 중에서 제일 말 같지 않은 소리라는 거, 너도 알지?"

지은은 네일스틱으로 손톱에 광을 내며 퍽이나 성의없는 투로 대꾸했다. 무리한 부탁이라는 건 나도 알고 있었다. 하지만 누구나 가끔은 쓸데없는 기대나 바람을 갖기도 하는 법이다.

"참, 컴백하면서 ETP FEST(Eerie Taiji People Festival)를 다시 연다는데, 갈 거야? 라인업이 굉장한 거 같던데."

지은이 벌떡 일어나 앉으며 말했다. 나도 모르게 어깨를 움찔했다. 안나수이의 올여름 아이템이라는 펄 골드 아이섀도우와 캔디 핑크 아이라이너가 사실은 별로 어울리지 않는다고 말해줘야 하나 어쩌나 고민하던 참이었다. 지나치게 튀고 비비드한 컬러 때문에 오목조목한 지은의 얼굴이 육교 위에 늘어놓고 파는 싸구려 마론 인형처럼 보였다. 그러나 역시, 말하지 않는 게 낫겠다는 생각이 들었다. 지은은 언제나 솔직하게 말하라고 했지만, 그런 류의 진실 앞에선 전혀 유연하지 못한 태도를 보였다.

"글쎄, 그때까지 한 50킬로그램 정도 빠진다면 한번 생각해볼까? 현재로서는 별 가망 없을 것 같지만. 아, 쌍! 생각하니까 또 짜증나."

"미친년, 아주 지랄 옆차기를 하는구나."

지은은 도로 벌렁 눕더니 내 쪽으로 고정돼 있던 선풍기 대가리를 발끝으로 툭툭 쳐서 제 쪽으로 돌렸다.

"그냥 회전시키지 그러냐. 더운데……"

"됐거든? 나도 더워 뒈지겠거든? 하여간 저만 더운 줄 안다니까. 돼지 같은 년."

지은이 내게 친절하지 않다 해도 아무 상관없었다. 오래전, 지은은 내가 서태지와의 특별한 인연에 대해 얘기하자, '어머, 어…… 어떻게 해. 어떻게 해. 저…… 정말 그런가봐'라고 말했다. 그것만으로도 충분했다. 게다가 지은은 내 체중이 0.1톤을 가뿐하게 돌파해버린 이후에도 계속해서 나를 상대해주고 있었다. 물론, 지은과 내가 이렇게 한방에서 뒹굴거리며 시답잖은 대화나 주고받는 사이라는 사실은 절대 비밀이었지만.

지은이 처음부터 내게 불친절한 것은 아니었다. 나란히 유치원에 입학하던 여섯살 무렵부터 초등학교를 졸업할 때까지, 우리는 거의 매일 붙어다니다시피 했다. 서로 외에는 변변한 친구가 없어도 아쉬운 줄 몰랐을 만큼 모든 면에서 죽이 잘 맞았다. 중학교에도 함께 입학했다. 일학년 때는 반이 달랐는데도 점심시간이나 하굣길에는 늘 함께였다. 지은의 태도가 달라진 것은 우리가 다시 같은 반이 된 이학년 봄, 체육부장인 김미다에 의해 내 몸무게가 남녀를 통틀어 전교 최고라는 사실이 공개되고 나서부터였다.

"사십오 점 영. 다음."

영어선생이 플라스틱 자로 책상을 내리치며 말했다. 나는 길게 늘어선 줄의 끝에 서서 온몸을 배배 틀었다. 또다시 오줌이 마려웠다. 화장실에 다녀온 지 겨우 십여분이 흘렀을 뿐이었다. 허벅지를 꽉 조이며 더는 뜯어낼 것도 없는 엄지손톱을 잘근거렸다. 찝찔하고 비릿한 냄새가 입안 가득 퍼지면서 손톱 밑이 찌르르 아려왔다.

"육십칠 점 팔. 다음."

아이들이 키득거리기 시작했다. 체중계 위에서 다급히 내려온 안혜경이 키득대는 아이들을 노려보았다. 벌겋게 달아오른 안혜경의 얼굴에선 당장이라도 뜨거운 김이 모락모락 피어오를 것만 같았다.

"조용히 안해! 다음!"

영어선생은 이번에도 길고 굵은 플라스틱 자로 책상을 내리쳤다. 키득대던 아이들이 입을 다물었다. 체중계 앞에 우뚝 멈춰선 채로 아이들을 노려보던 안혜경이 고개를 푹 수그렸다. 나까지 덩달아 심장이 오그라드는 듯했다. 제자리로 돌아가는 안혜경의 눈에 눈물이 그렁했다. 목을 옆으로 빼고 내 순서를 헤아려봤다. 심장이 덜컥 내려앉았다. 다시 헤아려봤다. 또다시 심장이 덜컥 내려앉았다. 줄이 짧아질수록 잔뜩 오그라든 심장은 덜컥, 덜컥, 덜컥, 바닥을 모르고 내려앉았다.

"오십이 점 오. 다음."

"………"

체중계 앞에서 멈칫했다. 계기판의 숫자가 언제 터질지 모를 시한폭탄의 타이머처럼 보였다. 체중계 위로 올라가는 건 폭탄의 뇌관을 건드리는 것과 다를 바 없었다. 상황을 모면할 방법이 없을지 궁리해봤다. 뾰족한 수 같은 건 없다는 걸 알면서도 생각하고 또 생각했다.

"빨리 안 올라가고 뭐해?"

영어선생이 재촉했다. 한 발을 들어 체중계 위에 올려놓았다. 계기판의 숫자가 빠르게 올라가기 시작했다. 재빨리 발을 뗐다.

"뭐하는 거야? 빨리 안 올라가!"

영어선생이 플라스틱 자로 내 허벅지를 철썩 때렸다. 그와 동시에 여기저기서 웃음이 터져나왔다. 고개를 폭 수그린 채 키득대는 아이들을 흘끔흘끔 훔쳐보았다. 어색하게 웃고 있는 지은의 모습이 보였다. 지은은 나와 눈이 마주치자 당황한 듯 바로 고개를 돌렸다. 눈물이 그렁한 채 제자리로 돌아갔던 안혜경은 어느새 울음기를 깨끗이 털어내고 아이들과 함께 낄낄대고 있었다. 온몸의 땀구멍에서 일제히 땀이 솟는 것만 같았다. 목덜미와 등줄기가 척척하게 젖어들었다.

"선생님……"

기어들어가는 목소리로 겨우 입을 뗐다. 도저히 체중계 위로 올라갈 엄두가 나지 않았다.

"알았어. 비밀로 해줄 테니까 빨리 올라가. 얼른!"

내가 계속해서 주춤거리자 영어선생이 채머리를 흔들며 말했다. 아이들은 빨리 올라가라는 둥, 쪽팔려서 돼지는 거 아니냐는 둥, 되는대로 지껄이며 난리법석이었다. 남자애들 중 몇몇은 백 킬로, 백 킬로,라고 입을 모아 외치며 책상을 두드려대기까지 했다. 영어선생은 굳은 얼굴로 나를 빤히 쳐다볼 뿐 아이들을 제지하지 않았다. 식은땀으로 범벅이 된 얼굴을 손등으로 훔쳐낸 뒤 천천히 체중계 위로 올라갔다. 계기판의 숫자가 끝도 없이 올라갔다. 두 눈을 질끈 감고 주먹을 꼭 쥐었다. 참기 힘든 요의에 몸이 부르르 떨렸다.

그날, 영어선생은 약속대로 내 체중을 공개하지는 않았다. 그러나 측정한 체중을 기록하는 김미다의 입을 단속하지도 않았다. 물론 영어선생이 입단속을 했다고 해서 결과가 달라지지는 않았을 것이다. 그때 내 체중은 이미 90킬로그램을 훌쩍 넘어 0.1톤을 향한 막판 스퍼트가 한창이었다. 그토록 흥미로운 놀림거리를 그냥 놓쳐버릴 열다섯살짜리가 어디 있겠는가. 그날 이후 나는 모두에게 '슈퍼울트라 개량돼지'라고 불리게 되었다. 바야흐로 개교 삼년차 은성중학교의 공식지정 왕따 일호가 탄생하는 순간이었다. 심지어 입학한 지 두 달도 채 안된 일학년들까지도 나만 보면 슈퍼 개량돼지라고 놀려댈 정도였다. 지은이 나와 아는 체하길 쪽팔려 하는 것도 무리는 아니었다. 지은의 입장을 충분히 이해할 수 있었으므로 그애가 다른 아이들과 한통속이 돼서 내 신발을 변기 속에 처박거나 식판에 침을 뱉어도 화를 내거나 억울해하지 않았다. 사는 게 좀 서글프고 고단하기는 했지만, 그 정도쯤이야 서태지처럼 특별한 사람과 남다른 인연을 타고난 내가 감수해야 할 고독한 인생의 일부라고 생각하면 그만이었다. 서태지는 달에서 온 사람이 틀림없으니 언젠가는 그의 세상으로 돌아갈 것이다.

"그때가 되면 나도 함께 달로 갈 텐데, 이따위 세상이야 아무러면 어때?"

나는 매일매일 다짐하듯 되뇌곤 했다. 물론, 그전까지 다이어트에 성공해야만 한다는 것도 알고 있었다. 서태지가 몸무게 따위 때문에 사랑 앞에서 주저하는 경박한 사람일리야 없겠지만, 달에서 왔건 별에서 왔건 그도 남자는 남자니까. 그땐 이미, 자기보다 덩치가 두 배나 큰 여자를 사랑할 남자가 흔치 않다는 것쯤은 알만한 나이였다.

머지않아 양파맛 프링글스를 끊어야 할 순간이 찾아올 것이다. 어쩔 수 없는 일이겠지만, 그래도 그건 좀, 슬픈 일이라는 생각이 들었다.

"가봐야겠어. 이학년 선배들이 열시까지 모이라고 했거든."

"어디서 모이는데?"

"네가 그건 알아서 뭐하게. 왜, 따라가게? 야, 작작 좀 처먹어라. 기어이 한 통을 다 처먹고 마네. 으이구, 이 돼지 같은 년. 참! 요새 분위기 열라 싸하니까 내일은 돈 맞춰오는 거 잊지 마! 알아들었냐?"

지은은 빈 프링글스 통을 만지작대며 엎드려 있는 나를 향해 두어 번 더 발길질을 한 뒤 돌아갔다. 얼얼한 엉덩이를 문지르며 우리 둘의 유구한 인연에 대해 다시금 생각해봤다. 우리는 고등학교 역시 나란히 진학했다. 처음에는 지은과 같은 학교에 배정받았다는 사실에 무턱대고 안도했지만, 지금에 와서는 그것이 우리 둘에게 정말로 좋은 일이었는지 잘 모르겠다는 생각이 든다. 어쩌면 지은에게는 그다지 반길 만한 일이 아니었을지도 모른다. 반길 만하기는커녕 지긋지긋하게 질긴 인연에 진저리를 쳤다 해도 나로서는 달리 할말이 없다.

고등학교에 진학한 뒤 지은과 나의 생활은 한층 더 분명하게 나뉘었다. 지은이 입학한 지 채 일주일도 되지 않아 일진 선배들에게 전격적으로 발탁되었기 때문이다. 꽤 까다로운 선발기준이 있었음에도 불구하고, 지은은 겨우 두어 차례 신고식을 겸한 다구리를 끝으로 그들 대열에 합류했다. 어디에서나 눈에 확 띄는 외모이기는 해도, 다른 일학년들에 비해 확실히 파격적인 발탁과정이었다. 비교적 평범하고 한가했던 중학교 시절과는 달리, 이후 지은은 굉장히 바빠졌다. 물론 나라고 한가하게만 지낸 것은 아니다. 고등학교에 입학하고 나서도 여전히 공식지정 왕따인 나 역시, 지은을 발탁한 무리에게 발탁되었기 때문이다. 나는 수많은 신입생들 속에서도 단연 눈에 띄는 거구였다. 그들의 첫번째 표적이 되기에 모자람이 없는 조건이었다. 그들은 걸핏하면 나를 옥상이나 재활용창고 뒤로 불러냈다. 그리고 그때마다 지은은 파격적으로 발탁된 인재답게 폭발적인 후까시를 자랑하며 열과 성의를 다해서 나를 팼다. 남다른 지방층의 두께만큼 탁월한 맷집이나 다년간 다구리를 당하면서 터득한 요령 같은 건 아무짝에도 쓸모없었다. 동서고금을 막론하고 매 앞에는 장사가 없는 법이니까. 참을 만해서 괜찮았던 것이 아니라, 괜찮다고 믿었기 때문에 참을 수 있었던 것뿐이다. 심지어 가끔은 '맞아죽는다'는 말의 의미를 온몸으로 절감하게 되는 순간을 맞기도 했다. 그러나 지은에게 그런 내색을 한 적은 단 한번도 없었다. 공연히 죄책감 따위를 느끼게 하고 싶지 않았기 때문이다. 지은도 그렇게 생각하고 있는지는 알 수 없지만, 내게 지은은 여전히 베프다.

빈 프링글스 통을 발로 밟아 납작하게 만든 뒤 침대와 벽 사이의 틈에 쑤셔넣었다. 당장 내다버리는 게 안전하겠지만, 꿈지럭대기가 귀찮았다. 그래도 엄마가 방을 뒤져보기 전에는 치워야 한다. 만일 치우는 걸 깜빡해서 엄마가 이걸 발견하기라도 하는 날에는…… 씨발, 그다음에 벌어질 일은 생각하기도 싫다.

엄마와 아빠는 버스로 삼십분 정도 떨어진 대학가에서 프랜차이즈 주점인 '궁'을 '경영'하고 있다. 겨우 스무 평 남짓한 가게지만, 아빠는 꼬박꼬박 '경영'한다고 말했다. 그래야만 수년간의 방황 끝에 되찾은 자신의 지위도 '박과장'에서 '박사장'으로 격상될 수 있다고 믿는 것 같았다.

쥐꼬리만한 월급이나마 꼬박꼬박 챙겨주던 회사에서 하루아침에 내몰린 아빠는 짧다면 짧고 길다면 긴 방황기를 거쳐 올리브기름으로 닭을 튀기는 웰빙 치킨집을 차렸다. 짐작건대 그해 6월에 줄기차게 시켜먹었던 생맥주와 치킨의 영향이었을 것이다. 그러나 월드컵은 이미 끝난 지 오래였고, 사람들은 올리브기름으로 튀긴 웰빙 치킨을 생각처럼 자주 사먹지 않았다. 고심 끝에 가게 앞에 파라솔 탁자를 내놓고 생맥주와 함께 골뱅이무침이나 돈가스 따위도 팔았지만 사정은 나아지지 않았다. 막판에는 조류독감 파동까지 겹치면서 치킨집의 적자행진은 정점을 찍었다. 결국 오픈한 지 겨우 이년 만에 치킨집은 문을 닫았다. 이후 공업고등학교 후문 앞에 조그만 피씨방을 차렸지만, 툭하면 떼로 몰려와 패싸움을 벌이는 공고 애새끼들 때문에 그마저도 얼마 못 가 때려치워야 했다. 일련의 과정들을 겪는 동안 차곡차곡 쌓인 빚은 가뜩이나 히스테릭한 엄마를 그야말로 뻥 돌게 만들었다. 어느날 엄마는 아빠를 향해, 당신처럼 게으르고 무능력한 작자에게는 더이상 어떤 기대도 하지 않겠다고, 마치 선언이라도 하듯 소리쳤다. 그러고는 곧장 돼지 몰듯 나를 앞세우고 외할머니를 찾아갔다.

　주점 궁의 개업은 엄마의 주도하에 추진되었다. 아빠는 개업과정에서 철저하게 배제되었다. 간혹 아빠가 소심한 태도로 사소한 문제들에 대한 자신의 의견을 피력하기라도 할라치면, 엄마는 아주 가볍게 아빠의 의견을 묵살해버렸다. 자존심이 상할 법도 하건만, 아빠 역시 매번 별다른 저항 없이 엄마의 뜻에 따랐다. 실패를 반복하는 동안 주눅이 든 것인지, 매사에 포기가 빠른 성격 탓인지는 알 수 없었다.

　그동안 궁이 순조롭게 '경영'되어온 것을 보면, 확실히 아빠보다는 엄마 쪽에 '경영마인드'가 있는 모양이다. 덕분에 엄마 아빠가 돈 때문에 싸우는 일도 전에 비해 현저히 줄어들었다. 뭐, 어쩌면 여전히 줄기차게 싸워대고 있을지도 모를 일이긴 하다. 하라는 공부는 안하고 밤새도록 술만 퍼마시는 대학생들(따지고 보면 그들 덕에 먹고산다고 해도 과언이 아닌데도 엄마는 툭하면 그런 식으로 그들을 비하했다)이 주 고객층인 궁의 영업은 매일 새벽까지 계속됐다. 엄마 아빠는 동이 틀 즈음 집으로 돌아와 오전에 잠깐 눈만 붙이다시피 하고 점심 무렵이면 다시 궁으로 출근한다. 평일에는 학교에서, 또 휴일에는 독서실에서 하루의 대부분을 보내는 나와는 좀처럼 마주치기 힘든 생활주기다. 그러니 둘이 돈 때문에 싸우는지 어쩌는지, 사실 알 수 없는 노릇이다. 물론 엄마가 작정하고 나를 기다리는 통에 엄마의 얼굴을 질리도록 구경하게 되는 날도 있다. 내가 집에 들어왔을 때 바깥쪽 굽이 닳은 엄마의 통굽구두가 현관에 놓여 있다는 것은, 내 방을 뒤져보던 엄마가 '심각한 문제적 상황'과 직면했다는 뜻이다. 그런 날이면 십중팔구 목구멍에서 단내가 나도록 얻어터지기 일쑤였지만, 변변한 변명 한마디 할 수 없었다. 인정머리라고는 배꼽에 낀 때만큼도 없는 엄마 같은 사람이, 침대 밑이나 책상서랍 속에서 찾아낸 비엔나쏘시지 봉지와 코카콜라 병, 그리고 프링글스 통 같은 것들에 변명의 여지를 둘 리 만무했다.

3

1993년 6월 21일, 서태지는 2집 앨범 「하여가」를 발매했다. 그러나 본격적인 방송활동을 시작하기도 전에 KBS로부터 방송출연 금지를 통보받았다. 표면적인 이유는 염색과 레게파마를 한 머리, 그리고 문란한 복장이 청소년들에게 악영향을 끼친다는 것이었지만, 사실은 보수세력의 음모에 지나지 않는다는 것이 우리들 사이의 정설이다. 어쨌든 그 일을 시발점으로 각 방송사들은 마치 약속이라도 한 듯 수많은 규제사항들을 쏟아내기 시작했다. 가수들은 방송출연을 위해 염색한 머리카락에 검정색 컬러스프레이를 뿌리거나 큼지막한 두건을 둘러썼다. 귀걸이를 한 귀에 반창고를 덧붙였고 짧은 옷엔 얼기설기 레이스를 덧대 배꼽을 가렸다. 규제를 하는 쪽이나 받는 쪽이나 눈 가리고 아웅이라는 사실을 뻔히 알면서도, 이 우스꽝스러운 숨바꼭질은 꽤나 오랫동안 계속됐다. 서태지를 비롯해 규제를 거부한 몇몇은 방송에서 사라졌다. 그리고 보면, 애초부터 이 세상에는 변화를 포용할 만한 아량이 없었는지도 모를 일이다. 그러나 그러한 악조건 속에서도 서태지의 2집 앨범은 밀리언셀러를 기록했다. 누군들 쉬웠을까마는, 서태지만큼 끊임없이 반복되는 거친 공격을 뚫고 성장해나간 사람도 흔치 않다. 그가 특별할 수밖에 없는 이유가 바로 거기에 있다.

"앞으로도 학교에선 쌩 깔 거야. 내 말 무슨 뜻인지 알지?"

처음으로 나를 두들겨팬 날, 밤늦게 한방파스를 사들고 온 지은이 말했다. 서운했지만 어쩔 수 없는 일이라는 걸 알고 있었다. 사실, 공과 사를 분명히 구분할 줄 안다는 점은 누구에게나 커다란 장점이다. 그 경계가 모호한 사람일수록 주변에 폐나 끼치기 십상이니까. 그런 면에서 지은은 정말이지 프로답게 행동하는 것이었다. 처음에는 수시로 돌변하는 지은의 태도 때문에 당황스럽기도 했지만, 공사 구분에 관한 가치관이 정립된 후부터는 오히려 마음 편했다.

"오늘은 준비됐겠지?"

수업이 끝나자마자 나타난 삼반 영화년이 내 옆구리를 쿡 찌르며 속삭였다. 지은은 늘 그래온 것처럼 무리의 한가운데 버티고 선 채 말이 없었다. 학년 짱답게, 그저 잘 벼린 칼날 같은 눈매로 나를 노려보고 있을 뿐이었다. 크고 동그란 눈을 가진 지은은 지나치게 순해 보이는 눈매를 지우기 위해 적어도 백만번 이상 야리는 연습을 했다. 나는 커다란 손거울을 들고 내 방에서 뒹굴뒹굴하며 눈을 부릅뜨거나 눈초리를 치켜올리려고 얼굴을 실룩대는 지은을 위해

진심 어린 조언을 아끼지 않았다. 한마디로, 오늘날 지은이 날카롭게 빛나는 후까시로 무장하기까지 나도 한몫 단단히 했다는 뜻이다. 그렇다고 이제 와서 뒤늦은 생색을 내려는 것은 아니다. 생색을 낸다고 해서 그걸 알아줄 지은도 아니지만, 나 역시 애초부터 그럴 생각 따윈 없었다.

최대한 조심스럽게 자리에서 일어났다. 그 모습이 마치 일부러 늑장을 부리는 것처럼 비쳤는지, 영화년이 욕지거리를 뇌까리며 책상다리를 걷어찼다. 마음 같아서는 패거리의 눈밖에 나지 않도록 재빨리 움직이고 싶었지만 그럴 수가 없었다. 나의 거대한 몸은 소심한 의지와는 아무런 상관없이 종종 생각지도 못한 사고를 일으키고는 했다. 이를테면, 예기치 못한 순간에 발목을 접질려 난데없이 뒹군다든지, 마치 트램펄린처럼 사소한 충돌에도 상대를 멀찍이 퉁겨내버린다든지, 엉덩이나 배로 의자 혹은 책상 따위를 밀쳐 엎어버린다든지 하는 식이다. 아무리 조심을 해도 나로서는 도무지 어쩔 도리가 없는 일이었다. 아니나다를까, 이번에도 엉덩이에 밀린 의자가 요란스러운 소리를 내며 뒤로 넘어갔다. 의자가 넘어짐과 동시에 지은을 비롯한 패거리의 얼굴이 일그러졌다. 나 역시 등줄기가 서늘해질 정도로 놀란 것은 두말할 것도 없었다. 힘겹게 허리를 굽혀 쓰러진 의자를 붙잡았다. 서둘러 몸을 일으키려 허리에 힘을 주는 순간, 나도 모르게 방귀가 터져나왔다. 비좁은 항문과 피둥피둥한 엉덩이골을 뚫고 터져나온 방귀소리는, 그때까지 교실을 떠돌고 있던 모든 소음들을 단박에 제압할 만큼 우렁찼다. 지은과 그 패거리는 물론 교실 안의 모두가 움직임을 멈춘 채 나를 주목했다.

"와, 씨발, 대박! 야, 너 혹시 똥 쌌냐?"

잠시 뒤, 영화년이 눈을 끔벅대며 물었다. 정말이지 쪽이 팔려도 이만저만 팔리는 게 아니었다. 애들이 말하는 것처럼 내가 힘껏 발을 굴러서 교실 바닥이 꺼지기만 한다면, 그렇게 해서라도 사라져버리고 싶은 심정이었다.

사층 여자화장실 맨 끝칸은 나의 전용이다. 물론 내가 그곳에서 볼일을 본다는 뜻은 아니다. 휠체어가 들어갈 수 있도록 만들어져 다른 곳보다 넓기는 했지만, 그렇다고 볼일을 볼 때마다 사층까지 벅벅 기어올라다닐 만큼 내 몸은 가볍지가 못하다. 더구나 사층엔 삼학년 교실이 있다. 나 같은 슈퍼울트라 개량돼지가 아무 때나 어슬렁거릴 만한 곳이 아니다. 평소엔 다소 비좁더라도 그냥 이층 화장실을 이용했다. 장애인용 화장실을 도대체 무슨 지랄로 사층 구석에다가 만들어놨는지는 알 수 없지만, 어쨌든 넉넉한 크기의 사층 여자화장실 맨 끝칸에서 나는 공식적으로는 일주일에 한 번, 비공식적으로는 나흘 걸러 한 번씩 상납했다. 상납액 역시 공식적으로는 삼만원, 비공식적으로는 패거리가 요구하는 만큼씩이었다. 이틀 전, 나는 패거리가 요구한 오만원을 채워주지 못했다. 덕분에 이러다가 척추가 부러지는 게 아닌가 싶을 정도로 자근자근 밟혔고, 바로 오늘까지 그날 못 채운 이만원을 포함해 새로이 오만원을 상납하기로 되어 있었다. 늘 있어온 일이니만큼 특별히 문제가 될 만한 점은 없었다. 오늘도 내가 그 오만원을 다 채워오지 못했다는 게 문제라면 문제였지.

"삼만팔천사백원? 야, 좆밥! 넌 우리가 만만하지? 씨발, 사백원
은 또 뭔데?"

내가 건네준 돈을 세어본 영화년이 조인트를 까며 소리쳤다. 뾰
족한 구두코에 찍힌 정강이가 아팠지만 몸을 굽혀 문지를 수도 없
었다. 그랬다가는 화장실 칸 안으로 꾸역꾸역 밀고 들어와 나를 둘
러싸고 있는 패거리를 밀치게 될지도 모른다. 도대체 어쩌자고 이
인간들은 실내화조차 신지 않는 것일까. 하나마나한 생각을 하며
두 눈을 질끈 감았다.

"미안해. 다음엔 진짜, 꼭…… 꼭 다 준비할게."

두려움에 뒷걸음질치다 하마터면 휴지와 생리대로 넘쳐나는 쓰
레기통 위에 주저앉을 뻔했다. 가까스로 중심을 잡은 뒤 최대한 애
처로운 표정을 지으려 애썼다. 그러나 나를 둘러싼 년들의 눈에도
그렇게 보일지는 장담할 수 없었다. 애처로워 보이기는커녕, 슈퍼
울트라 개량돼지가 투실투실한 얼굴을 볼썽사납게 실룩거리는 정
도로밖에는 안 보일 확률이 컸다. 그나저나, 누가 똥을 싸고 물 내
리는 걸 잊기라도 했는지 다른 날보다 냄새가 훨씬 더 지독했다.
그 역한 냄새 때문에 머리가 다 지끈거렸다. 게다가 잔뜩 긴장한
탓에 온몸이 땀으로 흠뻑 젖어버렸다. 가능한한 빨리 이 상황에서
벗어나고 싶다는 생각이 한층 간절해졌다.

"씨발년, 까고 있네. 한번 말을 하면 알아처먹어얄 거 아냐, 쌍!
애들아, 이 좆밥 그새 더 찐 거 같지 않냐? 날마다 뒤룩뒤룩 쪄대게
뭐 사처먹을 돈은 있어도 우리 줄 돈은 없다 그거냐? 네가 아직 덜
처맞아서 그렇지? 응? 그렇지? 응? 그렇지? 응? 그렇지?"

영화년은 그렇지? 응? 소리를 끝없이 반복하며 손목에 리드미컬한 스냅을 줘 내 뺨을 때렸다. 그때마다 철썩, 철썩, 철썩, 차진 소리가 화장실을 저렁저렁 울렸다. 살집 많은 뺨에 감겨드는 영화년의 손맛이 꽤나 매웠다.

"대충하고 빨리 끝내!"

얼굴까지 벌게져서 방방 뜨는 영화년을 제지한 것은 지은이었다. 그 말이 떨어지기 무섭게 누군가 내 다리를 주먹으로 쳤다. 패거리에게 밀려 간신히 한쪽 벽을 짚고 변기에 기대다시피 버티고 있던 참이었다.

"야, 씨댕! 다리통 좀 치워봐. 다리통에 변기뚜껑 눌린 거 안 보이냐? 씨발년, 하여간 다리도 좆나 두꺼워요."

비비적비비적 몸을 움직이다가 기어이 쓰레기통을 쓰러뜨리고 말았다. 당황한 나는 앞뒤 상황 가릴 틈도 없이 몸을 굽혀 엎어진 쓰레기통을 잡았다.

"아, 쌍!"

내게 떠밀리는 바람에 칸막이벽이 덜컹거릴 정도로 문에 몸을 부딪친 누군가가 소리쳤다. 그와 동시에 장애인용 화장실의 가벼운 접이식문이 뜯기다시피 열려버렸고, 갑작스러운 상황에 중심을 잃은 패거리는 화장실 칸 밖으로 우르르 밀려나가 바닥에 널브러졌다.

"씨발, 좆됐네."

누군가 신음을 토하듯 중얼거렸다. 그 순간, 나야말로 씨발, 최고로 좆 같은 상황에 직면하고 말았다는 예감을 피할 길이 없었다.

"야, 돼지! 변기뚜껑 까. 빨리!"

지은이 바닥에 널브러진 몸을 추스르기도 전에 소리쳤다. 제 패거리와 함께 나를 괴롭힐 요량으로 명령할 때와는 사뭇 다른 목소리였다. 화가 난 것 같지도 않았다. 그건 마치 절체절명의 위기에 처한 친구를 구하기 위한 절규같이 느껴졌다. 나는 붙잡고 있던 쓰레기통을 그대로 놓아버리고 변기뚜껑을 젖혔다. 그러자 누군가 참하게도 싸질러놓은 굵은 똥덩어리 하나가 눈에 들어왔다. 나는 변기 속의 똥덩어리와 지은을 번갈아 쳐다봤다.

"씨발, 그러니까 오늘은 맞춰오랬잖아!"

시종일관 냉정한 표정을 유지해오던 지은의 눈빛이 약간 흔들리는 것도 같았다. 어쩌면 내가 잘못 본 것일 수도 있지만 말이다. 변기뚜껑을 잡은 손에 힘이 들어갔다.

"어떤 년인지, 참 시원하게도 싸놨네. 야, 이거 누가 싼 거냐? 너냐? 아님, 너야?"

영화년이 주변을 휘둘러보며 킬킬거리기 시작했다. 그 순간 수많은 생각들이, 하나같이 끔찍하기 이를 데 없는 것들로만, 한꺼번에 떠올랐다.

4

1994년 8월 13일, 서태지는 3집 앨범 「발해를 꿈꾸며」를 발매했다. 혹자들은 지나치게 파괴적이라고까지 비난했던, 장르음악에 대한 시도가 본격화된 시기였다. 그러나 그의 음악적 정체성을 공고히해준 이 앨범은 발표 직후 엉뚱한 논란에 휩싸이고 말았다. 일각에서 앨범 수록곡 중 하나인 「교실 이데아」의 특정부분을 거꾸로 들으면 '피가 모자라'라는 사탄의 메씨지가 들린다는 주장을 제기했기 때문이다. 외국의 유명 록그룹들 사이에서는 종종 있어온 백워드 매스킹 파문의 국내 첫 표적이 된 것이었다. 이른바 '사탄설'로 알려진 이 사건으로 인해 서태지는 3집 앨범 활동기간 내내 고작 10회가량의 방송출연밖에는 하지 못했다. 그러나 모든 악조건 속에서도 앨범은 130만장 이상의 판매고를 올렸으며, 그해 서태지는 학계와 언론이 뽑은 '광복 50년 한국을 바꾼 100인'에 선정되기도 했다. 물론 서태지만큼 대중적으로 성공을 거둔 가수들은 얼마든지 있었다. 그러나 서태지처럼 완벽하게 대중을 홀린 가수는 없었다. 서태지는 매번 '최초' 혹은 '최악'이라는 수식이 붙을 만한 고난 속에 던져졌지만, 도저한 세계에서 온 특별한 사람답게 그 모든 역경들을 당당히 헤쳐나왔다.

똥이 어떤 맛인지 알고 있는 사람이 세상에 얼마나 될까. 별의별 인간들이 다 모여서 와글거리는 지구의 어느 구석에서는 똥을 찍어먹으며 오르가즘을 느낀다는 식의 포르노물을 만들어내기도 하는 것을 보면, 그런 인간이 아주 없지는 않은 것 같다. 그렇다고는 해도, 그게 결코 흔한 경우는 아닐 것이다. 그러니까 이 시점에서 나는 어쩌면 흔치 않은 경험을 몸소 해본 사람이라는 자부심이라도 가져야 하는 것일지도 모르겠다. 그러나 자부심은커녕, 모멸감을 동반한 공포 때문에 꼼짝도 할 수 없었다. 또다시 구역질이 치밀었다. 벌떡 일어나서 화장실로 뛰어가고 싶었지만 몸이 말을 듣지 않았다. 나는 겨우 침대 밖으로 머리만 내밀고 방바닥에 구역질을 해댔다. 그 순간, 텔레비전이나 영화, 인터넷에서 보았던 온갖 끔찍한 자살의 방법들이 머릿속을 스치고 지나갔다. 할 수만 있다면 배를 가르고 창자를 꺼내 그걸로 목이라도 매고 싶은 심정이었다. 구역질이 멈추자 이번에는 내가 게워낸 토사물의 내용이 낱낱이 눈에 들어왔다. 종류도 다양했지만, 그 엄청난 양에 나 자신조차도 놀라 자빠질 지경이었다. 도대체 내 위는 얼마나 많은 양의 음식들을 수용할 수 있는 걸까.

학교에서 돌아온 뒤 내내 구역질을 해댄 탓에 방 안이 엉망진창이었다. 엄마가 이 광경을 본다면 뭐라고 할까. 아마도 처먹다 처먹다 이젠 별 지랄을 다 한다며 한바탕 욕을 해대겠지. 그다음엔 홀딱 벗겨서 내쫓기 전에 당장 일어나서 깨끗이 치우라고 방방 뜰 테고. 혹시, 도대체 이게 다 무슨 일이냐며 와락 안아주기라도 하는 건 아닐까. 전혀 엄마답지 않은 일이긴 하지만 우리 엄마라고 다른 보통의 엄마들처럼 행동하지 말란 법은 없다. 어쨌든 우리 엄마도 엄마는 엄마니까. 다시금 구역질이 치밀었다. 그러나 이제 더는 쏟아낼 것도 없는지 노란 신물만 꾸역꾸역 넘어왔다. 식도를 사포로 문질러놓기라도 한 듯 목구멍이 아렸다. 패거리에게 닥치는 대로 걷어차이고 짓밟힌 몸뚱이도 구석구석 안 아픈 데가 없이 쑤시고 결렸다.

지은은 아직까지 연락이 없다. 모르긴 해도 지은의 머릿속에서 나온 생각은 아닐 것이다. 나와 친구고 아니고를 떠나서 기본적으로 지은은 비위가 약한 애다. 지저분한 것을 싫어하다 못해 혐오하는 스타일이기도 하다. 어쩌면 한두 번쯤은 더럽기 짝이 없는 짓거리를 모의하는 제 패거리를 말렸을지도 모른다. 어쩌면, 어쩌면 말이다. 또 구역질이 났다. 이번에도 침대 밖으로 머리만 내민 채 누렇고 질척한 침을 뱉어냈다. 늘어진 침대시트의 아랫부분이 토사물에 닿아 있었다. 아무래도 치우자면 적지 않은 시간과 노력이 필요할 것 같다.

겨우 몸을 추스르고 일어나 앉자, 이번에는 허기가 느껴졌다. 겨우 네 시간 전에 똥을 찍어먹은 년이, 그것도 토사물이 바다를 이루고 있는 방 한가운데 앉아서 허기를 느끼다니, 정말이지 감당이 안되는 식탐이다. 내 안에는 혐오스럽다는 표현으로도 부족한 무언가가 존재하고 있는 것이 틀림없다. 그게 뭔지 알게 된다면 사는 게 좀 편해질지도 모른다는 생각이 들었다. 서태지라면, 이럴 때 어떻게 할까. 아니, 그라면 애초부터 이렇게 좆 같은 상황에 빠지지도 않았을 것이다. 그가 적응하지 못한 것은 삶을 규정하려 드는 체제였지, 삶 그 자체는 아니었으니까. 차라리 죽어버리는 편이 낫지 않을까, 하는 생각이 다시금 고개를 쳐들었다.

엄청난 양의 토사물을 어떻게 치워야 할지 아무리 궁리를 해도 각이 안 나왔다. 결국 설거지통을 가져다놓고 손으로 퍼담고 있을 때 지은이 들어섰다. 술을 마셨는지, 양 볼이 약간 발그레했다.

"아, 냄새! 씨발, 더러워죽겠네. 야, 열라 토 나올라그래."

토사물을 퍼담고 있는 내 모습을 본 지은이 코를 막았다 헛구역질을 했다. 한마디로 지랄발광이었다.

"똥 처먹은 년도 있는데 이까짓 게 더럽긴 뭐가 더럽다고 지랄이야."

가능한 담담하게 말하려고 했는데, 나도 모르게 목소리가 떨려 나왔다. 지은 앞에서라면 어떤 모욕을 당해도 아무렇지 않게 된 지이미 오래다. 그러나 변기 속의 똥을 찍어 입으로 가져가던 순간에 느껴야 했던 굴욕감과 공포는 내 의지로 제어할 수 있는 정도를 넘어서는 것이었다. 지은의 모습을 보자 당시의 감정이 고스란히 되살아났다. 지은은 별다른 대꾸 없이 방 안 여기저기에 튀어 있는 토사물을 사뿐사뿐 피해서 책상 쪽으로 갔다. 그러고는 내가 방을 다 치우도록 입을 꼭 다문 채 책상에 걸터앉아 있었다.

여러번 걸레질을 했는데도 퀴퀴하고 시큼한 냄새는 가시지 않았다. 누런 얼룩이 남은 침대시트도 마음에 걸렸다.

"아직 냄새 많이 나지?"

"알면서 뭘 물어? 도대체 뭘 처먹으면 냄새가 이렇게 지독……"

말을 채 맺지 못한 지은이 어깨를 움찔하며 손으로 제 입을 막았다. 나는 한손에 걸레를 쥐고 방바닥에 퍼질러앉은 채 지은이 하는 양을 빤히 올려다보았다. 지은도 한동안 입을 막은 손을 떼지 않고 나를 내려다보았다. 잠시 뒤, 힘겹게 몸을 일으켜 방에서 나왔다. 화장실 바닥에 걸레를 던져놓고 불어터진 손에 반복해서 비누질을 했다. 고개를 들어 거울을 들여다봤다. 가뜩이나 통통한 얼굴이 물에 분 신문지처럼 폭 퍼져 있었다. 언제나 그랬듯 이번에도 별 생각없이 뱉은 말이었을 거라고, 지은이 생각없이 말해온 게 어제오늘 일도 아닌데 새삼스레 화낼 일도 아니라고, 거울 속의 나를 향해 다짐하듯 중얼거렸다. 다시 방으로 돌아가보니, 지은은 여전히 손으로 입을 막고 있었다. 나는 지은을 향해 어깨를 으쓱해 보인 뒤 침대에 걸터앉았다. 낡은 매트리스가 익숙한 비명을 내지르며 푹 주저앉았다. 지은은 그제야 입을 가리고 있던 손을 내렸다. 그리고 늘 하던 대로 방바닥에 드러눕기 위해 책상에서 내려앉으려다가 얼른 다시 일어나 이번에는 의자를 끌어다 앉았다. 아무래도 바닥에 눕기가 찝찝한 모양이었다.

"괜찮아? 괜찮지 않아도 뭐, 어쩔 수 없는 일이지만."

지은이 짐짓 심드렁한 표정을 지어 보이며 물었다. 나는 물끄러미 지은의 얼굴만 바라보았다. 그리고 다시 한번, 모르긴 해도 그 일은 지은의 머릿속에서 나온 게 아닐 거라는 생각을 반복했다. 내가 아무 대답 없이 저를 쳐다보기만 하자, 지은의 얼굴이 살짝 일그러졌다.

"쌰, 뭘 야려? 그러게 오늘은 돈 꼭 준비해오라고 말했잖아!"

"돈이 없었어. 엄만 얼굴도 못 본 지 사흘이나 됐지, 아무리 뒤져도 집구석에선 땡전 한푼 더 안 나오지, 정말 어쩔 수가 없었다고. 미안하다. 몸이라도 팔아서 준비해갔어야 했는데, 너도 알다시피 내 몸이 판다고 팔릴 몸이냐. 그래도 그냥 몇대 패고 말 줄 알았지, 설마하니 네가 나한테 그런 짓까지 시킬 줄은 몰랐다."

애초의 마음과는 달리, 마치 모든 일이 온전히 지은의 잘못이라도 되는 양 추궁하고 말았다. 지은이라고 나와 이렇게 이상한 관계를 유지하는 것이 편하지만은 않을 것이다. 어쩌면 그동안 나보다 더 힘들고 곤란했을 수도 있다. 그런 생각이 들자, 이번에는 밑도끝도없는 죄책감이 밀려왔다.

"미안해. 네 잘못이라는 뜻은 아니야. 알지?"

나는 지은의 눈치를 살피며 사과했다. 굳이 말하지 않아도 지은은 내 진심을 알고 있을 테지만, 가까운 사이일수록 더 조심할 필요가 있다. 관계의 균열은 언제나 사소한 오해에서 비롯되는 법이다. 그제야 일그러졌던 지은의 얼굴이 펴졌다.

"그렇다고 미안해할 것까진 없어. 그리고 나도 좋아서 그런 건 아니야. 나 비위 약한 거 너도 알잖아. 내가 씨발, 설마 그딴 더러운 짓거리를 하라고 시켰겠냐? 아우, 생각만 해도 토 쏠려 죽겠네. 이년들이 갑자기 쎄팅까지 쫙 끝내놓고 좆나게 들이대는 바람에 도저히 어쩔 수가 없었을 뿐이야."

다행이었다. 역시 지은의 머릿속에서 나온 생각이 아니었다. 게다가 제 패거리를 말리기까지 했다. 그것이 온전히 나를 위해서였다고는 단정지을 수 없지만 말이다.

"술 마셨지? 속 안 쓰려? 라면이라도 끓여줄까?"

지은 쪽으로 몸을 살짝 굽히며 물었다. 그러자 지은의 얼굴이 다시금 일그러졌다.

"미친년, 까고 있네! 지금, 그 손으로 끓인 라면을 나더러 먹으라고?"

확실히, 지은이 순전히 나를 위해 제 패거리를 말린 것은 아닌 모양이었다. 그러나 이번에도 역시 아무래도 상관없다는 생각이 들었다. 지은은 내가 언젠가는 서태지와 함께 달로 갈 거라는 사실을 알고 있는 유일한 친구다. 지은이 내게 무슨 짓을 하건, 그런 것은 아무래도 좋다. 두 눈을 지그시 감고 달에서의 내 모습을 상상해보았다. 지구 중력의 육분의 일밖에 안되는 그곳에서, 나는 더없이 가뿐해진 몸으로 2미터나 3미터쯤 방방 튀어오르며 걷게 되겠지. 그러다 자칫 다시는 땅에 발을 내딛지 못한 채 광활한 우주를 떠돌게 될지도 모르지만, 설사 그렇게 된다 해도 충분히 가치있는 삶이 될 것이다. 물론 그전에 다이어트에 성공해야 하겠지만 말이다.

5

1995년 10월 6일, 서태지는 4집 앨범 「Come Back Home」을 발표했다. 이번에도 앨범의 발매과정은 순조롭지 못했다. 수록곡 중 하나인 「시대유감」이 발매 직전 공연윤리위원회로부터 가사순화 명령을 받은 것이다. 그러나 서태지는 공윤측의 순화명령을 받아들이는 대신, 「시대유감」의 가사를 통째로 들어낸 채 앨범을 발매했다. 공윤측은 이후, 사전심의에 없던 가사가 무단 삽입되거나 바뀌었다는 이유 등을 들어 4집 앨범을 검찰에 고발하기까지 했다. 공윤과의 싸움이 본격화되면서 그의 팬들은 공윤철폐를 위한 대대적인 서명운동을 시작했고, 젊은 층과의 교류방법을 모색해오던 야당대표에 의해 '서태지 음반관련 진상조사위'가 구성되는 초유의 상황이 벌어지기도 했다. 결국 이듬해 6월, 공윤의 사전심의제도는 폐지되었다. 많은 사람들이 오랜 세월 노력해온 결과였지만 서태지와 그의 팬들이 기여한 바가 결코 적지 않았다. 그러나 그보다 더 극적인 것은, 이 앨범의 타이틀곡인 「Come Back Home」이 청소년들에게 미친 영향이었다. 당시 이 노래는 수많은 가출 청소년들을 집으로 돌아가게 만드는 기현상을 일으켰다. You must come back home. 집을 뛰쳐나와 거리를 떠돌던 아이들이 서태지의 이 한마디에 집으로 돌아온 것이다. 물론 그애들 중 대부분이 머지않아 다시 집을 나왔을 거라는 사실은 불을 보듯 뻔한 일이지만 말이다. 그러나 적어도 그전까지, 그리고 이후로도 아무도 하지 못한 일을 서태지는 해냈다. 단지, You must come back home, 이 한마디로 말이다. 그것은, 식어빠진 치킨 조각을 훔쳐먹고 딸꾹질을 해대던 열한살짜리 계집애의 눈앞에 새로운 세상을 펼쳐 보여준 것만큼이나 위대한 일이었다.

"애들은 왜 그렇게 나를 싫어하는 걸까? 단지 내가 뚱뚱하기 때문일까?"

느닷없는 질문에 지은이 고개를 갸웃거렸다. 정말로 몰라서 묻느냐는 듯한 표정이었다. 몰라서 물은 것은 아니었지만, 막상 지은의 그런 표정을 보자 정말로 모르겠다는 생각이 들었다. 지금에 와서는 내가 슈퍼울트라 개량돼지이기 때문에 왕따가 된 것인지, 왕따이기 때문에 슈퍼울트라 개량돼지가 되어버린 것인지조차 분명치 않다. 닭이 먼저든 달걀이 먼저든, 이제 와서 그런 게 중요한 것은 아니지만 말이다.

"그럼, 만약에 내가 살을 빼면, 애들은 날 그냥 내버려둘까?"

"글쎄, 그건 좀 복잡한 문제라서 말이야. 예를 들자면 담배 같은 거라고도 할 수 있는데, 난 담배가 나랑 잘 안 맞는다고 생각했거든? 후까시 잡으려니까 어쩔 수 없어서 피운 거지, 처음엔 피울 때마다 어지럽고 답답했으니까. 좀 지나면서 괜찮아지긴 했지만, 아무튼 한동안은 피울 때마다 몸도 기분도 영 꽝이었어. 그래서 마음만 먹으면 언제든지 끊을 수 있을 거라고 생각했지. 그런데 그게 그렇지가 않더라고. 이게 여전히, 좋아죽겠는 건 아니지만 또 그렇게 나쁘지도 않거든? 어떨 땐 정말 아무 생각없이 피우기도 하니까. 습관이 된 거지. 그렇다면 얘기가 달라지는 거 아니겠냐? 이미 습관이 됐는데, 언제든 마음만 먹는다고 뚝딱 끊어지겠어?"

지은답지 않게 진지한 태도였다. 나는 초조한 마음에 엉덩이를 들썩였다. 낡은 매트리스가 삐거덕삐거덕 요란스러운 소리를 냈다. 퀴퀴하고 시큼한 토사물의 냄새가 진동하는 방에서 나누기에는 지나치게 심각한 얘기 같기도 했다. 또다시 극심한 허기가 느껴졌다.

"아, 안되겠어. 난 라면 끓여먹을래. 넌 정말 안 먹을 거니?"

내 안에 존재하는 혐오스러운 게 무엇이든지 간에 허기는 또 찾아왔다. 지은에게 담배가, 그리고 그애의 패거리에게 공갈과 협박과 폭력이 그러하듯, 이 밑도끝도없는 허기를 채우는 것 또한 내게는 습관이 되어버린 일이다. 그것도 그애들 모두의 습관을 합쳐놓은 것보다도 훨씬 더 유구한 역사를 자랑하는 습관, 이를테면 중독이다.

"진짜 가지가지한다. 돼지 같은 년!"

지은이 주머니를 뒤적여 담배를 꺼내물며 쏘아붙였다. 나는 책상 맨 아래 서랍에서 빈 요구르트 병을 꺼내준 뒤 부엌으로 갔다.

냄비에 물을 붓기 전 잠시 멈칫했다. 라면을 두 개 끓여야 할지 아니면 하나만 끓여야 할지 망설여졌기 때문이다. 평소 같으면 자연스레 두 개 분량의 물을 부었겠지만, 어쩐지 오늘은 그러면 안될 것 같았다. 나는 조금 더 망설이다가 한 개 끓일 물만 냄비에 부었다. 그래도 명색이 똥맛에 눈을 뜬 날이다. 오늘 같은 날 하나도 아니고 두 개씩이나 라면을 끓여먹을 수는 없는 노릇이다. 대신 냉동실을 뒤져 김치만두를 다섯 개 꺼냈다. 고기만두도 아니고 김치만두 정도라면 괜찮을 것도 같았다. 매사를 긍정적으로 생각할 필요가 있다. 그러지 않고서는 도무지 나 같은 인간은 살아남을 수조차 없는 세상이다. 그런 생각을 하고 있자니 저절로 눈물이 비어져나왔다. 서둘러 눈물을 훔쳐냈다. 지은은 툭하면 눈물 따위나 쥐어짜는 인간을 가장 경멸한다고 입버릇처럼 말하고는 했다.

라면을 끓여 다시 방으로 들어갔을 때, 지은은 침대 위에 사지를 쫙 벌린 채 누워 있었다. 마치 눅눅해진 몸을 말리고 있는 것 같았다. 나는 조심스럽게 걸음을 옮겨 책상 위에 냄비가 놓인 쟁반을 내려놓았다.

"그래도 역시, 안하는 것보다야 하는 편이 낫겠지."

젓가락으로 뜨거운 면발을 휘젓는데 지은이 입을 열었다. 면발을 한 젓가락 집어올리며 지은 쪽을 돌아보았다. 지은은 여전히 사지를 쫙 벌린 채 중얼거렸다.

"아무래도 그럴 거야. 뭐, 장담할 수는 없지만······"

"다이어트?"

"응. 네가 살을 뺀다고 해서 그년들이 널 순순히 놔줄 거라고는 장담 못해. 하지만 그래도 역시, 지금보다는 낫겠지 싶다."

"그렇겠지?"

적당히 식은 면발을 후루룩 빨아들였다. 목구멍을 타고 유연하게 넘어가는 면발의 느낌은, 역시 좋았다. 이번엔 김치를 한 쪽 집어 라면을 감쌌다. 그리고 다시 한번 후루룩 빨아들였다. 헛헛하게 비어 있던 속이 채워지는 느낌도 더할 수 없이 만족스러웠다.

"야, 이 썅년아! 다이어트 얘기하면서 라면이 목구멍으로 넘어가냐? 그래가지고 어떻게 살을 빼겠다는 건데? 하여간 구제불능이라니까. 돼지 같은 년!"

지은이 벌떡 일어나 앉으며 소리쳤다. 신기하게도 나의 낡은 매트리스는 아무런 소리도 내지 않았다. 나는 지은과 매트리스를 번갈아 흘끔대며 다시 한 젓가락의 라면을 빨아들였다. 그리고 내게 불친절하기는 하지만 그래도 지은이 하는 말은 대체로 옳다,고 생각하며 냄비뚜껑에 미리 덜어 식혀둔 김치만두를 집어 우물댔다.

빈 냄비를 치운 뒤, 지은과 나는 본격적으로 다이어트에 대해 검색하기 시작했다. 인터넷에는 수백 가지도 넘는 다이어트 방법과 경험담들이 넘쳐났다. 그동안 내가 다이어트를 시도해보지 않은 것은 아니다. 한때는 한 달 사이에 20킬로그램 가까운 감량을 하기도 했다. 그러나 두 달도 채 못돼 정확히 빠졌던 체중의 150퍼센트를 더 찌우고 말았다. 이후에도 몇차례 더 감량을 시도했지만, 그때마다 결과는 같았다. 절식과 금식을 반복하는 데는 한계가 있었고,

아무리 탁월한 효과를 자랑하는 식욕억제제도 일정한 시간이 흐른 뒤에는 내성이 생겼다. 지금껏 내가 시도한 모든 다이어트에서 요요현상은 거의 필연적인 것이었다. 지은은 잡지에서 본 위 절제 수술 이야기를 하기도 했다.

"위를 잘라내서 호스처럼 길쭉하게 만드는 거라던데, 그러면 뭘 먹어도 영양분이 흡수되지 않는다더라고. 주머니에 담아놓을 틈 없이 미끄덩 하고 쑥 빠져버리는 거지. 너한테 딱일 거 같지 않냐?"

"돈이 많이 들 텐데. 우리 엄마가 위 잘라내라고 돈을 주겠냐?"

"하긴. 안 그래도 물러터진 너희 아빠 때문에 빚만 잔뜩 지고 줄줄이 말아먹었다고, 너희 엄마 아직도 툭하면 우리 엄마한테 투덜대더라. 죽고 싶어도 약 살 돈이 없어서 못 죽는다나 뭐라나, 저번에는 그런 웃긴 소리를 웃음기 쫙 빼고 하더라니까. 아무래도 그건 좀 무리겠다. 패스!"

한동네에서 십년 넘게 이웃으로 살다보면 이런저런 사정쯤 알게 되는 건 당연한 일이다. 나 역시 잘생겼지만 칠칠치 못한 지은의 아빠가 바람을 피우다 아줌마에게 걸린 횟수가 몇번인지 대충은 알고 있다. 그렇지만 막상 지은의 입을 통해 우리집의 현실에 대해 듣자 좀 거북한 느낌이 들었다. 하여간 부모가 변변치 못하면 자식들도 그 부모 때문에 쪽깨나 팔며 살아야 한다는 사실을 부모들도 알아야 한다.

"그렇다고 넌 뭐 그런 말까지 하고 그러냐. 쪽팔리게……"

땅이 꺼져라 한숨을 내쉬며 중얼거리자, 지은은 별꼴을 다 보겠다는 듯 입을 삐죽거렸다.

"내가 뭘! 닥치고 집중이나 해. 병신, 쪽팔릴 것도 많다."

시간은 어느새 자정을 넘겨 있었다. 지은은 저희 집보다 우리집에서 자는 날이 더 많다. 제 패거리와 어울려다니느라 늦는 날은 물론, 별다른 일이 없는 날에도 우리집에서 빈둥대다가 그냥 자고 가곤 했다. 지은의 부모도 내가 빈집에 혼자 있다는 걸 알기 때문인지, 내 핑계를 대면 별다른 제지 없이 외박을 허락해주었다.

"자고 갈 거지?"

"닥치고 집중하라니까. 야, 이것 좀 봐. 덴마크식 다이어트라는데, 아우 쌍, 이렇게 잔뜩 처먹는데도 진짜 살이 빠진단 말이야? 근데 이걸 지킬 수나 있겠냐? 꽤 까다로워 보이는데."

"스테이크가 다 뭐야. 소고기 사다가 구워먹으란 소리야? 끼니마다 이걸 어떻게 챙겨먹어. 게다가 방학 때도 보충수업 때문에 점심은 학교에서 먹을 텐데."

"어쭈! 야 이 돼지야, 그냥 점심 한 끼 정도는 굶어야겠다, 뭐 그런 생각은 절대 안 드는 거냐?"

지은은 겹겹이 늘어진 내 옆구리를 푹푹 찌르며 빈정거렸다. 나는 몹시 무안해졌다. 지은의 말대로 점심 한 끼 정도는 굶어야겠다는 생각도 하지 못하는 내가 스스로도 어이없게 느껴졌다.

"말이 그렇다는 거지…… 그리고 이거 봐. 덴마크식 다이어트는 한 끼라도 거르거나 식단을 어기면 효과가 없다고 나와 있잖아. 어쨌든 이건 너무 까다롭고 재료비도 많이 들어. 이대로 챙겨먹다가 너한테 갖다바칠 돈이 남아나겠냐? 난 아직까지 빵 뜯기고 다구리당하기 힘들어서 못살겠어요 어쩌고 하는 유서 따위나 써놓고 투신자살 같은 거 할 생각 없거든?"

나는 지은이 잡고 있던 마우스를 뺏으며 변명했다. 상대가 아무리 지은이라고 해도, 언제나 진실만을 이야기할 수는 없다. 그동안 나는 투신뿐만 아니라, 꽤나 다양한 자살 방법들에 대해 수도 없이 생각해왔다. 물론 아직까지 실천에 옮긴 적은 없지만 말이다. 자살에 대한 거부감이나 두려움이 있는 것은 아니다. 서른살도 되기 전에 혈압에 당뇨로 시름시름 앓다가 뒈지고 싶으냐며 걸핏하면 악다구니를 퍼붓는 엄마와, 내가 세상에 존재하는지 안하는지조차 관심 없어 보이는 아빠, 그리고 슈퍼울트라 개량돼지에게는 무슨 짓이든 해도 괜찮다고 생각하는 아이들 틈에서 내가 여태껏 꿋꿋하게 살아남을 수 있었던 것은, 오로지 서태지와 함께 가게 될 완전히 새로운 세상에 대한 기대 때문이었다. 갑자기 터무니없을 정도로 우울해졌다. 그리고 동시에 허기가 몰려왔다. 양파맛 프링글스를 좀 먹었으면 좋겠다는 생각이 간절해졌다. 다섯 개의 김치만두를 넣고 끓인 라면을 먹은 지 채 한 시간도 지나기 전이었다. 나는 쥐고 있던 마우스를 슬그머니 놓고 의자에서 일어섰다. 지은이 크고 동그란 눈을 깜빡이며 나를 올려다봤다. 속눈썹이 유난히 긴 지은의 눈은, 그애가 어떤 생각으로 무슨 짓을 하고 다니든, 그런 것과는 아무런 상관없이 무척 맑고 순진해 보였다. 나는 긴 한숨을 내쉰 뒤 어기적어기적 침대 쪽으로 가 슬며시 누웠다. 꽤나 조심스럽게 움직였지만 매트리스는 당장이라도 무너질 듯 비명을 내질렀다. 하물며 침대 따위도 이 모양인데, 어쩌면 차별 없는 세상 같은 것은 애초부터 없을는지도 모른다는 생각이 들었다.

"야, 돼지! 와서 이것 좀 봐라. 너 혹시 거식증 걸려볼 생각 없냐? 까다로운 식단 같은 걸 지킬 필요도 없고, 큰돈 쓸 일도 없을 것 같은데. 야, 이거 진짜 너한테 딱이다!"

내 쪽을 돌아보는 지은의 얼굴이 환하게 빛났다. 아무리 봐도 누군가를 짓밟고 모욕하고, 심지어 똥까지 먹일 수 있는 사람 같아 보이지 않는 얼굴이었다.

6

1996년 1월 31일, 서태지는 돌연 은퇴를 선언했다. 은퇴선언문을 낭독하는 서태지의 모습은 마르고 창백하다 못해 금방이라도 쓰러질 듯 위태로워 보였다. 그러나 마지막 순간까지 세상을 움직여온 사람다운 침착함만은 잃지 않았다. 사실 그는 데뷔 이후 줄곧, 음악적·육체적 한계가 찾아오면 어느 때고 아무 미련 없이 팀을 해체하겠다고 말해왔다. 정치적 음모설이 제기될 정도로 그 시기가 빠르긴 했지만, 특별한 사람의 남다른 재능을 포용할 만한 아량이 없는 세상 속에서 그가 겪어야만 했던 부침들을 생각하면 이해 못할 일도 아니었다. 물론 팬들 중 누구도 그가 영영 음악을 떠나 살 거라고는 생각하지 않았다. 그처럼 특별한 사람이, 그 자신이 발표한 은퇴선언문의 내용처럼 그저 '대한민국의 평범한 청년'으로 살아가기란 불가능한 일일 테니까 말이다. 그리고 실제로 그는 다시 돌아왔다. 이전보다 훨씬 크고 위대해진 모습으로. 배추벌레가 하늘을 날 수 있는 날개를 얻기 위해서는 반드시 변태의 과정을 거쳐야만 하듯, 그 역시 또다른 비상을 위한 긴 변태기를 가진 것이었다.

　벌써 며칠째 지은의 코빼기도 볼 수가 없었다. 닷새 전, 나는 패거리가 새롭게 요구한 십만원을 채워주었다. 겨울이불들 사이에 숨겨져 있던 엄마의 비상금 봉투를 찾아낸 덕분이었다. 거의 기적적인 발견이었지만 그다지 기쁘지는 않았다. 오히려, 며칠만 빨리 발견했어도 똥을 찍어먹는 일 따위는 없었을 거라는 생각에 새삼스러운 분노가 치밀었다. 어쨌든 그날 이후로는 지은을 비롯해 패거리 중 누구도 나를 찾아오지 않았다. 지은이 학교에 등교하기는 했는지 어쨌는지도 알 수 없었다. 무척 궁금했지만, 그렇다고 지은의 반을 기웃거리는 짓은 하지 않았다. 어딜 가나 눈에 확 띌 수밖에 없는 체구를 가진 주제에 쓸데없는 번잡을 떨어 아이들의 이목을 끌고 싶지 않았다. 집으로 전화를 걸어볼까도 했지만, 그 역시 그만뒀다. 혹시라도 지은이 학교가 아닌 다른 곳에서 중요한 볼일을 보고 있을 경우, 자칫 지은 엄마의 의심을 살 수도 있었다. 아무 때나 친구 집에 전화를 걸어서 '아줌마 ○○이 있어요?' 따위의 질문을 하는 것은, 부모라는 사람들이 얼마나 쓸데없는 의심으로 가득 찬 존재인지 모를 나이에나 할 만한 짓이다. 지은에게 다시 전화를 걸어봤지만 받지 않았다. 하루빨리 지은이 나타나 그애에게 나의 새로운 계획에 대해 이야기해줄 수 있으면 좋겠다. 아마 그애도 썩 마음에 들어할 것이다.
　사람은 난제에 봉착했을 때 취하는 태도에 따라 대략 세 부류로 나눌 수 있다. 놀라고 당황하고 분노하지만 곧 무소와도 같은 투지를 불태우는 사람. 놀라고 당황하고 분노하다가 이내 포기해버리는 사람. 놀람과 당황, 분노 따위는 이미 초월했다는 듯 덮어놓고 조소부터 날리는 사람. 우리 엄마로 말하자면, 두번째와 세번째를 뒤섞어놓은, 좀 독특한 부류였다. 엄마는 나라는 난관 앞에서 매번 놀라고 당황하고 분노했지만, 포기하는 대신 조소했다. 지금껏 반복되어온 일이고, 내가 살을 빼지 못하는 한 언제까지고 반복될 일이다.

집으로 돌아오는 길에, 마지막 만찬이라는 심정으로 양파맛 프링글스를 세 통 샀다. 프링글스의 단짝인 코카콜라는 물론, 대용량 비엔나쏘시지와 다섯 개 들이 냉동 핫도그도 한 봉지씩 샀다. 만족스러운 양은 아니었지만 가진 돈이 부족해 어쩔 수 없었다. 슈퍼마켓을 나서면서는 이불장 속에서 한 오만원쯤 더 빼올 걸 그랬다는 생각이 들기도 했다. 십오만원이든 이십만원이든 일단 엄마한테 걸리면, 내가 여태껏 도둑년을 키웠네 어쨌네 하는 소리를 듣게 되기는 마찬가지다. 여러모로 아쉽기는 했지만 먹을거리로 가득 찬 가방을 메고 걷는 기분은 변함없이 황홀했다. 현관문을 열기 직전에 문득, 이런 황홀경을 맛보는 것도 오늘로 끝이겠구나, 하는 생각이 들었다. 그러자 가슴 한구석이 풀썩 주저앉아버린 것처럼 헛헛해졌다.

언제나 그렇듯, 밥통에는 턱없이 적은 양의 밥이 들어 있었다. 엄마는 꼭 정해진 분량만큼만 밥을 해놓았다. 마치 그렇게 하면 내가 정해진 분량만큼의 밥만 먹을 거라고 믿는 것 같았다. 하는 수 없이 냄비에 물을 부어 가스레인지 위에 올렸다. 평소 라면을 달고 사는 아빠 덕분에 씽크대 맨 아랫서랍은 언제나 다양한 종류의 라면으로 넘쳐난다. 엄마는 서랍 속의 라면이 줄어들 때마다 아빠와 내게 번갈아 잔소리를 퍼부어대면서도 일주일에 한 번씩은 라면을 사다 서랍에 채워넣는다. 가게 일과 집안일을 모두 해야 하는 엄마로서는 라면 덕분에 얻게 되는 혜택을 포기하기 힘들었을 것이다.

물이 끓기 시작하자 짜장라면을 두 봉지 꺼내 면부터 넣었다. 면이 익어갈 무렵 불을 줄이고 물을 약간만 따라냈다. 밥까지 비벼 먹자면 너무 되게 끓여선 안된다. 건더기스프를 넣고 살짝 더 끓인 다음 분말스프를 넣고 비비자 고소하고 달큼한 냄새가 집 안 가득 퍼졌다. 가스레인지의 불을 끄고 나서 마지막으로 우리집의 아픈 가족사에 한몫 단단히 한 올리브기름을 짜넣었다. 까맣고 구불구불한 면발에 반지르르한 윤기가 돌자 어쩐지 나의 앞날에도 반지르르한 윤기가 돌 것만 같아 가슴 한구석이 뿌듯해졌다. 김치와 김, 그리고 라면냄비와 밥그릇까지 챙겨담자 쟁반이 가득 찼다. 나는 조심스럽게 걸음을 옮겨 내 방으로 갔다. 책상 위에 쟁반을 올려놓고 컴퓨터를 켰다. 징──하며 꽤나 요란스러운 소리를 긴 시간 내지른 끝에 팟, 하는 신호음과 함께 모니터가 눈을 떴다. 부팅된 뒤에도 소음은 여전했다. 지은은 어지간하면 컴퓨터 좀 바꾸라고, 이러다가 폭발하고 말겠다며 툭하면 빈정거리고는 했다. 그러나 내가 컴퓨터를 바꿔달라고 할 때마다 엄마는, 대출이자 갚아야지, 가게 월세 내야지, 집 전세금 올려줄 준비도 해야지, 공과금 내야지, 보험료 내야지, 쌀 사야지(이 대목에서는 다른 집에 비해 우리가 얼마나 많은 양의 쌀을 먹고 있는지에 대해서도 한참동안 투덜거렸다), 네 아빠 짤짤거리고 다니며 저질러놓는 사고 뒷수습해야지 등등 나와 아빠는 엄마의 인생에 해만 되는 존재일 뿐이라는 자각이 들 수밖에 없을 정도로 처절한 한탄을 구구절절하게 늘어놓고는 했다.

검색창에 '프로아나'라고 입력한 뒤 냄비뚜껑을 열었다. 알맞게 퍼진 면발에서 뜨거운 김이 올라왔다. 엔터키를 누르자 창이 바뀌면서 수많은 지식정보와 까페, 그리고 블로그 정보가 주르륵 떴다. 약간 마른 밥이 담긴 밥그릇 위에 짜장라면을 한 젓가락 올려 후루룩 빨아들였다. 짜장라면 역시 오늘이 마지막일지 모른다는 생각이 들자, 목구멍을 타고 부드럽게 넘어가는 면발의 느낌과 집 안을 가득 메운 고소하고 달큼한 짜장 냄새가 한결 애틋하게 느껴졌다. 냄비가 바닥을 드러낼 즈음 남은 짜장 양념에 밥을 비볐다. 쉬어터지다 못해 물러버린 배추김치의 국물도 두어 수저 덜어넣었다. 비빈 밥을 먹기 전, 가방에서 MP3를 꺼내 이어폰을 귀에 꽂았다. 마지막 순간은 당연히 서태지와 함께여야 했다. 재생버튼을 누르자 「울트라맨이야」가 흘러나왔다. 다양한 속도로 질주하는 기타와 드럼 스크래칭 싸운드의 절묘한 조화. 강렬한 전자음마저도 단숨에 뚫어버릴 듯한, 서태지 특유의 거친 미성이 귓전을 때렸다. 「울트라맨이야」를 반복재생시켰다. 완벽한 조화란 바로 이런 것을 두고 하는 말일 것이다. 짜장라면에 비빈 밥과 서태지의 위대한 음악.

"내게 미쳤다고 그래 모두 그래 다들 그래 다들 그래 맞어 그래 난 더 미치고 싶어……"*

46

세상은 그에게 미쳤다고 말했다. 끊임없이 음식을 찾고 살을 찌우는 내게 그랬듯 말이다. 그러나 미친 것은 그가 아니라 세상이었고, 그는 결국 미친 세상을 조롱이라도 하듯 '슈퍼초울트라 매니아'로 다시 태어났다. 이제 머지않아 슈퍼울트라 개량돼지도 슈퍼초울트라 프로아나로 다시 태어나게 될 것이다. 단숨에 달까지 뛰어오를 수 있을 것처럼 가슴이 벅차올랐다.

빈 그릇들을 설거지한 뒤 지은에게 다시 한번 전화를 걸어봤지만 여전히 받지 않았다. MP3를 귀에 꽂은 채 본격적으로 검색을 시작했다. 프로아나의 숙명이라는 폭식증과 거식증에 관한 경험담들부터 읽어봤다. 폭식과 구토를 반복하는 일은 그다지 어려울 것 같지 않지만, 거식증에 도달하기까지는 쉽지 않을 것 같았다. 도대체 어느 정도의 경지에 이르면 내 몸이 스스로 음식을 거부할 수 있게 될지 짐작조차 가지 않았다.

블로그에 거식증 치료일지를 올린 한 여자애는 거식증이 죽음에 이르는 병이라고 경고하고 있었다. 보나마나 포토샵이다 뭐다 해서 잔뜩 수정해놓은 것이겠지만, 그걸 감안한다고 해도 사진 속의 여자애는 놀랄 만큼 예쁘고 화사했다. 죽음에 이르는 병을 앓고 있는 사람이라고는 도무지 믿어지지 않을 정도로 생기가 넘쳤다. 보라색 스키니진을 입은 날씬한 다리를 보자 부럽기도 하고 조금 화가 나기도 했다. 여자애의 사진 아래 댓글을 단 사람들도 나와 비슷한 심정인 것 같았다. 이런 식의 눈부신 사진을 올려놓지 말든가,

---

* 서태지 6집 「울트라맨이야」(2000)

죽음에 이르는 병이니 어쩌니 하는 말을 말든가. 정말로 경고를 하고 싶었던 거라면, 여자애는 그랬어야 했다.

마우스를 놓고 침대로 가 벌렁 누웠다. 너무도 당연하다는 듯 낡은 매트리스는 또다시 삐걱거렸다. 기분이 한층 더 나빠졌다. 잠시 사지를 쫙 펼친 채 천장을 올려다보다가 버둥버둥 일어나 가방을 들고 왔다. 그리고 가방에서 프링글스와 콜라, 비엔나쏘시지를 꺼내 침대 위에 펼쳐놓았다. 조금 귀찮았지만, 부엌으로 가 냉동 핫도그를 데우고 케첩까지 듬뿍 뿌려왔다. 몸을 움직일 때마다 매트리스가 대책없이 출렁거렸으므로 콜라는 침대 옆 방바닥에 내려놓았다. 베개 두 개를 포개서 괴고 벽에 비스듬히 기대앉았다. 드디어 비엔나쏘시지부터 먹기 시작했다. 먹을 때마다 느끼는 거지만, 뽀득, 하고 이가 케이씽 표면을 뚫고 들어갈 때 느껴지는 비엔나쏘시지 특유의 식감은 다른 어떤 쏘시지보다 압도적이다. 양파맛 프링글스 통을 열면서는 MP3의 볼륨을 한껏 높였다. 고막을 뚫을 듯한 하드코어 록의 향연. 마지막 만찬은 꽤나 훌륭하게 진행중이었다.

이유식 먹는 아기도 아니고, 열일곱살짜리가 먹다 잠드는 경우는 흔치 않을 것이다. 몸무게가 130킬로그램이나 나가는 딸년이 빈 프링글스 통을 꼭 껴안고 핫도그를 입에 쑤셔박은 채 잠든 모습을 목격하는 엄마도 흔치는 않을 것이고. 내 꼴을 본 엄마는 언제나 그랬듯 놀라고 당황하고 분노하다가 조소를 날렸다.

"아이고, 이게 무슨 일이야! 이 썩을놈의 기집애 좀 봐라. 야, 일어나봐. 일어나보라니까!"

엄마가 두들겨깨우는 바람에 물고 있던 핫도그를 떨어뜨리고 말았다. 그러고도 상황파악이 잘 되지 않아 한동안 가물가물한 엄마의 모습과 내 손에 들린 프링글스 통, 그리고 케첩자국으로 지저분해진 티셔츠의 앞섶을 번갈아 바라보았다.

"도대체 무슨 일이야? 이게 다 뭐냐구!"

엄마는 벌겋게 달아오른 얼굴로 악을 써대며 어리둥절해하는 나를 밀치려 낑낑거렸다. 멍한 표정으로 입맛만 다시고 있는 내 꼴에 부아가 치미는지 나중에는 온몸을 부들부들 떨며 방구들이 꺼져라 발을 구르기도 했다. 잠시 뒤 내가 비비적비비적 물러앉자 침대에 걸터앉은 엄마는 그제야 거친 숨을 몰아쉬었다. 그러나 이내 내가 떨어뜨린 핫도그를 집어 눈앞에서 흔들어댔다. 다시 시작이었다.

"이게 뭐냐니까? 주둥이에 이런 거 처박고 자빠져자다가 기도라도 막히면 어쩌려고 이 지랄이야? 얼씨구, 이건 또 뭐야. 아이고, 내가 어째 한동안 잠잠하다 싶더라. 이딴 거 사먹지 말랬지! 자꾸 이딴 거 몰래 사서 처먹고 그러니까 그렇게 살이 찌지! 돈을 아예 주지 말든가 해야지, 원!"

눈앞에서 정신없이 왔다갔다하는 핫도그와 연이어 엄마가 흔들어대는 비엔나쏘시지 봉지를 보고서야, 나는 내가 먹다가 잠들었다는 사실을 깨달았다. 엄마만큼이나 나도, 나 자신이 어이없었다.

"이 염병할놈의 기집애! 너 뭐야? 도대체 네가 뭔데 이렇게 하고한 날 속을 썩여!"

엄마는 내 등짝을 사정없이 갈기며 악을 써댔다. 아주 빠른 속도로 놀람과 당황의 과정을 뛰어넘어 분노의 단계로 접어든 엄마의 눈이 매섭게 빛났다. 엄마는 들고 있던 핫도그와 쏘시지봉지를 던져버리더니 주위를 둘러보기 시작했다. 엄마의 손에 어떤 물건이 쥐어질지 알 수 없었기 때문에 무척 긴장되는 순간이었다. 나는 최대한 빠르게 몸을 움직여 침대에서 내려가려 했다. 그러나 늘 그래왔듯, 내 몸은 생각의 속도를 도통 따라잡지 못했다. 침대에서 미처 다 내려가기도 전에 엄마의 손에 들린 코카콜라 병으로 머리통을 얻어맞았다. 가격 강도로 보아 오늘 엄마의 분노지수는 만만치 않은 수준이었다. 콜라를 다 마셔버렸기에 망정이지, 그러지 않았다면 자칫 머리통이 깨졌을지도 모를 일이었다. 그러나 엄마의 분노지수와는 상관없이, 머리통과 등짝 그리고 팔뚝을 연이어 강타하는 빈 페트병은 매번 통, 통, 통, 하고 우스꽝스러운 소리를 냈다. 내가 우스꽝스럽다고 느낀 그 소리가 엄마는 거슬리는 모양이었다. 엄마는 갑자기 멈춰서서 뜨거운 콧김을 몇번 내뿜더니 페트병을 내던졌다. 그리고 방 한쪽 구석에 놓인 행거에서 철제 옷걸이를 빼 일자가 되도록 꾹꾹 눌렀다. 엄마의 손에 들린 옷걸이를 보자, 팔뚝이나 얼굴에 벌건 줄이 가 있는 내 모습이 자연스럽게 연상됐다. 도대체 이 세상에 철제 옷걸이 따위로 딸년을 두들겨패는 엄마가 얼마나 될까,라는 생각을 하는 사이, 비엔나쏘시지보다 더 통통하게 살이 오른 손등에 벌건 줄이 가고 말았다. 손가락도 욱신거렸다. 아무리 살집이 좋다고는 해도 손등과 손가락은 철제 옷걸이를 막아내기에 적합한 부위가 아니었다. 쌍, 늘 이 모양이긴 하지만 이번에는 정말로 잘못 피했다.

엄마와 나는 한동안 좁아터진 방 안을 빙빙 맴돌며 때리고 피하길 반복했다. 가능하면 방 밖으로 도망치고 싶었지만, 문을 열고 뛰쳐나갈 기회를 좀처럼 잡을 수가 없었다. 엄마가 휘두르는 옷걸이를 피해 몸을 움직일 때마다 바닥이 쿵쿵쿵 울렸다. 아마도 지금쯤이면 스스로를 엄청나게 예민한 사람이라고 강조하던 아래층 아줌마 역시 엄마 못지않게 열받은 상태일 것이다. 얼마 뒤 엄마가 옷걸이를 내던지고 침대에 주저앉았다. 엄마는 숨이 가쁜지 씩씩거리며 나를 노려보았다. 나는 책상과 행거 사이의 좁은 공간에 끼어서서 엄마를 쳐다보았다. 옷걸이에 맞은 손등과 손가락, 등짝, 그리고 기타 등등의 부위가 대중없이 쓰리고 욱신거렸다.

"도대체, 내가 너를 어떻게 해야 할지 모르겠다. 넌 어떻게……
사내새끼도 아니고 계집애가, 거울 보면서 너 스스로가 한심하다는 생각도 안 드니? 부끄럽지도 않아? 나이 먹은 여자들도 운동을 한다, 다이어트를 한다 하면서 하나같이 난리들인데, 이제 겨우 열일곱살밖에 안 먹은 계집애가 벌써 그렇게 인생을 포기하다니, 정말이지 믿을 수가 없다. 그래, 계속 그따위로 살아봐. 나중에 어떤 꼴로 나자빠지는지 어디 한번 두고 보자."

엄마는 눈을 가늘게 뜬 채, 마치 조롱하는 듯한 투로 말했다. 엄마의 조소에선 언제나, 나 자신마저도 나를 포기하고 싶게 만들 만큼 강렬한 포스가 느껴진다. 이번에도 역시 나는 내가, 사랑하는 남자보다 몸무게가 두 배나 더 나가면서도 그런 스스로의 몸을 부끄러워할 줄조차 모르는, 쓰레기처럼 느껴졌다. 거대하고도 거대한, 도저히 쓸어담을 수도 없을 만큼 거대한 쓰레기.

이제는 몸에 배다시피 한 엄마의 조소는 외할머니의 그것과 똑

닮았다. 엄마는 언제나 '인정머리라고는 눈곱만큼도 없고 지나치게 욕심 사나운 노인네'라며 외할머니를 비난하고는 했지만, 실상 엄마 자신이 점점 더 외할머니를 닮아가고 있다는 사실에 대해서는 전혀 개의치 않는 것 같았다. 엄마는 내가 유치원에 들어가서부터는 발길을 끊다시피 한 친정 나들이를 아빠의 실직 이후 재개했다. 물론 나들이라는 표현이 어울릴 만큼 편안한 방문은 아니었다. 게다가 내가 알고 있는, 그러니까 공식적인 외가 방문은 월드컵이 막 끝났을 즈음 한 번, 올리브기름으로 튀긴 웰빙 치킨집이 문을 열 무렵 또 한 번, 그리고 공고 후문 앞에 피씨방을 차릴 무렵과 엄마의 주도하에 프랜차이즈 주점 궁의 개업 준비가 한창일 무렵에 각각 한 번씩, 이렇게 단 네 차례뿐이다. 내가 엄마의 외가 방문 횟수를 정확히 기억하고 있는 것은, 누가 봐도 그 목적이 뻔한 시기 때문이기도 하지만, 무엇보다 엄마가 그때마다 나를 앞세웠기 때문이다. C시에서 제법 번듯한 한식집을 경영하고 있는 외할머니는 엄마 못지않게 차고 냉정한 노인네다. 가뭄에 콩나듯 만나는 외손녀를 보고도 등허리 한번 토닥여주지 않았다. 그런데도 엄마가 매번 나를 앞세우고 외가를 방문한 것은, 자신의 불행을 가장 극단적으로 표현할 수 있는 것이 바로 나라고 생각했기 때문인 것 같다. 자 봐라. 이렇게 거대한 딸년까지 먹여살려야만 하는 나를. 이 계집애가 처먹긴 또 얼마나 많이 처먹는 줄 아느냐. 그런데도 나를 외면할 테냐. 이를테면 뭐, 이런 식이었을 것이다. 하지만 엄마의 선택은 그다지 효과적이지 않았다. 당연한 일이었지만, 외할머니는 무섭게 비만한 내 몸집 정도로는 엄마를 동정하지 않았다. 차라리 내가 절름발이거나 외팔이였다면 엄마의 계획대로 되었을지도 모를 일이다.

엄마는 적잖은 굴욕을 감수해야 했던 친정 나들이에서 단 한번도 만족할 만한 성과를 거두지 못했음이 틀림없다. 집으로 돌아오는 내내 하얗게 질린 얼굴로, 간혹은 온몸을 부들부들 떨기까지 하면서, 욕심 사나운 노인네, 그 돈 죽을 때 죄 싸짊어지고 갈 작정인가, 저렇게 지독한 노인네는 죽어서 시체도 안 썩을 거야 등등의 말을 뇌까리려대고는 했으니까. 하지만 첫번째 방문 이후 세 차례나 더 불편한 방문을 계속한 것을 보면, 성과가 아주 없는 것도 아닌 모양이었다. 아무튼 외가를 방문할 때마다 불행의 상징처럼 앞세워진 나는 잔뜩 주눅이 들어서 끽소리 한번 내지 못한 채, 엄마가 시키는 대로 먹고 또 먹어댔다. 그때마다 외할머니는, 외동딸년을 얼려죽이고도 남을 만큼 차가운 표정을 가진 엄마를 낳아 기른 장본인답게, 좀더 근원적인 냉정함을 갖춘 얼굴로 나를 노려보았다. 입꼬리만 살짝 끌어올려 노인네답지 않게 세련된 표정으로 절정의 경지에 이른 조소를 날리는 외할머니의 모습이 아직도 눈에 선하다. 외할머니와 엄마, 이 두 사람이 동시에 지켜보는 가운데 무언가를 먹고 있노라면, 나는 내가 알고 있는 가장 엽기적인 동화인 「헨젤과 그레텔」의 헨젤, 혹은 그레텔이 된 것만 같은 착각에 사로잡히곤 했다.

엄마는 스물두살에 나를 낳았다. 덕분에 외할머니의 자랑이기도 했던 유수 여대의 학사과정을 수료하지 못했다. 겨우 열여덟살에 엄마를 낳은, 그래서 다른 아이들의 할머니들에 비해 지나치게 젊은 외할머니는 그러한 이유로 아빠를 외동딸년의 인생을 망쳐놓은 원수 취급했다. 물론 그 대단한 외동딸년의 외동딸년인 나 역시 외할머니에게는 배은망덕과 불효의 상징일 뿐이었다.

피씨방이 문을 열 즈음 있었던 세번째 방문 때는 위태롭게 유지되어오던 엄마와 외할머니 사이의 갈등이 기어이 폭발하고 말았다. 그때 엄마와 나는 손님으로 북적이는 외할머니의 식당에서 점심을 먹고 있었다. 외할머니와 이야기를 나누던 엄마가 갑자기 무쇠솥이라도 깨뜨려버릴 듯한 기세로 악을 쓰기 시작했다. 모녀가 만날 때마다 벌이는 불행에 대한 책임공방 끝에 일어난 일이었다.

"그래서 지금 나더러 어쩌라는 거야? 그 하나마나한 소리는 도대체 언제까지 할 건데? 내가 왜 엄마 말대로 하는 짓마다 한심하기 짝이 없는 박서방이랑 결혼했는데! 엄마한테서 벗어나기 위해서였어. 오로지 지긋지긋한 엄마한테서 벗어나기 위해서. 알아? 그땐 박서방이 아니라 그보다 더한 머저리가 덤벼들었다 해도 눈 딱 감고 결혼해치웠을 거란 말이야. 그러니까 내가 지금 이 모양 이 꼴로 사는 건 다 엄마 탓이야!"

"손님들 계신데 이게 도대체 무슨 짓이야. 목소리 낮춰!"

그전까지 엄마가 지랄을 하든 발광을 하든, 아무 상관없다는 듯한 표정으로 앉아 있던 외할머니는 엄마가 악을 써대자 그제야 당황한 기색을 비췄다. 외할머니는 엄마의 손목을 덥석 잡더니 건물 삼층에 있는 집으로 끌고 올라갔다. 나는 접시에 남은 민어전 두어 쪽을 한꺼번에 입안에 우겨넣고 뒤뚱뒤뚱 엄마와 외할머니를 쫓아갔다. 집에 도착하자마자 외할머니와 엄마는 말 그대로 서로 잡아먹을 듯 으르렁거리기 시작했다. 그녀들은 내가 보고 있거나 말거나 전혀 상관하지 않았다. 한창 사춘기에 접어든 딸년, 그리고 손녀 딸년에게 보일 만한 모습이 아니라는 생각 같은 건 전혀 들지 않는 모양이었다. 엄마는 외할아버지가 돌아가신 뒤 돈벌이에만 급급했던 외할머니가 어린 자신을 방치했던 일과 다분히 변태적 취향의 남자들을 끌어들이는 걸로도 부족해 하루 걸러 혹독한 체벌을 자행했던 일에 대해 또다시 따지고 들었다. 그러자 외할머니 역시 팔자를 고쳐도 열두번은 고칠 수 있었지만, 오로지 아비 잃은 핏덩이 딸년을 남부럽지 않게 키워내고자 하는 일념 하나로 그 모든 기회를 뿌리치고 세상의 풍파를 홀로 견뎌낸 자신의 숭고한 희생에 대해 역설했다.

"엄만 언제나 모든 게 나 때문이라고 하지만, 웃기는 소리 하지 마. 어디서 순 변태 같은 새끼들만 골라서 집구석으로 끌어들인 주제에! 그래놓고 툭하면 나 때문에 팔자를 고쳤네 못 고쳤네 하는데, 그 말 같지도 않은 소리 작작 좀 해!"

"썩을! 갓 탯줄 떨어진 애새끼 끌어안고 혼자 어떻게든 살아보겠다고 할 짓 안할 짓 다 해가며 고생한 어미한테, 뭐? 주제? 에라, 이 개도 안 물어갈 년!"

그것을 시작으로, 내가 아는 한 세상에서 가장 냉혹한 부류의 인간들인 모녀는 각자 만신창이가 될 때까지 서로에 대한 비난과 악담을 퍼부어댔다. 엄마는 심지어 외할머니가 너무 표독스러웠기 때문에 외할아버지가 서른도 되기 전에 죽어버렸다고 했고, 엄마의 말에 격분한 외할머니는 세상에 나오자마자 아비를 잡아먹은 네년의 팔자가 머지않아 명청하고 한심한 서방마저도 잡아먹고 말 거라고 쏘아붙였다. 덕분에 그날 나는 얼굴도 보지 못한 외할아버 지의 흘러간 죽음과, 무능과 무기력의 상징이 되어버린 아빠에게 머지않아 닥쳐올지도 모를 죽음을 반복적으로 경험해야만 했다. 점심 무렵부터 날이 저물도록 계속된 그날의 싸움은 모녀가 각각 방으로 들어가 부서져라 방문을 닫아걸기 전까지 계속되었다.

외할머니와 엄마가 방으로 들어가버린 뒤, 나는 컴컴해진 거실 에 불도 켜지 않고 우두커니 앉아서 생각에 잠겼다. 싸움이 끝났음 에도 불구하고 각자의 방문 너머 두 여자가 내뿜는 독기에 집 안 전체가 선뜩해질 정도였다. 그 와중에도 나는 생각에 생각을 거듭 했다. 모녀의 이야기를 종합해 정리해보면 이랬다. 누구보다도 영 특하고 예뻤던 엄마는 표독스러운 외할머니의 간섭과 억압을 피 해 명청한 아빠와 결혼한 뒤 뚱뚱한 나를 낳음으로써 비극의 구렁 텅이에 빠졌고, 비공식적으로야 어떻든 공식적으로는 청상의 몸으 로 오로지 딸년 하나 잘 키워보겠다는 일념으로 살아온 외할머니 는 아빠와 내가 엄마의 인생에 끼어듦으로 인해서 세상에서 가장 불행한 노인네가 되고 만 것이었다. 갑자기 걷잡을 수 없이 눈물이 쏟아지기 시작했다. 마치 내가 이 모든 불행의 원흉처럼 느껴졌기 때문이다. 결국 그날 점심밥도 제대로 먹지 못한 나는 저녁마저 거 르고 거실 쏘파에 웅크린 채 잠이 들었다.

"무슨 계집애가 이렇게 애교도 없고 융통성도 없는지 몰라. 처먹 으랬다고 그렇게 밑도끝도없이 처먹어대기만 하면 어떻게 해! 할 머니한테 눈치껏 착착 감기고 그러면 어디가 어떻게 되기라도 하는 거야?"

　다음날 집으로 돌아오는 버스 안에서 엄마는 내 뒤통수를 연방 쥐어박으며 통을 놓았다. 나는 내가 무엇을 잘못했는지도 모른 채, 엄마가 뒤통수를 쥐어박을 때마다 잘못했다고 말했다. 상황을 그토록 어처구니없는 지경까지 몰아가놓고 뒤늦게 나를 탓하는 엄마를 이해할 수 없었지만, 따지고 들지 않았다. 물론 외할머니한테 착착 감기라는 게 도대체 뭘 어떻게 하라는 뜻인지도 끝내 알 수 없었다.

　욱신거리는 손등을 문지르며 침대에 걸터앉아 씩씩대는 엄마와 내던져진 철제 옷걸이를 번갈아 바라보았다. 나는 언젠가 반드시, 나를 쓸어담을 수조차 없는 이 세상을 차갑게 등지고 달로 떠날 것이다. 달의 뒤편, 인간의 눈으로는 결코 목격할 수조차 없을 그곳, 영겁의 어둠속에서도 스스로가 빛이 되어 살아가는 위대한 존재들의 세상으로. 그렇게 완전히 엄마를 떠나서, 엄마에 관한 것이라면 그것이 무엇이든 두번 다시 기억조차 하지 않을 것이다. 아무래도 서태지에게 그랬듯, 나에게도 변태의 시간이 다가온 것 같다.

Pro-Ana의 철칙

1

일어나서 몸무게를 쟀을 때, 몸무게가 늘었으면 굶는다. 몸무게가 줄었어도 굶는다.

일주일 만에 나타난 지은은 이틀을 제외하고는 학교에 나왔다고 말했다. 그러고는 결석한 이틀간의 행적에 대해 간단히 이야기했다.

"썅, 다같이 방까지 잡고 퍼마시는데, 자고 일어나도 도무지 술이 깨야 말이지. 그래서 하루 더 퍼졌었는데, 술 깨자마자 또 달려줬잖냐. 이틀 연짱으로 빼먹는 바람에 집에 연락 가서, 학교도 안

가고 대체 어디서 자빠져 잔 거냐고 우리 엄마 아주 쌩 지랄이 났었다니까. 솔직히, 내가 학교 빼먹는 게 아직도 그렇게 신선한 사건이냐? 우리 엄만 어쩌면 저렇게 변하질 않냐. 하여간 포기를 몰라요, 포기를. 우리 엄마에 비하면 너희 엄마는 무지 쿨한 거야. 안 그러냐?"

지은의 말에 나는 고개를 끄덕여줬다. 사실 굳이 쿨하니 어쩌니 하며 갖다붙이자면, 지은의 엄마보다야 우리 엄마 쪽이 쿨하기는 하다. 어찌나 쿨하신지, 하나밖에 없는 딸년을 아예 얼려죽일 작정을 한 것 같은 게 문제긴 하지만 말이다.

예상대로 지은은 나의 계획에 아낌없는 찬사를 날려주었다. 거식증에 대한 아이디어는 자신이 준 거라며 생색을 내기도 했다.

"그런데 어떻게 해야 되는 건지는 아냐? 뭐 그냥, 무조건하고 쌩으로 굶으면 되는 건가?"

"모르겠어. 일단 오늘부터 굶기 시작하긴 했는데, 이러다간 며칠 못 가서 굶어죽고 말 거야. 내가 무조건 굶는다는 게 상상이나 가냐? 어쨌든 뭔가 방법이 있겠지. 그러니까 성공하는 사람도 있는 거 아니겠어?"

지은의 물음에 나는 겹겹이 늘어진 뱃살을 부여잡으며 대답했다. 정말로 배가 고파서 죽을 것만 같았다. 검색해둔 까페 중 회원 수가 많은 순으로 뽑아놓은 리스트를 보여줬다.

"첫번째랑 두번째가 제일 나은 거 같기는 한데. 정보 메뉴도 꽤 다양하고 말이야. 근데 둘다 접근이 제한돼 있어. 얼마 전에 텔레비전에서 폭식증을 다루는 프로그램을 방영했는데, 거기서 엄청 까였다나봐. 그뒤로 비공개모드로 바뀐 거 같더라고. 보나마나 텔레비전 보고 우르르 몰려가서는 쓸데없는 테러질들을 했겠지. 그때 폐쇄된 까페도 꽤 되는 모양이야. 비공개로 바뀌는 바람에 가입할 때 정보공개해야 되고, 등업하려면 몸매점검 사진 올려야 하고, 일정기간 동안은 매일매일 체중 체크도 해야 되고, 식단도 공개하고 다이어트 일기도 써야 해. 아무튼 무지 복잡해졌어. 우선은 몸매점검 사진부터 찍어서 올리려고."

"몸매점검 사진? 그거 홀딱 벗고 찍는 거 아냐? 설마, 빤쓰랑 브라자만 입고 그걸 찍겠다고?"

지은은 배를 잡고 웃어댔다. 말할 수 없이 쪽팔렸지만, 묵묵히 책상서랍을 뒤져 카메라를 찾아 꺼냈다. 그때까지도 지은은 웃음을 멈추지 못해 아예 바닥을 뒹굴고 있었다.

"그만 웃고 사진 찍게 일어나. 네 사진 찍을 거야."

"뭐? 내 사진? 내 사진을 왜?"

지은은 여전히 웃음기를 털어내지 못해 숨까지 헐떡이며 일어나 앉았다.

"내가 설마 쪽팔리게 내 사진을 찍어서 올리겠냐? 정회원 등업 신청해놓은 애들 프로필은 가입만 하면 볼 수 있어서 봤는데, 씨발, 뚱뚱한 년은 한 년도 없어. 다들 진짠지, 아니면 나처럼 작정을 하고 속이고 있는 건지는 모르겠지만, 하나같이 삐쩍 곯은 년들뿐이더라고. 그 틈에다 내 사진을 어떻게 올리냐? 네 사진 올릴 거야. 대신 얼굴은 확실하게 지울 테니까, 그건 걱정 마."

지은은 그제야 웃음기를 털어냈다. 그러고는 믿기지 않을 만큼 순식간에 정색을 하며 나를 노려봤다. 아무 문제도 없을 거라고 생각했다. 우리는 서로를 위해 그 정도 도움은 충분히 줄 수 있는 사이라고, 오히려 지은 쪽에서 나보다 더 적극적으로 나서줄 거라고 조금의 의심도 없이 믿고 있었다. 지은이 이런 식으로 반응하리라고는 전혀 예상하지 못했기 때문에, 당황스러울 수밖에 없었다.

"싫어? 네가 정 싫다면 할 수 없고. 미안해. 미리 물어보지도 않고 내 멋대로 결정해서."

나는 지은의 안색을 살피며 어물어물 사과했다. 우리의 관계에 대한 실망을 넘어서 좌절감이 느껴질 정도였다. 어쩐지 잔뜩 주눅이 드는 기분이었고, 잠깐동안이었지만 눈물이 날 것만 같았다.

"그렇다고 그렇게 쫄 필요는 없어. 꼭 싫은 건 아니니까. 뭐, 어쩔 수 없다면 그 정도는 해줄 수도 있어. 그런데 나한테 물어보지도 않고 그런 생각을 했다는 건 좀 좆 같네."

조금 뒤 지은은 한결 부드러워진 표정으로 말했다. 아주 가끔 지은은, 오래전 내게 더없이 친절했던 시절로 돌아간 듯한 표정을 지어 보이기도 한다. 바로 지금처럼 말이다.

초등학교 5학년 때까지, 지은은 말을 더듬었다. 아주 심한 건 아니었지만, 짓궂은 애들의 놀림감이 되기에는 충분한 정도였다. 이리저리 치이면서 지은은 점점 더 소심해졌다. 나 역시 남다른 몸집 때문에 툭하면 아이들로부터 괴롭힘을 당하던 때여서 지은 못지않게 소심한 아이였다. 소심한 우리는 언제나 손을 꼭 붙잡고 마치 쌍둥이 유령처럼 조용히 학교에 갔고, 화장실에 다녀왔고, 급식을 먹었고, 집으로 돌아왔다. 우리 둘이서만 이야기하고, 둘이서만 싸우고, 둘이서만 위로하던 시절이었다. 그때 우리는 서로에게만 친절했다. 그러나 지금은 상황이 달라졌다. 나는 여전히 지은에게만 이야기했지만, 지은은 누구와도 이야기를 나눌 수 있었다. 나는 지은에게조차 화를 낼 수 없게 되었지만, 지은은 누구에게든 화를 낼 수 있었다. 그리고 나는 언제나 지은에게 친절하기 위해 노력했지만, 지은은 자신이 원할 때만 내게 친절했다. 지은은 말을 더듬는 버릇을 깨끗이 고쳤지만, 나는 살을 빼지 못했기 때문이다. 그게 우리 두 사람의 차이였다. 얼핏 사소한 것 같지만 사실은 결정적인 차이.

결국 지은은 사진의 모델이 되어주었다. 테두리에 검정색 바이어스 처리가 된 초록색 팬티와 브래지어만 입고 S라인을 만든답시고 허리가 꺾어져라 몸을 비트는 지은의 모습은 좀 우스꽝스러워 보였다. 물론 그런 지은을 보고 웃지는 않았다. 그런 식의 태도는 지금의 내 처지와는 어울리지 않으니까. 사진들을 다이어트 폴더에 저장한 뒤 카메라 메모리 속의 원본은 삭제했다. 지은은 폴더에 저장해둔 사진들을 반복해서 넘겨보며 흐뭇해했다. 포즈를 취할 때 우스꽝스러웠던 것과는 달리, 사진 속의 지은은 스스로 흐뭇해해도 좋을 만큼 멋진 몸매를 가지고 있었다. 또다시 참을 수 없는 허기가 밀려왔다. 문득, 하루종일 굶었는데 몇킬로그램이나 빠졌을지 궁금해졌다. 그러나 체중을 체크하지는 않았다. 집에 있는 체중계의 최대 측정치는 120킬로그램이다. 그래서 작년여름 이후로는 집에서 체중을 재본 적이 없다. 혈압약을 처방받기 위해 이십일에 한 번꼴로 들르는 병원에서 간호사들 몰래 살짝살짝 측정해

보는 것이 고작이었다. 물론 그렇지 않았다고 해도 지은 앞에서 체중을 재는 일 따위는 없었을 것이다. 지은에게 내 체중을 솔직하게 이야기하는 것과 내가 올라선 저울의 눈금을 직접 보여주는 것은 전혀 다른 문제다. 체중이 얼마나 줄었든, 혹은 줄지 않았든 상관없기도 했다. 그사이 체중이 줄었어도 계속 굶어야 하고, 줄지 않았다면 더더욱 계속해서 굶어야 할 테니까 말이다.

2

완벽함은 마른 몸에서 나오는 것이다.

지은은 한참동안이나 도무지 포기를 모르는데다가 지나치게 감정적이기까지 한 자신의 엄마를 욕하다 돌아갔다. 지은이 돌아가고 나자 어쩐지 마음이 헛헛해졌다. 아마도 배가 고프기 때문일 거라고 생각하며, 그렇지만 아무것도 먹어서는 안된다고 다짐하며 즐겨찾기에서 까페를 클릭했다. 그리고 절차에 따라 속이지 않을 수 있는 부분에 대해서는 최대한 성실한 자세로 등업신청서를 작성하기 시작했다.

〈경고〉
이곳에서 나오는 자료로 인해 발생하는 모든 건강상의 책임은 본인에게 있으며, 일체의 법적 책임을 묻지 않겠습니다.

—위 내용에 동의하십니까? 당연히, 네! (이런 식의 동의가 법적인 효력을 발휘할지는 의문이었지만, 나는 굉장히 활기차게 대답했다. 왜냐하면 무조건 잘 보여야 하니까.)

—Pro-Ana란? 찬성을 뜻하는 Pro와 거식증을 뜻하는 Anorexia가 합쳐진 신조어로, 마른 몸을 지향하고 그것을 위해 노력하고 실천하는 사람들을 가리키는 말입니다. (Anorexia는 난생처음 들어본 단어여서 써놓고도 스펠링이 맞는지 두 번씩이나 확인해야 했다.)

—현재 당신의 키와 몸무게는? 164센티미터 47킬로그램입니다. (이 대목에서 약간 켕겼지만 어쩔 수 없었다. 지은의 사진을 올려놓고 131, 혹은 132, 아니면 133? 아무튼 얼마 전에 130킬로그램을 돌파했습니다,라고 대답할 수는 없지 않은가.)

—당신이 소망하는 몸무게는? 38킬로그램입니다. (이땐 거짓말이 아니라, 머지않아 내가 정말로 38킬로그램짜리 여자애로 변신할 수 있을 것만 같은 희망에 부풀어오르기까지 했다.)

—자신이 프로아나라고 생각하는 이유는? 매일매일 더 마르고 싶다는 생각 때문에 음식을 거의 먹지 않기 위해 노력합니다. (마음 같아선 좀더 거창한 이유를 쓰고 싶었다. 이를테면 마른 몸을 갖지 못한다면 언제든 자살할 준비가 되어 있다,라든가 하는 것처럼 말이다.)

—프로아나로서의 나의 생활(식단, 체중, 다이어트 일기 등)을 솔직하게 올릴 준비가 되어 있나요? 네, 정말 성실하게 쓰겠습니다. (체중이야 솔직히 밝힐 수 없겠지만, 식단이나 다이어트

일기는 정말 솔직하게 써도 부끄럽지 않도록 노력하겠다고, 나는 두 주먹까지 불끈 쥐며 다짐에 다짐을 거듭했다.)

　—*자신의 몸매점검 사진은 올리셨나요?* 신청서 작성을 마치는 대로 바로 올릴게용~! (최대한 활기차게, 심지어 애교스럽기까지 하게 대답했다. 왜냐하면, 정말로 잘 보이고 싶었으니까.)

　마지막으로 다이어트 폴더에 저장해둔 지은의 사진 중 하나를 골라 올렸다. 이로써 Pro-Anorexia들의 견고한 성으로 진입할 준비를 마친 셈이다. 이제 본격적으로 예비 프로아나로서의 생활에 돌입할 차례다. 앞으로 나는 매일매일 식단과 체중을 체크하고 거식증에 걸리지 못해 안달난 여자애들을 감동시킬 만한 다이어트 일기를 써야 한다. 성으로 진입하기까지는 적지 않은 시련이 따르겠지만 버텨낼 것이다. 서태지와 함께 스스로 빛이 되어 살아가는 위대한 존재들의 세상으로 가기 위해서는 반드시 거쳐야만 하는 과정이니까. 나는 의지를 다지며 까페 메인화면 속 여자애의 회색 눈동자를 뚫어져라 노려봤다. 공포에 질린 듯한 여자애의 입에는 'Stop Eating'이라고 쓰인 푯말이 붙어 있었다.

　"아, 씨발. 배고파죽겠네. 쌍!"

　나도 모르게 중얼거렸다. 젠장, 반드시 버텨내겠다고 다짐을 거듭하는 와중에도 배고프다는 소리가 나오다니, 도무지 나란 인간은 어쩌자고 이렇게 나약한 것일까. 이래가지고서는 내가 이미 인생을 포기했다고 단정해버린 엄마가 틀렸다고만 할 수도 없는 노릇이었다. 벌떡 일어나 할 수 있는 한 발을 세게 구르며 부엌으로 갔다. 걸을 때마다 바닥이 쿵쾅쿵쾅 울렸다. 전혀 예민해 보이지 않는 주제에 곧 죽어도 자기는 무지하게 예민한 사람이라고 주장하는 아랫집 아줌마가 도끼눈을 뜨고 천장을 노려볼 모습이 눈에 선했다. 씽크대를 뒤져 커다란 생맥주잔을 꺼냈다. 오래전 겨울, 술에 잔뜩 취한 아빠가 오리털파카 속에 품고 가져온 물건이다. 아빠는 간혹 술에 많이 취했을 때 포크나 젓가락, 혹은 재떨이 따위를 훔쳐오는 좀 어이없는 도벽이 있다. 그렇다고는 해도 오백씨씨짜리 생맥주잔을, 그것도 두 개씩이나 품어 가지고 온 것은 지금 생각해봐도 어처구니없는 짓이다. 그날 아빠의 배는, 비록 넉넉한 싸이즈의 오리털파카를 입었다고는 해도 품속에 무언가를 숨기고 있을지도 모른다는 의심을 사기에 충분할 만큼 불룩했다. 그 모양을 하고 맥줏집을 나서는 아빠를 보며 사람들은 뭐라고 했을까. 그때나는 그런 생각을 하며 아빠를 좀 창피해했다. 엄마 역시 의기양양한 표정으로 품속에서 생맥주잔 두 개를 꺼내 자랑하듯 흔들어대는 아빠에게, 도대체 돈도 안되는 걸 뭐하려고 훔쳐왔느냐고, 그러다 들키면 무슨 개망신을 당하려고 그러느냐며 잔소리를 퍼부어댔다. 그러나 이후로 간혹 집에서 치킨과 맥주를 배달시켜 먹을 때면 엄마가 먼저 그 잔들을 꺼내오곤 했다. 물론 아빠는 그때마다, 역시 맥주는 생맥주잔에 마셔야 제맛이야,라고 중얼거리며 흐뭇해했고. 누가 봐도 한심스러운 장면임에 틀림없겠지만, 지금 와서 생각해보면 그 순간이 그다지 나쁘지만은 않았던 것도 같다. 그것도 다 아빠가 회사에 다니고 있을 때의 일이지만 말이다.

얼음을 채운 생맥주잔에 물을 가득 따라 단숨에 들이켰다. 차가운 물이 한꺼번에 꿀렁 넘어가는 바람에 목구멍이 찢어질 듯 아팠지만 끝까지 멈추지 않았다. 그러자 배가 좀 부른 것도 같았고 아픈 것도 같았다. 얼음만 남은 생맥주잔을 들고 방으로 돌아왔다. 그리고 얼음을 하나씩 집어 와작와작 깨물며 컴퓨터 모니터를 노려봤다. 내가 견뎌내야 할 세상이 그 안에 있었다. 서태지가 견뎌낸 세상에 비하면 이 정도는 아무것도 아니라는 생각이 들었다. 다이어트에 성공해서 완벽한 인간으로 거듭난 후, 나는 그를 찾아갈 것이다. 그리고 그에게 당당히 말할 것이다. 나는 드디어 모든 준비를 마쳤다고. 이젠 언제든 당신과 함께 달로 떠날 수 있게 됐다고.

마지막 만찬사건 때문이었는지, 엄마는 자정이 되기도 전에 집으로 돌아왔다. 돌아오자마자 밥통부터 확인한 엄마는 씽크대 맨 아랫서랍을 열어 라면의 수를 헤아렸다. 그러고는 뭔가 생각하는 듯 한동안 가만히 서 있다가 갑자기 몸을 돌려 문턱에 서 있는 나를 밀치며 내 방으로 들어왔다.

"밥은 왜 안 먹었어? 너 또 뭐 다른 거 사먹은 거 아니야? 도대체 돈은 어디서 나는 거야?"

나는 아무 대답 없이 어깨만 으쓱해 보였다. 엄마는 침대 옆과 책상서랍들을 빠른 속도로, 그러나 집요하리만치 빈틈없이 뒤지기 시작했다. 마지막으로 가방까지 뒤져본 엄마는 아무것도 발견하지 못하자, 그제야 긴 한숨을 내쉬며 나를 돌아봤다. 그러고는 "제발, 제발 좀 이렇게 살지 말자, 우리"라고 말한 뒤 방에서 나갔다. 나는 좀 황당한 기분이었다. 그런 말은 엄마가 아니라 내가 해야 옳았다. 제발, 제발 좀 이렇게 살지 않았으면 좋겠다고, 나야말로 언제나 생각해왔으니까.

3

남자들은 못생긴 건 용서해도 뚱뚱한 건 용서 못한다.

성인이 되기 직전의 남자애들은 대체로 어딘가 미심쩍은 구석이 있다. 뭐라고 표현하면 좋을까. 나사가 한두 개씩 풀린 애들 같다고 해야 할까. 아니면 반대로 불필요한 나사들까지 죄 긁어모아서 쓸데없이 아무데나 조이고 다니는 애들 같다고 해야 할까. 멍청이들처럼 초점이 반쯤은 풀린 눈으로 시도때도없이 시시덕대다가도 어느 순간에는 또 걷잡을 수 없이 격앙되어 날뛰고는 한다. 게다가 타인의 상처에 대해서는 믿기지 않을 정도로 무감하다. 하여간 결정적인 무언가의 결핍으로 인해 곧게 서거나 바로 걷지 못하는 인성의 절름발이들 같다.

지은의 새로운 깔은 이웃 공고 삼학년이다. 깔이라기보다는 스폰써라는 말이 더 어울릴 것 같다. 아무튼 대입이라든지 취업 따위와는 아무런 상관도 관심도 없을 그 공고생을, 지은은 지역의 삼대 짱 중 하나라고 소개했다. 이학년 때부터 이미 지역 내 유수의 조직들로부터 스카우트 제의를 받아왔고, 삼학년이 된 지금은 실제로 그중 한 조직의 훈련생으로 생활하고 있다고도 했다. 그 남자애를 만나면서부터 교내외에서 지은의 위치가 눈에 띄게 격상되기도 했으니, 그런 면에서 지은은 꽤 쓸 만한 스폰서를 잡은 것이 틀림없어 보였다. 딱 한번, 그 남자애를 본 적이 있다. 물론 지은으로부터 정식으로 소개를 받거나 한 것은 아니었다. 그저 어느날 오후, 요란스러운 오토바이 소리와 함께 홀연히 학교에 나타나 지은을 뒤에 태우고 바람처럼 사라지는 모습을 보았을 뿐이다. 내가 단 한번, 그것도 먼발치에서 보았을 뿐인 그 남자애를 단번에 알아볼 수 있었던 것은, 특유의 길쭉한, 아주아주 길쭉한 얼굴 때문이었다.

지금껏 내가 보아온 얼굴들 중에서 가장 크고 길쭉한 얼굴을 가진 그 공고생, 아니 유수 조직의 훈련생을 다시 만난 장소는 아빠가 입원해 있는 병원이었다. 갈비뼈 두 대와 대퇴골 골절을 비롯해 전치 8주의 상해를 입은 아빠의 침상을 빙 둘러싼 남자들 틈에서 그 남자애는 시종일관 고개를 좌우로 꺾어대고 있었다. 좁아터진 변두리 병원의 5인 병실을 가득 메우다시피 한 덩치 큰 남자들은 유수 조직의 조직원들이라기에는 어딘가 좀 허술해 보였다. 영화나 텔레비전 드라마에 나오는 조직폭력배들처럼 날카로운 카리스마를 풍기기는커녕, 하나같이 잘 차려입었음에도 불구하고 왠지 모르게 후줄근해 보이기까지 했다. 아빠는 병실로 들어서는 나를 발견하자마자 돌아가라는 듯 손짓을 해댔다. 내가 영문을 몰라 이러지도 저러지도 못하는 사이 그들이 내 쪽을 돌아봤다.

"아이고, 따님이 오셨나보네요. 아유, 따님이 아주, 음…… 그러니까, 아주, 기골이 장대하십니다."

침상 옆에 놓인 의자에 앉아 있던 남자가 나를 위아래로 훑어보며 말했다. 그 말에 밤낮없이 게임만 하던 옆 침상의 남자애가 키득거리기 시작했고, 곧 병실 안의 모든 사람들이 웃음을 터뜨렸다. 나는 병실 문고리를 잡고 어정쩡하게 선 채로 고개를 떨어뜨렸다. 언제나, 어딜 가나, 누굴 만나나 이 지경이다. 이젠 정말이지 지긋지긋했다. 조금 뒤 천천히 돌아서서 병실을 빠져나왔다.

일주일쯤 전, 궁에서 작은 소동이 있었다. 직접 목격하지는 못했지만, 확실히, 시작은 작은 소동에 불과했다고 한다. 사소한 시비에서 비롯된 그날의 소동이 이토록 심각한 결과를 초래할 줄은, 그날 그 자리에 있던 누구도 예상하지 못했을 터였다. 그리고 그 소동으로 인해 치르게 될 만만치 않은 대가를 아빠 혼자서 고스란히 뒤집어쓰게 될 줄은 아빠 자신도 전혀 몰랐을 것이다. 엄마의 표현을 빌리면, 이게 다 판사, 검사, 변호사는 고사하고 경찰, 하다못해 잘나가는 깡패 하나 친척으로 두지 못한 주제에 물색없이 나댄 아빠 때문에 벌어진 일이었다. 그러니까 그 일은, 고래 싸움에 새우등 터진 것도 아니고, 새우들끼리의 싸움을 열렬히 뜯어말리다 쥐어터진 술집 주인의 등을 난데없이 나타난 고래 친척이 툭, 터뜨려버린 사건쯤으로 풀이할 만한 일이었다.

아빠의 옛 직장동료들은 아빠가 새로운 가게를 차릴 때마다 자신들의 변하지 않은 동료애를 확인시켜줄 요량으로 우르르 몰려오고는 했다. 첫번째 가게였던 치킨집에 몰려온 그들은 무려 이십여만원에 달하는 매상을 올려줄 뻔했지만, 결국 돈을 내지 않고 돌아가버리는 바람에 엄마를 기함하게 만들었다. 이후로도 서너 차례 더 비슷한 일이 있었는데, 엄마의 말에 따르면 그들이 태생적으로 뻔뻔한 인간들이기도 하지만, 앉을 자리와 설 자리도 구분 못하는 아빠가 거듭 계산을 만류한 탓이 더욱 컸다고 한다. 피씨방을 차렸을 때도 마찬가지였다. 그들은 건전한 회식문화를 조성하기로 했다며 삼차 대신 언제나 아빠의 피씨방으로 몰려왔고, 각자 게임에 몰두하다가 날이 샐 즈음 그냥 우르르 나가버리고는 했다. 처음에는 그 사실을 몰랐다가 아르바이트생의 제보로 일련의 사실들을 알게 된 엄마가 아빠를 잡아먹을 듯이 닦달했지만, 공연히 꾀죄죄한 모습의 아르바이트생만 목이 날아갔을 뿐 이후로도 달라진 것은 없었다. 그런 그들이 또다시 궁으로 몰려온 것이었다. 뒤늦게 가게의 오픈 소식을 접하고 숨돌릴 틈도 없이 몰려온 그들은, 건전한 회식문화를 조성하겠다던 예의 다짐은 아랑곳하지 않고 매우 불건전한 태도로 그들만의 회식을 즐겼다고 한다. 그들의 요란스러운 태도는 옆 테이블에서 '니미 씨발 좆 같은 세상'을 씹어대며 점잖게 소주를 까던 젊은 남자들의 비위를 거슬렀고, 그들을 향한 젊은 남자들의 불손한 항의는 그들의 술맛을 잡치게 했다. 사소한 시비가 일었고, 옛 동료들 틈에 끼어앉아서 함께 술을 퍼마시며 빠른 속도로 취해가던 아빠의 지나치게 적극적인 제지에도 불구하고 싸움은 커져만 갔다. 아르바이트생의 증언에 따르면, 술잔과 술병 그리고 탕수육과 은행꼬치 따위가 난무하는 꽤나 지저분한 싸움이었다고 한다. 그 와중에 이리저리 차이고 밀리고 밟히고 자빠진 아빠만이 유일하게 찢기고 깨지고 부러졌으니, 평소 아빠를 두고 뼛속까지 물렁한 인간이라며 비난을 퍼붓곤 했던 엄마의 말이 공연한 소리가 아니었음을 아빠가 몸소 증명해 보인 셈이다.

엄마는 병원에 누워 있는 아빠를 보자마자 막장 인생들의 너저분한 쌩 쇼였다며 그 일을 정리했는데, 아빠는 아무 대꾸도 하지 못한채 끄응, 소리를 내며 눈을 감아버렸다.

젊은 남자들 중 하나가 지역 유수 조직의 행동대장급 인사의 사촌동생이라는 사실은 지지부진하던 합의과정에서 드러났다. 일단 그러한 사실이 드러나자 합의는 일사천리로 진행되었다. 사실, 이후의 과정은 딱히 합의라고 할 것도 없다. 변치 않는 동료애를 자랑하던 아빠의 옛 동료들은 하나같이 블랙아웃 증상을 호소하며 발을 뺐고, 신이 나서 그날의 상황을 떠들어대던 아르바이트생 역시 술에 취한 아빠가 혼자서 넘어지고 구르고 부딪혔을 뿐이라는 증언과 함께 잠적했다. 결국 아빠는 전치 8주의 중상을 입었음에도 불구하고 치료비도 채 안되는 보상밖에 받을 수 없었다. 억울해도 별 수 없는 일이었다. 엄마 말대로 아빠는 판사, 검사, 변호사는 고사하고 경찰, 하다못해 잘나가는 깡패 친척 하나 두지 못한 변변찮은 처지였다.

병실을 빠져나온 뒤에도 나는 그대로 돌아가지 못하고 사람들의 왕래가 드문 병원 뒤편의 주차장 한구석에서 시간을 흘려보냈다. 여름이 시작되었고, 아주 더웠고, 당연히 가만히 서 있어도 땀이 줄줄 흘렀다. 반찬통들을 담은 쇼핑백을 쥔 손에도 땀이 찼다. 아주 잠깐, 주차장 바닥이 핑그르르 도는 듯한 현기증이 일기도 했다. 나는 쇼핑백을 바꿔쥐며 그늘을 찾아 두리번거렸다. 그러나 주차장 어디에도 그늘은 없었다.

더위와 허기, 그리고 허기 끝에 찾아온 현기증에 지쳐갈 무렵 길쭉한 얼굴의 남자애가 주차장 쪽으로 걸어왔다. 주머니를 뒤적여 담배를 꺼내물던 길쭉이는 나를 발견하자 걸음을 멈추고 잠시 내쪽을 쳐다봤다. 그러고는 천천히 담배에 불을 댕겼다. 여전히 나를 흘끔대며 몇모금의 담배를 빨아들이던 길쭉이가 걸음을 옮기기 시작했다.

"야, 돼지, 좆나 쪽팔렸겠다?"

길쭉이는 내 앞에 버티고 서서 담배를 한모금 쭉 빨아들이더니 나를 향해 연기를 내뿜었다. 정말이지 턱없이 길쭉한 얼굴이었다. 게다가 덩치에 어울리지 않게 가는 목소리였다. 이래저래 길쭉이는 내가 짐작했던 것보다 훨씬 더 깨는 타입이었다. 도무지 지은과는 어울리지가 않았다. 설사 길쭉이가 끝까지 죽지 않고 살아남아 저희들의 후줄근한 조직을 접수하게 된다고 해도 마찬가지일 것이다.

"너희 꼰대한테 똑바로 전해. 그나마 목숨 보존하고 있을 때 잘 생각해서 하라고. 여차하면 확 묻어버리는 수가 있으니까. 알았냐?"

길쭉이는 내 얼굴을 향해 다시 한번 길게 담배연기를 내뿜으며 말했다. 정작 제가 뱉은 말보다 내뿜는 담배연기가 더 위협적으로 느껴진다는 걸 전혀 모르는 듯한 표정이었다. 그러나 나는 짐짓 겁먹은 얼굴로 고개를 끄덕여줬다. 길쭉이는 그제야 만족해하며 담배의 불똥을 손가락으로 튕겨 끄고 돌아섰다.

"아, 쌍. 보기만 해도 숨이 다 막히네. 씨발, 대체 뭘 얼마나 처먹으면 저렇게 되는 거야? 하여간 뚱뚱한 년들은 집 밖으로 아예 못나오게 하든가 해야지……"

길쭉이가 멀어져가며 중얼거렸다. 나는 아무런 감정 없이 덤덤하게, 놀라우리만치 길쭉한 얼굴을 가진 길쭉이새끼가 완전히 사라질 때까지 놈의 뒷모습을 바라보고 서 있었다. 수도 없이 들어온 말이었다. 이틀을 내리 굶고, 벌써 2주째 하루 한 끼, 그것도 새가 모이를 먹듯 밥알을 세면서 먹고 있는데도, 사람들은 여전히 나를 숨막히게 거대한 괴물 대하듯 했다. 하지만 정말로, 아무렇지도 않았다. 설사 그렇지 않다 해도 나로서는 어쩔 수 없는 일이지만 말이다.

4

당신은 음식이 필요하지 않다. 사람은 음식 없이 70일을 살 수 있다. 아직 70일이 안됐다.

기말고사는 완전히 포기한 상태였다. 학교에 나가 버티고 앉아 있는 것만으로도 나 자신이 대견스러울 정도였다. 사진도 올렸고 체중 체크도 매일 했고 다이어트 일기도 썼지만 까페 운영자는 아직 정회원으로밖에는 등업을 해주지 않고 있었다. 우수회원 등업 신청을 한 뒤부터는 더욱 열심히 활동하는데도 아무런 반응이 없다. 우수회원이 되지 못하면 까페의 핵심정보들을 열람할 수 없다. 처음 며칠 동안은 밤새 등업 상황을 체크하며 초조하게 기다렸지만, 나중에는 뭐 그리 대단한 게 있다고 이렇게까지 비싸게 구나 싫어 짜증이 났다. 그럼에도 포기할 수가 없었던 것은, 언제까지나 막연하게 굶기만 할 자신이 없었기 때문이다. 사지를 축 늘어뜨린 채 뒤뚱뒤뚱 걷는 것도, 급식시간에 아이들의 놀림을 받으며 밥알을 세는 것도, 밥통의 밥 대신 도대체 뭘 먹는 거냐며 닦달해대는 엄마를 견뎌내는 것도, 고픈 배를 부여잡고 운동한답시고 컴컴한 밤길을 배회하는 것도, 시시때때로 찾아오는 현기증 때문에 걸핏하면 고꾸라져서 버둥거리는 것도, 언제까지 계속할 수 있을지 정말로 자신이 없었다. 뭔가 다른 방법이 있을 것만 같았다. 그러니까, 명색이 프로아나를 지향한다는 오천여 명의 계집애들이 모여서 무슨 일인가를 꾸몄을 때는, 그래도 개중에 제법 쓸 만한 대책이라는 것도 있지 않겠느냐, 하는 것이 내 생각이었다.

기말고사 둘째날 삼교시는 영어였다. 나는 듣기평가 예문이 흘러나오는 방송 스피커를 물끄러미 바라보다 책상에 고개를 처박고 잠이 들어버렸다. 시험시간이 다 끝나고 뒷자리에 앉은 애가 답안지를 내놓으라고 흔들어 깨우지 않았다면 일어나지도 못했을 것이다. 잠이 든 건지 기절을 한 건지 사실은 그것도 분명치가 않았다. 어쨌든 나는 일어났고 이름만 겨우 적은 답안지를 제출했다. 집으로 돌아오는 길에는 저기 슈퍼울트라 개량돼지 간다, 혹은 씨발 좆나 뚱뚱해, 아니면, 저게 사람이냐 괴물이냐, 따위의 말을 열다섯 번쯤 들었다. 보름 동안 체중이 무려 9킬로그램이나 줄었지만, 달라진 것은 아무것도 없었다.

무슨 바쁜 일이 있었는지 한동안 발길을 뚝 끊었던 지은이 오랜만에 집에 왔다. 그러나 나는 일어나 앉을 기운조차 없었다. 지은은 침대에 누워 있는 나를 흘끗 본 뒤 책상으로 가 앉았다. 그러고는 마우스를 흔들어 화면보호기가 떠워진 모니터를 깨웠다.

"너 살 좀 빠진 거 같다? 몇킬로나 줄었냐?"

지은의 말에 벌떡 일어나 앉았다. 어디서 그런 힘이 솟는 건지는 알 수 없었지만, 아무튼 갑자기 살 것 같았다.

"정말? 정말 빠진 거 같아? 그렇지? 표가 나긴 나지?"

나는 연달아 물었다. 혼자 가게 일을 도맡는 바람에 한층 더 바빠진 엄마도, 여전히 병원에 누워서 불합리했던 합의과정만 곱씹고 있는 아빠도 눈치채지 못한 변화를 지은이 알아봐준 것이다.

"좋은 소식과 나쁜 소식이 있어. 어느 것 먼저 들을래?"

내 물음에는 대답하지 않은 채 한동안 컴퓨터 모니터만 바라보던 지은이 뜬금없는 소리를 했다. 다시금 온몸의 기운이 쭉 빠져나가는 것 같았다. 나는 침대에 누워 눈을 감았다. 좋은 소식과 나쁜 소식이라니, 어느 쪽에도 흥미가 느껴지지 않았다.

"좋은 소식부터 들을래? 너 등업됐네. 드디어 프로아나 까페의 우수회원이 되셨어. 축하한다, 돼지. 계속 잘해봐라."

눈이 번쩍 뜨였다. 그러나 조금 전처럼 벌떡 일어나지지는 않았다. 나는 버둥버둥 일어나서 기신기신 컴퓨터를 향해 걸어갔다.

"진짜? 아, 씨발! 열라 비싸게 굴더니……"

지은의 손에서 마우스를 넘겨받아 프로아나 계명부터 클릭했다. 그리고 마우스 휠을 쭉 내려가며 정독했다.

"와, 씨발, 졸라 살벌하네. 혀를 면도칼로 베어서라도 먹지 말라고? 이러면 돼지는 거 아닌가? 안 돼질 정도로 살짝만 긋나? 이건 뭐, 완전히 엽기구만, 엽기. 하여간 별 미친년들이 다 많다니까!"

지은이 빈정거리는 바람에 마음이 좀 상했지만 내색을 하지는 않았다. 사실 열세 개의 프로아나 계명은 지은의 말대로 다소 비상식적인 것이 사실이었다.

"좋은 소식은 됐고, 나쁜 소식은 뭐야?"

문득 생각이 나서 물었다. 지은은 여전히 모니터 화면만 쳐다볼 뿐 말이 없었다. 나는 마우스를 놓고 다시 침대로 가 앉았다. 우수 회원이고 뭐고, 일단은 좀 눕고만 싶었다. 허기가 지다 못해, 이제는 배가 고픈 것인지 아픈 것인지조차 구분이 되지 않을 정도로 몸 상태가 엉망이었다.

"나, 임신했어."

한참 뒤 지은이 말했다. 그러나 그애가 무슨 말을 하는 건지 선뜻 이해가 가지 않아 한동안 아무 말도 할 수 없었다. 임신이라면 지은의 뱃속에 지금 아기가 들어 있다는 뜻인데, 지은은 이제 겨우 열일곱살이다. 물론 열일곱살짜리 여자도 얼마든지 아기를 가질 수는 있다. 텔레비전이나 아이들의 얘기를 통해서 생각보다 그런 일이 많다는 사실도 알고 있다. 게다가 지은은 소위 날라리다. 날라리 중에서도 유수 조직에서 견습생인지 훈련생인지, 아무튼 새끼깡패 노릇을 하고 있다는 얼굴 길쭉한 깔까지 있는, 아주 제대로 날라리. 그러나 아무리 그래도 지은은 지은이다. 내게 똥까지 찍어 먹게 하기는 했지만, 똥맛을 보고 상심해 있는 나를 찾아와준 것도 지은뿐이다. 지은은 엄마 아빠도 눈치채지 못한 감량 사실까지 한 눈에 알아봐준, 나의 유일한 친구다.

"뭘 했다고?"

"임신 몰라? 애가 생겼다고. 십삼주 됐대. 아니다. 이젠 십사주인가? 아, 헷갈려. 하여간 그렇대."

뒤늦게 소스라쳐 되묻는 나와 달리 지은은 담담한 표정이었다. 수많은 생각들이 머릿속에서 들끓었다. 그러나 그중 어떤 것도 말이 되어 나와주지는 않았다.

"나, 애 낳으려고. 그동안 술 먹고 담배 피우고, 뭐 그런 게 좀 걸리긴 하지만."

지은은 프로아나 철칙과 '폭토' 정보, 식욕억제 게시판을 차례로 클릭해보며 말했다. 믿기지 않을 정도로 덤덤해 보이는 표정과 목소리였다.

"생각보다 별거 없네. 겨우 타이밍 맞춰서 쉽게 토하는 방법이랑 식욕 억제하는 방법 정도? 이 정도는 검색하면 다 나오지 않나? 하긴 뭐, 이런 데 매일 들어와서 의지를 다지는 것도 의미가 있긴 하겠지. 그나저나, 펜잘이랑 게보린 때려먹는 방법은 꽤 기발한데? 까딱하다가는 골로 가는 수도 있겠지만 말이야. 넌 웬만하면 이런 짓은 하지 마라."

지은은 여전히 모니터에서 눈을 떼지 않았다. 문득 극심한 허기가 밀려왔다. 무언가 먹지 않으면 당장이라도 숨이 넘어갈 것만 같았다.

라면 두 개와 밥 한 공기를 게눈 감추듯 먹고 있는 동안, 지은은 냉장고를 뒤져 찾아낸 오이를 깎았다. 그리고 내가 숟가락을 내려놓자마자 얇은 막대처럼 쪼갠 오이를 내밀었다.

"목구멍에 쑥 집어넣어봐. 게워내기 한결 편할 거야. 입을 오므리고 가능한 깊숙이 집어넣었다 뺐다 하래. 게시판에 있더라. 얼른 가서 해. 라면 같은 밀가루 음식은 금방 엉겨붙어서 토해도 잘 안 나온대. 기왕 마음먹은 거, 하려면 제대로 해야지. 안 그래?"

가슴이 먹먹해졌다. 그리고 속도 울렁거렸다. 오이 따위 없이도 모두 다 토해낼 수 있을 것만 같았다. 나는 지은이 내민 오이를 받아들고 화장실로 갔다.

"주저앉으면 잘 안 올라오니까 주저앉지 말고 허리만 확 굽히래. 근데 너, 서서 허리가 굽혀지긴 하냐?"

화장실 밖에서 지은이 소리쳤다. 오이를 목구멍 깊숙이 밀어넣었다. 아프지는 않았지만, 뭔지 모를 이물감에 살짝 소름이 돋았다. 다시 한번 목구멍 속으로 오이를 밀어넣자 오므리고 있던 입이 저절로 벌어지면서 불어터진 면발과 밥풀 들이 끝도 없이 쏟아져나왔다. 유레카! 외치고 싶었지만 계속해서 쏟아져나오는 토사물 때문에 말을 할 수는 없었다.

속이 계속해서 울렁거렸다. 아무래도 완전히 게워내지는 못한 것 같아 찜찜하기도 했다. 그러나 오이를 아무리 깊숙이 밀어넣어도 더는 나오는 것이 없었다. 하는 수 없이 이로 오이를 조각조각 잘라 변기에 뱉은 후 물을 내렸다. 토사물과 침이 엉겨붙어 있는 오이를 이로 조각낼 때는 어쩐지 역겹다는 생각이 들어 또다시 구역질이 치밀었지만, 끈적끈적한 침 외에는 더 나오는 것이 없었다. 물을 내렸는데도 변기에는 붉은 기름띠 자국이 남았다. 변기청소 전용세제를 뿌리고 다시 물을 내린 뒤 차가운 물로 세수했다. 그리고 잇몸이 시큰해질 때까지 이를 닦았다. 지은에게 무슨 말을 어떻게 해야 할지는 여전히 감이 잡히지 않았다.

오랜만에 지은과 나란히 침대에 앉았다. 언제나 한 사람은 침대, 또 한 사람은 책상에 앉거나, 침대와 방바닥, 방바닥과 책상, 이런 식이었다. 모니터에는 여전히 프로아나 까페의 메인화면이 떠 있었다. 금방이라도 폭발해버릴 듯 요란스러운 소음도 여전했다.

"아기를 낳겠다고? 네가? 그럼 학교는?"

좀 대책없는 질문이라는 생각이 들었지만 지은이 하겠다는 짓이 워낙에 대책없다보니 어쩔 수가 없었다. 나는 지은의 얼굴을 찬찬히 뜯어보았다. 크고 동그란 눈, 희고 투명한 피부, 약간 짧으면서도 오뚝한 콧날, 알맞은 크기의 입술, 그리고 희미한 주근깨 자국까지, 며칠 전과 조금도 달라지지 않은 모습이었다. 그런데 그사이, 아니 그보다 훨씬 전부터 지은의 몸은 그전과는 달라져 있었던 것이다. 우리가 그걸 깨닫지 못하고 있었을 뿐이다.

"학교야 뭐, 그까짓 거, 어차피 다녀도 그만 안 다녀도 그만이었으니까."

"말도 안돼. 어떻게 다녀도 그만 안 다녀도 그만이라는 거야? 지금 관두면 최종학력이 중졸이 되는 거라구. 우리나라에서 중졸이 할 수 있는 일이 있는 줄 알아?"

"너 말하는 게 꼭 꼰대 같은 거 알지? 야, 그러지 마라. 완전 재수없잖아."

지은이 희미하게 웃었다. 독기가 완전히 빠진, 말간 얼굴이었다. 말을 더듬지 않는다는 점만 빼면, 오래전의 지은으로 돌아온 것만 같았다.

"처음엔 대수롭지 않게 생각했어. 그냥 지워버리면 되지 뭐, 그런 식으로. 그런데 막상 돈 구하고 병원 알아보고 어쩌고 하는데, 기분이 정말 엿 같더라고. 내가 아무리 막나가는 인생이래도, 이젠 하다하다 사람을 죽이려고까지 하는 건가, 뭐…… 그런 생각도 들고. 괜히 막 눈물이 나서 씨발, 애들한테 못 보일 꼴까지 보였다니까. 하여간 기분 열라 더러웠어."

"누구도 기분이 더럽다는 이유로 애를 낳진 않아. 까놓고 말해서 기분좋을 리가 없잖아. 또라이가 아니고서야 당연한 일 아니야? 하지만 이런 일이 생겼을 땐 다들 현실적으로 생각들을 해. 그게 맞으니까."

내 평생에 이런 식의 조언을 하게 될 줄은 몰랐다. 더구나 다른 사람도 아닌 지은을 상대로 이렇게 하나마나한 충고를 주워섬기게 될 줄은 정말 몰랐다.

"그렇겠지. 아마…… 그럴 거야. 하지만 난 안 그럴래. 그게 맞는다고 해도 그러기 싫어. 이미 결정했으니까 더 말하지 마. 그리고 아직 아무한테도 말 안했어. 앞으로도 말하지 않을 거고. 너한테만 하는 거야. 어쩐지 너한테는 말해야 할 것 같았거든. 너한테 내가, 진짜, 재수없게 굴었잖아. 그동안 미안했어."

물론 지은에게 미안하다는 말을 다시 듣게 될 줄도 몰랐다. 그건 내가 살을 빼도 마찬가지라고 생각했다. 훗날 완벽해진 내가 서태지와 함께 그를 만든 세상으로 가 스스로 빛이 되어 살아가는 존재로 다시 태어나게 된다 해도 말이다. 그러니까 정말, 꿈에도 생각해본 적 없었다는 뜻이다. 지은은 고개를 푹 수그린 채 말이 없었다. 나 역시 달리 할말을 찾지 못하고 한숨만 내쉬었다. 한참 후 고개를 든 지은은 시설을 알아보고 있다고 말했다.

"세상에는 갈 데 없는 미혼모들이 정말 많나봐. 아니면 시설이 부족한 건가? 서울 쪽은 대부분 꽉 찼더라. 간혹 여유가 있어도 입소 조건이 까다로워서 나랑은 안 맞아. 육개월은 돼야 입소할 수 있다나 뭐라나. 게다가 등본이니 뭐니 준비하라는 서류도 많고…… 비밀 지켜준다고는 하는데, 솔직히 의심스러워."

"그래서, 이제 어쩔 건데?"

"더 알아봐야지. 지방 쪽으론 여유가 좀 있지 않겠냐? 얘기 들어보니까 개인이 운영하는 시설도 있다나봐. 비인가시설도 꽤 괜찮다고 하니까. 걱정 마. 설마 내 몸뚱이 하나 우겨넣을 데가 없겠냐? 아무튼 갈 데 정해지는 대로 나갈 거야. 인사 못하고 갈지도 모르니까 너무 놀라지 말라고."

"그래, 다 좋아. 애? 낳는다고 치자. 그런데 낳고 나선? 낳고 나선 어쩔 건데? 고등학교도 졸업 못한 미성년자 주제에 도대체 그애를 어떻게 키우겠다는 건데? 야, 무슨 인간극장 찍을 일 있냐? 그게 가능할 거 같아? 다른 사람도 아니고 네가?"

"몰라. 낳고 나서 어떻게 할 건진 그때 가서 생각해볼래. 지금은 그냥…… 죽이고 싶지 않을 뿐이야. 아무래도…… 그럴 순 없어. 최악의 경우 버릴 수밖에 없다고 해도 말이야, 죽이는 것보다야 낫지 않겠냐? 그럼 어떻게든 살긴 살 거 아니야. 운 좋으면 정말 잘 살지도 모르고. 안 그러냐? 물론, 가장 좋은 건 아기랑 같이 잘 먹고 잘

사는 거겠지만."

정말이지 어처구니가 없었다. 이런 터무니없는 말을 늘어놓고
있는 지은의 얼굴이 다른 어느 때보다 결연한 의지로 빛난다는 사
실을 도저히 이해할 수도 인정할 수도 없었다.

지은이 돌아간 뒤에야 아이의 아빠가 누구인지 물어보지 못했다
는 사실이 떠올랐다. 그러나 이내 묻지 않기를 잘했다는 생각이 들
었다. 아이의 아빠가 훌륭한 양아치로서의 앞날을 모색하고 있는
길쭉이새끼든 아니든, 도대체 그게 무슨 상관이란 말인가. 지은은
이미 아이를 낳겠다고 선언했고, 나로서는 도무지 그애를 말릴 수
가 없는데. 나는 오랫동안 넋을 놓고 앉아 있었다. 머리가 아팠다.
괴롭힘을 당해온 나만큼이나 괴롭혀온 지은의 영혼도 상처받았을
거라는 깨달음과, 그런 상처투성이 영혼을 가지고 도대체 어떻게
살아가겠다고 저러는 것일까 싶은 걱정, 나는 도대체 어쩌자고 또
다시 그렇게 미친년처럼 퍼먹어댔을까 하는 자괴감, 그리고 먹지
않았다 해도 숨이 넘어가는 일 따위는 없었을 거라는 후회 따위가
한데 뒤엉켜 머릿속을 데굴데굴 굴러다니고 있는 것만 같았다.

5

돼지같이 먹지 말라. 내일은 영원히 없다. 내일부터를 외치는 순간, 몸
속에 지방은 쌓인다. 지금 이 순간부터 실행하라.

기말고사가 끝났다. 그리고 선생들이 방학을 앞두고 미친년들처럼 폭주하는 아이들을 어쩌지 못해 쩔쩔맬 즈음, 지은이 사라졌다. 제 책상 위에 휴대폰과 반쯤 남은 담뱃갑을 얌전히 올려놓은 채, 제 아빠의 두 냥짜리 금목걸이와 엄마의 한 냥짜리 금팔찌, 그리고 잔액이 달랑 팔십사만원뿐인 통장과 도장을 들고 지은은 정말로 사라져버렸다. 지은의 가출 소식은 순식간에 퍼졌다. 남자친구가 소속되어 있는 조직의 대가린지 사장인지가 지은의 뽀대나는 와꾸에 홀딱 반해서 모처에 아예 들어앉혀버렸다는 이야기부터, 임신 사실을 안 남자친구가 죽도록 두들겨팬 다음 마이낑 빵빵하게 챙기고 안마시술소에 팔어넘겼다는 얘기까지, 소문의 내용은 꽤나 다양했지만 하나같이 너저분하기 이를 데 없었다. 하긴 온다간다 말도 없이 사라져버린 열일곱살짜리 날라리를 두고, 생각없기로 따지면 고만고만한 계집애들이 떠올릴 수 있는 상상이라는 게 다 거기서 거기이긴 할 터였다. 그동안 나는 지은이 완전히 다른 사람이 되기 위해 새로운 세계로 떠났다는 식으로 생각을 정리했다. 내게는 서태지가 새로운 세상으로 떠날 수 있는 계기가 되어주었듯이, 어느날 느닷없이 지은을 찾아온 뱃속의 아기가 그애에게는 그런 존재였을 것이라고 말이다. 그렇다고 해서 마음이 편해진 것은 아니었다. 밑도끝도없는 우울감 때문에 매사에 의욕이 없었고, 팔한쪽이 떨어져나가기라도 한 것처럼 실제로 몸이 아프기도 했다. 지은의 부재가 내게 몰고 온 파장은 예상했던 것보다 훨씬 컸다. 그애도 그렇게 느끼고 있을지 궁금했지만 물어볼 도리가 없었다.

　지은의 엄마는 포기를 모르는 성격답게 매우 열정적으로 지은을 찾아나섰다. 아무짝에도 쓸모없을 가출신고를 하는가 하면, 모두들 귀찮아하는 기색이 역력한데도 불구하고 교문턱이 닳도록 학교에 드나들며 선생들과 아이들을 붙잡고 늘어졌다. 그녀는 그동안 남편의 숨겨진 여자들을 찾아내며 갈고닦은 실력을 유감없이 발휘했다. 나에게도 거의 매일 찾아오거나 전화를 걸어 지은으로부터 그사이 연락이 오지는 않았는지 확인하고는 했다. 그녀는 나와 이야기할 때 대체로 흐느꼈지만 간혹 화를 내기도 했다. 내가 소처럼 입을 꾹 다물고 있는 것이 못내 미심쩍은 모양이었다. 나는 그녀를 보면서 우리 엄마를 생각했다. 내가 사라진 뒤 우리 엄마는 어떤 반응을 보일까, 지은의 엄마처럼 모든 일을 작파하고 나를 찾아나설까, '어떻게 하지?' 소리를 달고 사는 아빠에게 궁을 온전히 맡겨두고 그럴 수 있을까, 등등의 생각들이었다. 어느 것 하나 자신있게 그럴 거라고 확신할 수가 없었다. 혹시 내가 엄마에 대해 너무 심한 오해를 하고 있는 것이 아닐까 싶어지기도 했지만, 그마저도 역시 자신은 없었다. 엄마는 흐느끼거나 화를 내는 지은의 엄마를 위로했지만 어느 순간에는 마치 그런 상황을 즐기고 있는 것처럼 보이기도 했다. 지은의 엄마가 흐느낌 끝에 나를 보며, "너는 무슨 일이 있어도 가출 같은 거 하지 마라, 응?"이라고 하자, "가출은 뭐 아무나 하나? 그런 거 할 주제나 되는 년 같으면 내가 걱정이 없겠네. 할 줄 아는 거라곤 집구석에 퍼져서 처먹고 살찌우는 일밖에 없는 물건이 뭘 살 일이 났다고 집을 나가겠어. 하다못해 제까짓 게 지은이처럼 인물이 반반해서 인물값을 하겠어, 뭘 하겠어"라는 다소 어이없는 말로 지은 엄마의 심사를 건드려놓은 걸 보면 말이다.

지은이 사라졌다고 해서 내 생활이 달라질 것은 없었다. 적어도 표면적으로는 그랬다. 지은을 대신해 학년 짱이 된 삼반 영화년은 반별로 할당된 상납금의 액수를 삼만원씩 인상하겠다고 선언해서 다수의 아이들을 당황시켰다. 그러나 내 입장에서는 별다른 감흥이 없었다. 어차피 그 패거리와 나는 비공식으로 엮인 관계였다. 공식적인 금액이나 기간 같은 것은 나와 전혀 상관없었다. 패거리는 항상 느닷없는 시점에 대중없는 금액을 요구해왔고, 나는 이미 그런 식의 통보에 익숙했다. 지금은 다만, 똥맛을 보여준 이후 어찌된 일인지 년들이 지나치게 잠잠하다는 점이 오히려 걱정스러울 뿐이었다. 어쩌면 나도 모르는 사이에 거대한 태풍의 눈 속에 들어와 있는 것인지도 모른다는 생각이 들기도 했다.

방학이 시작됐지만 정작 진짜 방학은 주말을 포함해서 단 5일뿐이었다. 나는 여전히 학교에 나가서 땀을 줄줄 흘리며 하루 예닐곱 시간의 보충수업과 자율학습을 했다. 그리고 하루 한 번 급식시간마다 밥풀을 헤아리는, 덩치에 어울리지 않는 짓을 해서 아이들의 비웃음을 샀다.

"야, 너 요새 다이어트하냐?"

앞자리에 앉은 상은이 물었다. 상은의 느닷없는 질문에 좀 당황했다. 확실히 이제는 누가 보기에도 살이 좀 빠진 것 같기는 한 모양이었다. 그렇지만 지은과 엄마를 제외하고는 지금껏 누구도 내게 그런 질문을 한 적이 없었다. 때문에 이럴 때 어떤 식으로 대답해야 하는지 아직 잘 몰랐다. 대답은커녕 누군가 내게 말을 걸어왔다는 사실 자체가 낯설어 머릿속이 멍해졌다.

"살 좀 빠지지 않았어? 빠졌지?"

"어, 그게…… 응, 좀 그래……"

죄지은 것도 없는데 왜 고개부터 수그리게 되는지 도무지 알 수가 없었다. 얼굴이 화끈거렸다.

"어쩐지! 근데, 어떻게 한 거야? 나도 다이어트해야 되는데, 비법 좀 알려줘라."

"그냥 뭐…… 좀 덜 먹고, 걷고, 그런 거지 뭐."

"야, 그런 말은 누가 못하냐? 그러지 말고 제대로 얘기해봐. 진짜 그게 다야? 너도 주사 같은 거 맞았냐? 우리 언니 친구도 주사로 한 달에 7킬로나 뺐다던데."

"아…… 아니야, 그런 거. 정말 뭐…… 벼, 별다른 건 없는데……"

"하긴, 너 같은 앤 조금만 덜 먹어도 금방 빠지긴 할 거야. 원래 뚱뚱할수록 처음엔 왕창왕창 빠진다더라. 근데 난 그렇게 굶는데도 죽어라 안 빠진다니까. 정말 돌겠어."

상은은 제 할말만 하고는 다시금 홱, 돌아앉았다. 재수가 없기는 했지만, 틀린 말은 아니었다. 아무나 한 달에 20킬로그램 가까이 빠졌다가는 세상이 온통 가시처럼 앙상한 여자들로 넘쳐나고 말 테니까. 그래도 나 같은 애에게도 다이어트 정체기가 있고, 덕분에 요즘 무척 힘들다는 말은 끝내 하지 못했다. 지은이 있었다면 말을 했을 테고, 그러면 그애는 '야, 돼지! 정신 차려. 정체기 같은 소리 하고 자빠졌네. 네가 아직 똥맛을 덜 본 거지. 또 실패하면, 넌 정말 사람도 아니야. 알아?'라고 퉁을 놓았을 것이다. 엄마는 내가 다이어트하는 걸 은근히 반기는 눈치였지만 이렇다할 말을 하지는 않았다. 보나마나 얼마 못 가 또다시 실패해서 이전보다 훨씬 더 살을 찌우고 말 거라 여기는 것 같았다.

까페의 폭토 정보는 여러모로 유용했다. 먹은 음식들을 빠른 시간 안에 남김없이 게워내기 위한 방법들은 다양하고도 기발했다. 때로는 그 창의성이 감동스러울 정도였다. 나는 이제 더이상 사지가 게게 풀어질 정도로 굶지 않았다. 먹으면서 살을 뺄 수 있다는 온갖 다이어트식품의 광고들은 죄다 새빨간 거짓말이었지만, 아나들은 달랐다. 그녀들은 먹으면 찌고 굶으면 빠진다는 당연한 논리에 충실한 사람들이었다. 정체기로 인해 힘들어하는 나를 위해 일시적인 현상일뿐이니 운동을 게을리하지 말라는 원론적인 조언 대신, 먹은 음식들을 보다 확실하게 게워낼 수 있는 각자의 비법을 공개해줄 만큼 현실적이기도 했다. 폭식과 구토에 적합한 음식의 종류와 섭취 순서에 대해서는 저마다 의견이 분분했지만, 적어도 그녀들 모두는 정직했다. 며칠 전에는 애초 까페에의 접근을 어렵게 했던 방송 프로그램을 다운로드해봤다. 시사다큐멘터리 형식을 띤 프로그램은 거식증과 폭식증에 시달리고 있다는 여자애들의 사연을 차례로 소개한 뒤, 폭식증과 거식증은 단순한 식이장애의 차원을 넘어서 죽음에 이르게 하는 무서운 병이며, 폭식과 거식을 종용하는 프로아나 까페는 이런 병에 대해 터무니없는 환상을 품고 있는 자살집단이라고 단정지었다. 그러나 내가 아는 한, 까페에 자살을 꿈꾸는 사람은 단 한 명도 없었다. 대다수의 프로아나들은 폭식과 거식의 심각성을 자각하고 나락으로 빠지지 않기 위해 노력하고 있었다. 물론 죽음에 이르는 사람이 아주 없지는 않았다. 그러나 비만한 자신의 처지를 비관한 끝에 자살을 선택하는 사람들에 비하면 극소수에 불과했다. 둘 중 하나를 선택해야만 한다면, 어느 쪽이 더 나쁘다고 어떻게 확신할 수 있단 말인가. 아무래도 그들은 뭔가 잘못 생각하고 있는 것 같았다.

6

음식에 지배되는 삶을 살지 말라. 음식을 지배하는 사람이 되어라.
음식을 위해 존재하지 말라. 음식이 당신을 위해 존재하는 것이다.

서태지가 돌아왔다. 8집 앨범의 첫번째 씽글 「Atomos Part Moai」로 사년 만에 돌아온 그의 미소와 목소리는 과거 어느 때보다도 섬세하고 달콤했다. 자칫 나약해 보일 정도로 투명하기만 한 모습이었다. 그러나 그는 마치 기다렸다는 듯 한꺼번에 쏟아지는 비난과 비판, 심지어 비아냥거림 앞에서조차 한 치의 흔들림도 없었다. 그는 이미 하나의 세계를 건설한 사람이었다. 그런 사람답게, 이제는 누구도 넘볼 수 없을 만큼 커다랗게 성장한 자신의 모습을 스스로 증명해 보인 것이었다.

텔레비전에서 그의 컴백 스페셜이 방송되었다. 인터뷰와 공연장면이 교차편집된 방송에서 그는 시종일관 온화한 모습이었다. 언뜻 시시한 질문에 어울리는 평범한 대답을 기계적으로 반복하고 있는 것처럼 보이기도 했다. 그러나 사실 그는 방송 내내 자신만의 방식으로 끊임없이 새로운 메씨지들을 전해왔다. 눈동자의 미세한 떨림, 이야기 중간중간 이어지는 작은 손짓들, 간혹 카메라를 응시하는 순간의 눈빛 같은 것들에서 나는 그의 또다른 목소리를 분명히 들을 수 있었다. 화면 속 그를 향해 천천히 손을 뻗었다. 그리고 단단한 유리벽 너머의 그와 눈을 맞췄다. 비로소 그가 나를 향해 환하게 웃어 보였다.

방송 말미에 이르자 「Moai」의 뮤직비디오가 공개되었다. 이제는 전설이 되어버린 모아이들의 섬, 그 고연한 자연의 한가운데서 그도 나를 향해 손을 흔들었다. 조금 뒤 거칠고 메마른 땅을 가로지르던 그가 거대한 빛을 깨워 일으켰다. 문득, 바다를 등지고 선 모아이들이 수백년 간 기다려온 것이 바로 저 빛일지도 모른다는 생각이 들었다. 거대한 빛의 흔적인 크롭 써클이 당장이라도 꿈틀대며 솟아오를 것만 같았다. 뿌옇던 시야가 순식간에 또렷해지면서 가슴이 세차게 뛰기 시작했다. 결코 잊어서는 안될 과거의 재앙마저도 어느새 다 잊어버린 듯한 모아이들의 섬 역시 터무니없을 만큼 투명하게 빛났다. 이 모든 것들이 그가 달로 돌아갈 날이 멀지 않았음을 암시하고 있는지도 몰랐다. 그는 달이 질 무렵 돌아오겠노라며 초조해하지 말라고 속삭였지만, 그럴 수가 없었다. 아직도 갈 길이 먼데 시간이 많지 않다는 생각 때문이었다. 조금 더 힘을 내야겠다고, 두 시간이나 줄을 서서 기다린 끝에 손에 넣은 그의 새 앨범을 내려다보며 다짐했다. 지금까지 총 19.4킬로그램을 감량했고, 계속 노력하다보면 머지않아 두 자릿수의 몸무게를 갖게 될 수도 있을 터였다. 그런 마당에 정체기라니. 바야흐로 첫번째 위기에 봉착한 것이다. 그동안 나는 이 첫번째 위기 앞에서 번번이 무너지고는 했다. 위기 끝에 찾아올 요요가 두려웠다.

프로아나들은 요요현상을 막기 위해 기초대사량을 늘리라고 조언했다. 다소 뻔했지만 분명히 유용한 조언이었다. 기초대사량을 늘리자면 근육운동을 하는 수밖에는 없다. 그러나 근육운동이라니, 도대체 내가 어떤 식으로 근육운동을 할 수 있을지 난감했다. 축축 처지다못해 겹겹이 늘어진 비곗살을 단단한 근육으로 바꾸는 일은 결코 단순한 문제가 아니었다. 헬스클럽에 다녀볼까도 생각해봤지만, 아직은 많은 사람들 앞에서 아무렇지도 않게 헐떡거릴 자신이 없었다. 인터넷에서 요가강습 동영상을 다운로드해 따라해보려고도 했다. 그러나 도무지 내가 감당할 만한 동작이 없었다. 겨우겨우 생각해낸 방법이라는 것이 고작, 침대 밑에 발끝을 억지로 끼워넣고 방바닥에 누워서 몸을 일으켜보려 버둥거린다든가, 1킬로그램짜리 아령을 양손에 하나씩 들고 살집이 출렁이는 팔을 위아래, 그리고 양옆으로 휘둘러대는 것이 전부였다. 그 한심한 짓거리들을 하는 내내 이런 것이 무슨 소용일까 싶은 생각이 들기도 했지만, 그래도 역시, 안하는 것보다는 하는 편이 나을 거라는 지은의 말을 떠올리며 나름대로 근육운동에 열을 올렸다.

"난 잘 지냈어. 넌 어때. 살은 좀 빠졌어?"

발신번호표시가 제한된 전화는 지은에게서 걸려온 것이었다. 어디에 있는지 가르쳐준다 해도 결코 자기 엄마에게 발설하지 않을 텐데도, 지은은 끝내 자신의 행방에 대해 이야기하지 않았다.

"응. 그런데 정체긴가봐. 일주일째 전혀 안 빠지고 있어. 넌 어때? 괜찮은 거야?"

공연히 눈물이 그렁해져서는 물기 가득한 목소리로 묻고 말았다. 그건 정말이지 쪽팔리는 일이었다. 아니나다를까 지은은 나의 눅눅한 태도에 한소리했다.

"목소리가 그게 뭐냐? 그럴 거 없어. 쪽팔리게 왜 그래? 난 잘 있다니까. 다 좋아. 오히려 전보다 훨씬 좋다고."

그러나 그렇게 말하는 지은의 목소리 역시 어쩔 수 없이 푹 잠겨 있었다. 우리는 꽤 오랫동안 여러 가지 이야기를 나누었다. 지은은 아직 눈에 띄게 표가 나지는 않지만 분명하게 느껴지는 몸의 변화들에 대해서 이야기했고, 나는 기다리던 서태지의 컴백과 지난하기만 한 다이어트의 과정에 대해서 이야기했다. 영화년의 등등해진 기세에 대해서도 이야기했지만 지은은 별다른 관심을 보이지 않았다.

"여기서 같이 지내는 여자들 중엔 겨우 열네살짜리도 있어. 세상에, 열네살이라니, 믿어져? 아직 어려서 그런지 개념이 좀 없기는 한데, 애는 착한 것 같아. 칠개월쯤 됐다는데, 아직도 가슴이 겨우…… 탁구공만해. 그래가지고 애 젖이나 먹일 수 있으려나 몰라."

열네살이나 열일곱살이나, 엄마가 되기에 이른 나이긴 마찬가지라고 말하려다 참았다.

"또 전화할 거지?"

"당근이지. 내 걱정 말고 넌 살이나 열심히 빼. 이번엔 진짜 살 빼야 돼. 언제까지나 그렇게 살 수는 없잖아?"

마지막 말은 내가 지은에게 하고 싶은 것이었다.

전화를 끊고 나서도 한동안은 잘 지내고 있다는 지은의 말이 믿기지 않아 속이 쓰렸다. 가방에서 MP3를 꺼내 귀에 꽂고 볼륨을 한껏 높였다. 「T'ik T'ak」의 전주가 흘러나왔다. 눈을 감고 그의 세계에 집중했다. 무겁지만 빠른 기타 싸운드와 독특한 멜로디라인을 타고 흐르는 보컬이 달팽이관에 부딪혀 깊은 울림을 만들어냈다. 그 비장함에 새삼 가슴이 쓰렸다. 주먹을 꽉 쥐고 퍽퍽퍽, 가슴을 힘껏 두들겼다. 숨이 막혔다. 제대로 뱉어낼 수도 없는 한숨이 내 안을 가득 채우고 있는 것만 같았다.

"이 맑은 산소와 태양 바람 모두 충분한데 대체 왜 너는 어째서 이렇게도 외로운 걸까……"*

애달픈 피아노 선율을 뒤로 하고 그가 속삭였다. 그리고 종말을 향해 치닫는 세상을 향한 비명과도 같은 외침이 이어졌다. 눈을 떴다. 한껏 무거워진 눈물이 더이상 견디지 못하고 툭, 떨어졌다. 어째서 지은은, 그리고 나는 이렇게 외로워야 하는 걸까. 세상은 도대체 어쩌자고 우리를 이렇게 방치하는 것일까.

이제는 익숙해질 만한데도, 나는 여전히 배가 고팠다. 체중이 줄어들면서 살이 더 처지는 느낌이어서 조금 걱정스러웠다. 현기증은 사라졌지만, 구토를 계속한 탓인지 몸이 자꾸 붓는 것 같기도 했다. 침대 밑에 억지로 발을 끼워넣고 윗몸일으키기를 해보려 버

---

* 서태지 8집 「T'ik T'ak」(2008)

둥거리기 시작했다. 너무 배가 고팠지만, 먹고 싶은 음식들이 적어도 백가지는 됐지만, 정해진 날까지는 참아야 했다. 일주일에 겨우 두 번뿐이기는 했지만 마음껏 먹는 날을 정한 뒤부터는 참기가 한결 수월해진 것이 사실이었다. 더이상은 슈퍼울트라 개량돼지로 살아가고 싶지 않았다. 살기 위해 먹느냐, 먹기 위해 사느냐. 누군가의 말처럼, 그야말로, 그것이 문제였다.

7

지금 먹으면 평생 날씬할 수 없다. 내일부터라는 말은 잊어라. 오늘부터 굶지 않으면 내일 역시 오늘처럼 먹게 된다.

길고도 긴 정체기에서 벗어나기 위한 각고의 노력은 계속되었다. 아나들의 조언에 따라 좀더 체계적인 폭식과 구토 계획을 세웠고 운동량도 늘렸으며 평소 식사량도 아주 조금이지만, 하여간 줄였다. 지은으로부터는 거의 매일, 어떤 날에는 하루에도 몇번씩이나 전화가 걸려왔다. 또다시 연락을 끊고 숨어버리진 않을까 조바심친 것이 무색할 정도였다. 덕분에 전화를 받을 때마다 가슴이 먹먹해져서 제대로 말을 할 수 없을 지경이던 처음과 달리, 이즈음에 와서는 공식적으로는 그애의 행방이 여전히 묘연하다는 사실조차 잊어버리기 일쑤였다.

아빠는 왼쪽 다리에 큼지막한 깁스를 한 채 퇴원해서는 종일 집에서 뒹굴거렸다. 나로서는 여간 신경쓰이고 귀찮은 일이 아니었지만, 아빠는 엄마와 달리 온종일 함께 있어도 먼저 말 붙이는 법이 없는 스타일이어서 그런대로 참을 만했다.

"아빠, 저녁은 어떻게 할까?"

"………"

"아침에 먹던 거 그대로 차려도 돼? 아니면 찌개 새로 끓일까? 그냥 라면 끓일까?"

"………"

이를테면 이런 식이었다. 아빠는 내가 며칠째 식탁에 함께 앉지 않아도 밥은 왜 안 먹느냐라든지, 오밤중에 밖으로 나가도 어디 가느냐라든지, 그런 기본적인 질문조차 하지 않았다. 저녁 내 함께 있으면서 단 한마디도 나누지 않는 날이 허다했다. 나는 종종 아빠가 쏘파에 누워서 텔레비전을 보고 있는 모습을 버젓이 바라보면서도 빈집에 나 혼자 있는 것 같은 착각에 빠지고는 했다. 그럴 때면, 중년남자란 원래 저렇게 존재감이 없는 것일까,라는 생각이 들기도 했는데, 그런 생각을 하다보면 아빠가 좀 안돼 보이기도 했다.

ETP FEST가 열렸다. 데스 캡 포 큐티와 드래곤 애시, 더 유즈드에 매릴린 맨슨까지, 지은의 추측대로 이번 공연의 라인업은 그야말로 최고였다. 이틀에 걸쳐 열린 페스티벌 기간 내내, 나는 시시때때로 통통 튀어오르는 가슴을 주체하기가 힘들었다. 그럴 때마다 이가 시리도록 차가운 얼음물을 단숨에 들이켜고 최대한 천천히 심호흡을 해보았지만 소용없었다. 결국 둘째날에는 나도 모르게 공연장으로 향하는 지하철에 올랐다. 그리고 검버섯이 잔뜩 핀 얼굴을 좌우로 까딱대며 졸고 있는 노파 앞에 버티고 서서 지하철과 지하철 안의 사람들이 끊임없이 쏟아내는 소음에 귀를 기울였다. 꾸벅꾸벅 졸다가 깬 노파가 내릴 역을 지나쳐버렸음을 깨닫고 토해내는 욕지기와 심술맞아 보이는 여자가 자신을 꼭 닮은 애녀석의 등짝을 사정없이 후려치는 소리, 구부정한 어깨의 대머리 남자가 아무도 들어주지 않는 올드 팝을 틀어놓은 채 호객하는 소리가 한데 뒤엉켜, 지하철 안은 몹시 소란스러웠다. 그러나 무질서하기만 한 것 같은 소음도 유심히 귀기울여 듣다보면 일정한 패턴이 있다는 사실을 깨닫게 된다. 세상은 속속들이 엉망이었지만 엉망진창인 대로도 아귀가 잘 들어맞는 톱니바퀴처럼 맞물려 돌아가고 있는 것이었다. 그런 곳에 슈퍼울트라 개량돼지가 끼어들 틈 같은 것이 있을 리 없었다. 그것은 나로서는 도저히 어찌해볼 수 없는 진실이었다. 그리고 다른 세상을 찾아내야만 하는 이유이기도 했다.

결론부터 이야기하자면, 그날 나는 공연장 근처에는 얼씬도 하지 못했다. 티켓이 없기도 했지만 비단 그런 이유 때문만은 아니었다. 내 몸무게는 여전히 꿋꿋하게 세 자릿수를 유지하고 있었다. 물론 두 달 전에 비한다면이야 놀라울 만큼 체중을 감량했지만, 그래도 나는 여전히 슈퍼울트라 개량돼지였다. 서태지와 슈퍼울트라 개량돼지는, 도무지 어울리지 않는 조합이었다.

월요일, 학교는 벌집을 쑤셔놓은 듯 어수선했다. 굳이 알려고 노력하지 않았는데도 저절로 알게 된 정보에 따르면, 영화년이 광복절 기념 폭주 뒤에 열린 시내 각 학교 학년 짱들의 일대일 맞다이에서, 단 한번도 이기지 못하고 복날 개 두들겨맞듯 얻어터지기만 했다는 것이다. 이에 열받은 삼학년들은 이학년들을 집합시켜서는 "씨발, 우리도 맘 잡고 공부해서 대학 좀 가보자, 대학 좀!"이라는 어림 반푼어치도 없는 소리를 해가며, 학교 망신을 시킨 일학년들의 책임을 대신 물어 하나씩 돌림빵으로 다구리를 쳤다. 간만에 여기저기 쥐어터져가면서 감정이 상할 대로 상한 이학년들은 당장에 물의를 일으킨 일학년들을 집합시켰다. 전날 배터진 개구리마냥 납작 뻗어버린 영화년은 당연히 코빼기도 안 보였고, 덕분에 나머지 패거리만 영화년의 잘못까지 덤터기 쓴 채 여기저기 끌려다니며 사지가 벌벌 떨릴 때까지 얻어터졌다. 방학중 보충수업 참석률 100퍼센트가 무슨 엄청난 자랑거리라도 되는 양 설레발이던 선생들은, 덕분에 이날 찜통더위 속에서도 개발바닥에 땀이 나도록 뛰어다니며 학교 안팎에서 시시각각으로 터지는 사건사고를 막아야만 했다.

"확실히, 영화 그년은 짱 먹을 주제는 못돼. 안 그러냐? 솔직히 일대일로 붙으면 나도 그년 정돈 가뿐할 것 같다, 뭐."

"지은이 있을 땐 한번도 이런 일 없었잖아. 일대일로 맞다이 쪼개는 데는 걔 따라올 애가 없었대. 걔가 깡은 좀 셌냐. 오죽하면 삼학년 선배들이 따로 불러다가 사발식까지 해줬다잖냐. 제대로 키워본다고."

"걔 깔도 공고 짱이었다면서? 지금은 완전 잘나가는 조폭 됐대. 야, 안팎으로 완전 살벌했던 거지."

"가출한 것도 봐라. 소리소문 없이 샥, 사라졌잖아. 후까시 완전 제대로 아니냐? 그런 게 진짜 카리스마지."

"걔 어디로 갔는지 진짜 아무도 모른대? 내가 볼 땐 걔가 북창동 같은 데서 막 구를 애는 아닌데. 안 그러냐?"

아이들은 눈만 마주치면 수군거리느라 정신이 없었다. 뒤늦게 또다시 아이들의 관심사로 떠오른 지은과 그애의 가출은 처음과는 달리 미화되고 포장되기 시작했다. 지은이 이런 사실을 알게 되면 뭐라고 할까? 아마도, 좆만한 년들이 좆 까는 소리 하고 자빠졌네, 라고 말한 뒤 특유의 심드렁한 표정을 지을 것이다. 지은은 후까시를 중요시하기는 했지만 어처구니없는 영웅담에 혹하는 스타일은 아니었다. 게다가 내가 아는 한 지은은, 맞다이 불패 신화 따위와는 아무 상관이 없는 애였다. 얼굴만 멀쩡했지 걸핏하면 온몸 여기저기가 멍투성이기는 나와 다를 바가 없었다. 고기도 먹어본 년이 먹는다고, 따도 당할 만큼 당해봤고 다구리도 타볼 만큼 타본 터여서 유난히 그 방면으로 도가 트기는 했지만, 원 펀치 쓰리 강냉이, 뭐 이런 식의 말도 안 되는 비유를 할 만큼 천하무적은 아니었다는 말이다. 지은의 깔이었던 공고 짱 길쭉이새끼도 겨우 조폭의 탈을 쓴 양아치들 밑이나 닦아주는 처지였다. 그나마도 머지않아 칼받이로 끝날 인생이라는 건 불을 보듯 뻔했다. 그러나 일련의 사실들과는 아무런 상관없이 소문은 나날이 거대하고도 거룩해져갔다. 그야말로 신화의 재구성이었다.

며칠 뒤, 흉흉한 소문들을 뚫고 영화년이 컴백했다. 그리고 땅바닥에 떨어진 후까시를 만회해보려는 듯, 컴백과 동시에 터무니없이 설쳐대기 시작했다.

"야 좆밥! 너 요새 다이어트하냐?"

빳빳한 만원짜리 다섯 장을 고이 접어 쥐여줬음에도 불구하고 영화년은 나를 순순히 돌려보내려 하지 않았다. 나는 뭐라고 대답하는 것이 영화년의 비위에 가장 맞을지 궁리하기 시작했다.

"씨발, 대가리 굴리지 말고 묻는 말에 재깍재깍 대답해. 요새 다이어트하냐고, 이 쌍년아!"

"음…… 그게 저…… 다이어트를 한다기보다는…… 그게, 그냥 좀…… 여름이다보니까 입맛도 없고……"

"우물거리지 말고 똑바로 말해, 이 씨댕아! 근데, 네가 입맛이 없다고? 씨발, 똥도 처먹는 년이 입맛이 없단다."

영화년의 말에 나머지 패거리가 낄낄거렸다. 급식시간에 새 모이 쪼듯 조금씩 떼어먹은 밥알들이 일제히 곤두서는 기분이었다. 나는 어쩔 줄을 모르겠다는 표정으로 영화년의 눈치를 살폈다. 나와 눈이 마주치자 패거리와 함께 낄낄대던 영화년의 표정이 싸늘해졌다.

"너 지은이년하고 친했다면서? 초딩 땐 둘이 나란히 따도 당하고 그랬다던데?"

어디서 주워들었는지 알 길은 없었지만, 자칫 잘못 대처했다가는 두고두고 고달파질 일만 남은 사태였다. 영화년은 지은 옆에 철썩 들러붙어서 알랑방귀를 뀌어대던 것과는 달리 지은이 사라지자 내심 신나하는 눈치였다. 그렇다고 드러내놓고 좋아라 한 것은 아니고, 지은의 부재를 난감해하는 선배들 앞에서는 적당히 쿵짝을 맞춰주면서 최대한 자연스럽게 지은의 자리를 꿰찼다. 그러고 보면 주제에 꽤나 정치적으로 대처했던 셈이다. 그러던 것이 언제부턴가 저와 지은이 비교되면서 자질에 대한 시비까지 불거지자, 지은에 관한 것이라면 그게 무엇이든 덮어놓고 들이받으려고만 들었다. 지은의 존재가 이런 식의 재앙으로 다가올 수도 있다는 사실이 믿어지지 않았지만, 나는 최대한 정신을 차려보려 애썼다.

"초…… 초등학교 때. 중학교 때부턴, 아니구."

"까고 있네. 이 씨발년, 구라 치는 것 좀 봐. 지은이년이 얼마 전까지만 해도 툭하면 네년 집에서 죽치고 뒹굴었다는 거 다 알고 있는데, 지금 어디서 뻥을 까?"

영화년이 나를 노려봤다. 아무래도 수를 쓰는 것 같았다. 도대체 어떻게 슈퍼울트라 개량돼지와 학교의 학년 짱이 한방에서 뒹굴며 양파맛 프링글스를 와작대고, 달과 서태지에 대해 얘기하고, 임신 사실과 출산계획에 대해 털어놓고, 거식증 걸린 프로아나가 될 궁리를 한다는 사실을 알 수가 있단 말인가. 말도 안되는 일이었다.

"아…… 아니야. 지은이한테 매일 얻어터지는 거, 너…… 너희들도 봤잖아."

나는 거의 울듯한 목소리로 변명했다. 두 달 전 똥을 찍어먹은 바로 그 장소에서, 나는 또다시 똥을 찍어먹는 심정으로 매달리고 있었다.

"병신 같은 년, 아주 꼴값을 해라. 내가 다 들었거든? 네년 엄마랑 지은이년 엄마가 미장원에서 나란히 대갈통에 빠마 말다 말고 징징대면서 너희 년들 얘기하는 거?"

영화년은 쪽 찢어진 눈을 희번덕거리며 살집 두둑한 내 어깨를 꾹꾹 찍어눌렀다. 영화년의 기세에 하마터면, 씨발, 딸년이 집 나가서 살았는지 죽었는지 소식도 모르는 여편네가 무슨 정신으로 파마는 말러 가고 지랄이라니, 소리가 튀어나올 뻔했다. 가까스로 터져나오려는 말을 눌러삼키기는 했지만, 지은의 엄마도 어지간히 정신없는 여편네, 아니, 아줌마라는 생각이 드는 것만은 어쩔 수가 없었다.

"바른대로 대. 도대체 그년 어디 있는 거야? 넌 알지? 씨발, 내가 그 쌍년 때문에 날이면 날마다 얼마나 좆뺑이 치는 줄 알아? 그년 깔따구 새끼가 그년 찾아내라고 얼마나 갈구는지 아냐고! 그러니까 좋게 말할 때 불어라, 엉!"

영화년은 내 머리통을 빡, 소리가 나도록 깠다. 그 순간 문득, 내 체중의 절반밖에 안 나갈, 아니 어쩌면 그보다도 덜 나갈 영화년을 깔아뭉갤 수도 있지 않을까,라는 생각이 들었다. 하지만 나는 영화년을 깔아뭉개버리는 대신 두 손으로 머리통을 감싸고 허리를 구부렸다. 지은은 맞을 때 데미지를 덜 받는 방법에 대해 틈틈이 설명해주었다.

"무조건 눈 내리깔고, 대가리 감싸고, 허리 구부리고. 씨발년아, 허리 구부리랬지 누가 엉덩이 빼래? 엉덩이 안 쳐들곤 허리도 못 구부리냐? 으이구, 그러게 살 좀 빼라, 이 돼지 같은 년아."

이런 식으로 말이다. 나도 시원하게 한대 까거나 싸워서 이길 수 있는 방법을 가르쳐달라고 하면 지은은 어이가 없다는 듯 바람 새는 소리를 내며 웃었다.

"야, 너 지금 영화 찍냐? 미친년! 왜, 아예 구덩이 예쁘게 파는 방법을 가르쳐달라고 하지? 네가 아주 관 짜서 무덤 속으로 기어들어 가고 싶나보구나."

그리고 실소 끝에 이렇게 말했다. 그러면 나도 지은을 따라서 바람 새는 소리를 내며 웃었다. 말은 그렇게 했지만, 나 역시 현실과 영화가 다르다는 걸 모르지 않았기 때문이다. 현실은 영화보다 훨씬 더 비겁하고 잔인했으며 심지어 졸렬하기까지 했다. 패면 맞아야 하고 뺏으면 뺏겨야 한다. 한마디로 나 같은 년은 까라면 그냥 까는 게 수였다.

"그 쌍년, 바람났지? 그래서 딴 새끼랑 토낀 거지? 어디로 토꼈어? 씨발, 말로 할 때 불라고 했다, 엉!"

기술은 지은만 못할지 몰라도, 집요함에 있어서는 영화년도 지은 못지않았다. 나는 머리통을 감싼 그대로 허리를 좀더 숙였다. 그러자 영화년 옆에서 함께 내 머리통을 갈기던 년들 중 하나가 머리채를 잡아챘다. 그러고는 짝, 짝, 화장실이 울리도록 따귀를 때리기 시작했다.

"씨발, 살이 많으니까 아주 손에 착착 감기네. 야, 이 좆밥아. 바른대로 대라잖아. 응? 대란 소리 안 들려?"

"소리 좋고!"

정말이지 맞을 때만은 울고 싶지 않았다. 그것은 모두에게 슈퍼 울트라 개량돼지라고 불리는, 그래서 내 체중의 절반도 안 나가는 년에게 사흘 걸러 얻어맞아가면서도 찍소리 한번 못 내본, 덕분에 바람 빠진 풍선처럼 찌글찌글해진 나의 마지막 자존심이었다. 지금껏 죽을 것만 같다고 느꼈던 수많은 순간들이 있었지만 눈물을 흘린 적은 없었다. 지은도 그런 나의 자존심만은 꽤나 높이 사줬다. 그런데 이번엔 눈물이 났다. 지은에게 맞을 때와는 확실히 다른 느낌이었다. 그건 부끄러움이나 모멸감을 넘어서는 감정이었다. 내 몸의 대부분을 차지하고 있을 지방세포가 일제히 톡톡 터져서 기름이 줄줄 새어나가고 있는 느낌이라고 해야 할까. 그리하여 온 세상이 누린내나는 기름 속에 푹 잠겨버린 느낌이라고 해야 할까. 아니면, 그런 세상 속에서 너덜거리는 몸뚱이를 힘겹게 허우적거리고 있는 느낌이라고 해야 할까. 도무지 이런 감정을 뭐라고 표현하면 좋을지 알 수가 없었다.

내 몸에서 새어나온 기름이 온 세상을 흠뻑 적시고서야 영화년 패거리로부터 놓여날 수 있었다. 영화년은 화장실을 빠져나오는 내 뒤통수에 대고 이틀 뒤 십만원을 더 가져오라고 했다. 오늘 듣지 못한 대답은 그때 다시 듣겠다는 말을 덧붙이는 것도 잊지 않았다. 나는 절룩, 뒤뚱, 절룩, 뒤뚱, 우당탕 쿵탕쿵탕, 온갖 주접을 다 떨어가며 계단을 내려와 교실로 돌아왔다. 텅 빈 교실 뒤에 걸린 거울에 비친 내 모습은 거짓말처럼 멀쩡했다. 얼굴이 좀 벌겋게 달아오르고 눈자위가 부어 있기는 했지만, 누가 봐도 죽지 않을 만큼만 얻어터지고 온 모습은 아니었다. 이만하면 기술적인 면에서도 영화년이 지은에게 뒤진다고만은 할 수 없을 것 같았다.

집으로 돌아오자마자 라면 세 개를 한꺼번에 끓여서 퍼먹기 시작했다. 순식간에 냄비를 다 비운 뒤 남은 국물에 밥을 있는 대로 퍼담아 말았다. 여느 날과 마찬가지로 거실 쏘파에 누워서 텔레비전을 보고 있던 아빠는 그런 내 모습을 보고도 끄응, 하는 소리를 한번 낸 뒤 방으로 들어갔을 뿐 별다른 말을 하지 않았다. 나는 국물에 만 밥을 퍼먹기 시작했다. 십만원이 문제가 아니었다. 그보다는 지은의 행방에 대해 뭐라고 하면 좋을지가 문제였다. 아니, 사실은 십만원도 문제였다. 아니, 내 기분이 더 문제였다. 아니, 그보다는…… 내가 또다시 미친년처럼 라면 세 개와 두 공기도 넘을 양의 밥을 처먹고 있다는 사실이 문제였다. 계획에 없는 폭식을 반복하는 것은 프로아나답지 않은 일이었다.

숟가락을 놓자마자 화장실로 뛰어갔다. 손가락 네 개를 한꺼번에 목구멍 깊숙이 집어넣었다. 입이 찢어질 것처럼 아팠지만 참았다. 꾸룩 컥, 통통 분 면발과 밥알 들이 쏟아져나왔다. 토사물이 가득한 변기 속에 붉은 기름띠가 떴다. 다시 손가락 네 개를, 이번에는 더 깊숙이 우겨넣었다. 손톱에 찔린 식도에 상처가 나는 느낌이 선명했다. 커억 꾸룩. 또다시 쏟아져나왔다. 목구멍이 쓰렸다. 몇번의 구토를 더 시도한 뒤 변기물을 내렸다. 그리고 몸을 일으켜 거울을 봤다. 눈물과 콧물과 붉은 기름기가 섞인 침으로 범벅이 된 얼굴은 통통 부어 있었다. 세면대를 짚은 손을 내려다봤다. 침과 라면국물과 불어터진 건더기스프 따위가 엉겨붙어 있는 손가락은, 역시 손톱이 너무 길었다. 씨발, 이러다 목구멍 찢어지겠네,라고 웅얼거리며 손을 씻고 세수를 했다. 그런 다음, 변기에 세제를 풀어 솔로 문지르고 다시 물을 내렸다. 혹시 변기 밖으로 라면가닥이나 밥풀 따위가 튀지는 않았는지 확인하는 것도 잊지 않았다. 그리고 아주 오래오래, 잇몸이 시릴 때까지 이를 닦았다.

8

가족들과 식사를 할 때 가능한 쾌활하게 떠들며 접시에 먹은 흔적을 남겨라. 그러면 그들은 당신이 먹었다고 생각할 것이다. 집에 있는 음식들을 조금씩 없애라. 그러면 그들은 당신이 먹었다고 생각할 것이다. 식사시간을 피하고, 밖에서 먹고 왔다고 하라. 그러면 그들은 당신이 먹었다고 생각할 것이다. 자주 배부르다고 하라. 그러면 그들은 당신에게 먹을 것을 권하지 않을 것이다. 게워낸 후에는 뒤처리에 만전을 기하라. 그러면 그들은 알아채지 못할 것이다.

"너 혹시 토하니?"

뜬금없이 전화를 걸어온 엄마가 물었다. 오늘따라 전화기를 통해 들려오는 엄마의 목소리가 낯설었다.

"무슨 소리야? 토했냐구?"

사실 좀 당황했지만 짐짓 아무렇지도 않은 척 되물었다. 토하는 소리가 방에 있던 아빠에게까지 들린 걸까. 어쩌면 그랬을지도 모를 일이었다. 어젠 꽤나 요란스럽게 굴었으니까. 그게 아니면 내 뒤처리가 깔끔하지 못했던 것일까.

"먹고 토하고, 먹고 토하고, 뭐, 그러느냐구."

화가 난 것 같지는 않았다. 그래서 낯설게 느껴지는지도 몰랐다. 내게 익숙한 엄마의 목소리는 화를 내거나 빈정거리거나 진저리를 치는 듯한 것뿐이었으니까.

"아니야."

"아니야? 확실해?"

"글쎄, 아니라니까."

"………."

 엄마는 한동안 아무 말도 하지 않았다. 지금 엄마의 표정이 어떨지 눈에 선했다. 엄마는 내게서 알아내고 싶은 것이 있을 때면, 눈을 가늘게 뜨고 아무 말도 하지 않은 채 내 입만 노려보았다. 아마 지금 엄마는 수화기를 귀에 착 붙인 채 눈을 가늘게 뜨고 카운터 맞은편 벽의 어느 한 지점을 노려보고 있을 것이다. 용모는 단정하지만 말귀가 느려 종종 엄마를 속 터지게 한다는 아르바이트생이 그런 엄마를 흘끔거리고 있을지도 모르겠다.

 "전화 안 끊을 거야? 여기 지금 학원이란 말이야, 학원. 수업 듣지 마?"

 나는 일부러 짜증 가득한 목소리로 투덜거렸다. 엄마는 기가 차다는 듯 허, 하는 소리를 내더니 전화를 끊었다. 사실 여부를 떠나서 끝내 원하는 답을 듣지 못했으므로, 오늘 엄마는 잔뜩 예민해진 채로 여느날보다 심한 잔소리를 퍼부어대며 아르바이트생을 닦달할 것이다. 용모는 단정하지만 말귀가 느리다는 아르바이트생이 부디, 더러워서 도저히 못해먹겠다는 심정으로 때려치우지 않고 꿋꿋이 버텨주기만을 바랄 뿐이다. 만일 한창 손님이 들이닥칠 시간에 아르바이트생이 뛰쳐나가기라도 한다면, 그래서 아빠도 없이 홀써빙에 카운터까지 엄마 혼자 도맡아 이리 뛰고 저리 뛰어야 하는 상황이 발생한다면, 엄마의 분노는 아마 하늘을 뚫고도 남을 정도로 치솟을 것이다. 그건, 가장 먼저 아빠가, 그다음으로는 당연히 내가 죽어날 일이라는 뜻이다.

개학이 코앞으로 다가왔지만 별로 신경쓸 만한 일은 아니었다. 방학이 조금도 특별할 것 없이 흘러가버린 것처럼 말이다. 아이들은 저마다 집에서 학교로, 학교에서 학원으로, 학원에서 독서실로, 독서실에서 다시 집으로, 틈틈이 피씨방으로, 짬짬이 술집으로, 이따금 클럽으로 쫓기듯 몰려다니며 방학 전과 다름없는 일상을 반복하고 있었다. 물론 나는 조금 달랐다. 학원 이후의 내 스케줄은 텅 비어 있었다. 학원도 너무 자주 빼먹어서 엄마나 강사들에게 종종 싫은 소리를 들어야 했다. 그러나 내 입장에서는 그럴 수밖에 없었다. 나는 나를 사람이라기보다는 거대한 괴물 보듯, 볼 때마다 새록새록 신기해할 뿐만 아니라 신기한 만큼 괴롭히지 못해 안달이 난 아이들 틈에서 하루하루를 힘겹게 버텨내고 있었다. 말이야 바른 말이지, 이런 좆 같은 상황을 나만큼 견뎌내는 것도 쉽지 않은 일이다. 아니, 쉽지 않은 정도가 아니라, 그건 결코 아무나 할 수 없는 일이다.

영화년의 입이 가벼운 줄은 익히 알고 있었지만, 상황이 이토록 엉뚱한 방향으로 흘러갈 거라고는 미처 생각하지 못했다. 지은과 나와의 '은밀한' 관계에 대한 소문은 삽시간에 학교 전체로 퍼져나갔다. 무더위 속에서 진행되는 보충수업에 질릴 대로 질린 아이들이 새롭게 발견해낸 흥밋거리를 그냥 지나칠 리 없었다.

"야, 돼지, 너 진짜 지은이랑 친하냐?"

"이지은 개가 미쳤냐? 슈퍼울트라 개량돼지랑 친구 먹게?"

"아니야. 소문 쫙 났던데 뭐. 그리고 이지은 걔, 나랑 같은 초등학교 나왔어. 그땐 얘네들 진짜 친했던 거 맞아. 둘 다 따였다니까."

"그럼 따끼리 같이 다녔다는 거야? 완전 미쳤구나. 하여간 따 당할 땐 다 그럴 만한 이유가 있는 거라니까. 그게 미친 거지 제정신이냐? 어떻게 따끼리 같이 다닐 생각을 하냐."

"야, 돼지, 니들 같이 있을 땐 주로 뭐하고 놀았냐?"

"하긴 뭘 했겠어. 한 년은 미친 듯이 처먹고 한 년은 처먹는다고 미친 듯이 패고, 뭐 그랬겠지. 안 그러냐?"

아이들은 틈만 나면 내 주변에 모여 조잘거렸다. 듣고 있기 괴롭기는 했지만, 어떤 면에서는 약간 감동스럽기도 했다. 삥을 뜯기거나 얻어터질 때를 제외하고는 이토록 많은 아이들이 나를 에워싼 채 내 말이나 행동에 집중해준 적이 없었기 때문이다.

"근데, 니들은 친했다면서 서로 그렇게 패고 맞고 그런 거냐? 니들이 무슨 에스엠이야?"

"야, 니들 변태지? 씨발, 변태 맞네. 서로 패고 맞고 그러면서 막 느끼고 그랬냐?"

일견 그럴듯한 말이었다. 서로 패고 맞으면서 오르가즘을 느꼈다거나 한 것은 아니었지만, 어차피 맞아야 할 거라면 다른 년들보다는 지은에게 맞는 편이 좋았고, 어차피 패야 할 거라면 다른 년들이 패기 전에 자신이 패는 편이 낫다고 여긴 것은 사실이니까.

어떤 일이든, 또 누구에게나 한계란 있게 마련이다. 당연히 돈을 마련하는 데도 한계가 있었다. 엄마의 비상금 봉투도, 돈이 빈 것을 알아챈 엄마가 치워버렸는지 아무리 찾아도 보이지 않았다. 나로서는 도무지 더 버텨낼 재간이 없었다. 일오육육 친구친구로 전화를 걸어서 무담보대출을 받을 수 있는 처지도 못되고, 날렵하게 몸을 날려 남의 집 담을 탈 만한 재주도 없으며, 대머리 아저씨들에게 가랑이를 벌려줄 주제도 못되는 내가, 도대체 나흘이 멀다하고 요구하는 돈을 어떻게 감당하겠느냐는 말이다. 매달 타내기만 하고 한번도 내본 적은 없는 독서실비나 수시로 뻥을 쳐서 얻어내는 참고서값으로는 더이상 어찌해볼 수가 없었다. 개학 이후 한층 잔인해진 후까시로 중무장한 영화년 패거리는 매번 더 많은 돈을 요구하며 지은의 행방을 추궁했다. 정말이지 지은이 어디에 있는지 알기만 한다면 확 다 불어버리고 이제 그만 편해지고 싶다는 생각이 들 지경이었다. 단식에 가까운 절식과 폭식을 반복하면서도 나름대로 병행해온 운동 덕분인지 두부처럼 말랑말랑해진 살은 이전보다 훨씬 더 잘 터지고 찢어지고 멍들었다. 체중은 분명히 줄었는데도 전보다 더 무겁게 느껴지는 몸뚱이를 추스르는 일만으로도 충분히 버거웠다. 아나들은 무기력증이 일시적인 현상일 뿐이라며 격려했지만 그다지 위로가 되지는 않았다.

"허, 그놈 참. 하여간에 세상 참 뭣같이 돌아간다. 말세다, 말세야. 너 이러고 다니는 거 부모님도 아시냐?"

금은방 주인들은 대체로 어이없다는 반응이었다. 도대체 그런 것도 질문이라고 하는지, 어처구니없기로 따지자면 나 역시 못지않았다. 그러나 금은방 주인들이 그런 식의 반응을 보이면 주섬주섬 물건을 챙겨 다른 곳을 찾아나설 수밖에 없었다. 겨우 세 돈짜리 반지 하나 팔아먹기도 이렇게나 힘든데, 지은은 도대체 들고 나간 목걸이와 팔찌를 어디서 어떻게 처분했을지 궁금했다. 거의 세 시간을 헤맨 끝에 드디어 반지를 사주는 금은방 주인을 만났다. 작은 키에 배가 불룩 튀어나온 주인은 터무니없는 가격을 제시했지만 어쩔 수 없었다.

"그저 덜 먹고 운동하는 게 최고야. 여자가 그렇게 살이 쪄서 어쩌려고."

돈을 받아들고 가게를 나서는 내 뒤통수에 대고 금은방 주인이 말했다. 나는 가게문을 밀다 말고 그를 돌아봤다. 그는 복어처럼 불룩 튀어나온 배를 연방 쓰다듬고 있었다. 생각해보니 반지의 무게를 잴 때와 돈을 셀 때를 제외하고는 줄곧 그러고 있었던 것 같았다. 정말이지 볼썽사나운 습관이라는 생각이 들었다.

엄마가 알면 이번에는 또 얼마나 얻어터지게 될지 겁이 나기는 했지만, 적어도 엄마는 똥을 퍼먹이지는 않을 것이다. 반지를 팔아 챙긴 돈은 겨우 이십만원 남짓이었다. 인터넷으로 알아본 금 시세와 비교하면 턱없이 적은 돈이었다. 그래도 이 정도면 2주는 버틸 수 있을 것이다. 아니, 어쩌면 그보다 짧을 수도 있다. 하지만 어쨌든 당장 내일은 무사히 넘길 수 있을 것이다. 하루하루를 죽을 둥 살 둥 버텨내는 게 지긋지긋했지만 지금으로서는 어쩔 도리가 없었다. 머지않아 체중은 두 자릿수로 줄어들게 될 텐데, 그러고도 계속 살이 빠진다면 정말로 날씬해질 수 있을 텐데, 그러면 서태지의 손을 잡고 가볍게 날아올라 달로 갈 수 있을 텐데, 이제 와서 자살 따위를 할 수는 없었다. 일단, 반지가 사라졌다는 사실을 엄마가 가능하면 늦게 알게 되기만을 바랄 뿐이었다.

엄마는 계속해서 혹시 토하는 거 아니냐고 물었다. 나는 그때마다 그게 무슨 뜬금없는 소리냐고 맞받아치면서, 뒤처리에 더욱더 만전을 기해야겠다는 다짐을 했다.

9

거식증 일기를 쓰라. 음식의 칼로리와 운동량을 체크하라.

확실히 음식에 대한 욕구가 많이 줄기는 한 것 같았다. 그래도 여전히 문득문득 무언가를 씹어삼키고 싶다는 유혹에서 자유롭지는 못했다. 그럴 때면 서태지의 노래를 반복해서 들으며 내가 무엇 때문에 이 고생을 하고 있는지 되새겼다. 일주일에 한두 번 정도는 도저히 감당할 수 없다고 느껴질 때까지 폭식을 하기도 했다. 물론 폭식 이후에는 남김없이 게워내기 위해 최선을 다했다. 규칙적인 폭식이 절식으로 인한 고통에 큰 위안이 된다는 아나들의 말은 사실이었다. 아나들은 거식증의 경지에 이르면 폭식의 욕구마저 사라질 거라고 장담했다. 나는 절식과 폭식을 반복하며 그러한 순간이 오기만을 기다리고 있었다.

체중은 조금씩이나마 다시 빠지기 시작했다. 정체기에도 체지방은 꾸준히 줄어든다더니, 체중의 변화가 거의 없음에도 불구하고 훨씬 헐거워진 교복치마를 보면서 그 말 역시 사실임을 실감할 수 있었다. 나는 교복치마의 옆선을 이전보다 더 잡아 줄인 뒤 옷핀을 꽂았다. 첫번째 위기를 무사히 넘긴 내가 대견스러웠다.

영화년에게 대략적인 사실 정도라도 털어놓으면 안되겠느냐고 묻자, 수화기 너머의 지은은 미친 듯이 악을 써댔다.

"야! 돼지! 너 지금 그걸 말이라고 해? 그게 뭘 뜻하는지 몰라서 그러는 거야?"

할말이 없었다. 그게 뭘 뜻하는 건지 도대체 내가 어떻게 알겠는가 말이다. 오히려 절대로 말하면 안된다며 펄펄 뛰는 지은을 이해할 수가 없었다. 지은이야말로 끝까지 비밀을 지켜내는 것이 내게 어떤 의미인지 전혀 모르는 것 같았다.

"그 새끼, 혹시라도 내가 임신해서 시설에 있다는 거 알면 전국을 이 잡듯 뒤져서라도 찾아내고 말 거야. 아기랑 나, 둘다 한꺼번에 죽여버릴지도 모른다고. 그 새끼, 그런 새끼란 말이야. 중학교 때 그 새끼 애를 가졌던 여자애가 어떻게 됐는지…… 너 알아? 유미야, 박유미, 부탁해. 말하지 마. 응? 네가 정 이러면 나 너한테도 연락 못해. 여기 계속 있을 수도 없고. 그래도 상관없어?"

박유미. 그게 내 이름이라는 사실조차 잊고 있었다. 마지막으로 누군가가 내 이름을 불러줬던 게 언제인지조차 까마득했으니 그럴 만도 했다. 유미, 박유미. 그러니까, 그게 바로, 내 이름이다.

"몸은 좀 어때? 배불뚝이 된 거 아니야?"

"………"

"배불뚝이 돼서 뒤뚱거리는 거 아니냐고."

"뭘 벌써 그렇게까지. 그렇진 않은데, 좀 나오긴 했어. 꼭 방석 같은 걸 배에 대고 있는 것처럼 보이거든. 여기 선생님들이 그러시는

데, 내가 좀 덜 나오는 편인 거 같대."

지은의 목소리가 이내 밝아졌다. 나는 밝아진 지은의 목소리를 들으면서, 어차피 지금껏 내 인생은 남달리 고독한 편이었으니까 아무래도 상관없다고 생각하려 애썼다. 게다가 나는 언제나 스스로도 놀랄 만큼 잘 참는 편이었으니, 이번에도 참아낼 수 있을 거라고 스스로를 다독였다. 좀 서글프고 고단하다는 생각이 드는 것은 어쩔 수 없었지만 말이다.

"아기는 언제쯤 낳는데?"

"예정일은…… 놀라지 마. 1월 1일이야! 날짜 완전 끝내주지?"

새해 벽두부터 감당도 못할 아이를 낳아놓을 예정이면서 뭐가 그리 신나는지, 지은은 얘기 끝에 깔깔거리기까지 했다. 지은이 원래 이렇게 대책이 없을 정도로 긍정적인 아이였는지 잘 기억이 나지 않았다.

"그나저나, 살은 좀 빠지고 있는 거야? 정체기라고 했잖아."

"그랬는데, 며칠 전부터 다시 빠지기 시작했어. 그래도 그동안 대략 5킬로그램 정도는 빠진 거 같아. 이제부턴 다시 좀더 빨리 빠지겠지."

"굉장하긴 한데, 아직 멀었어. 너도 알겠지만 체중이 줄수록 살 빼기는 점점 더 어려워질 거야. 그러니까 절대 긴장 늦추지 마. 알지?"

지은은 웃음기를 거두고 한마디 한마디에 힘을 주어가며 얘기했다.

"죽을 각오로 해보란 말이야. 언제까지나 좆만한 년들한테 다구리나 당하며 살 순 없잖아. 그리고 넌 언젠간 달로 갈 거라며. 그게 말이 되는 건지 어쩐 건진 잘 모르겠지만, 어쨌든 그때 너무 무거워서 못 뜨면 곤란하지 않겠냐?"

이번엔 내가 웃음을 터뜨렸다. 지은도 따라서 웃기 시작했다. 사는 게 늘 퍽퍽하기만 하다면 살아남을 사람이 얼마나 될까. 내게는 서태지가 있고, 지은이 있고, 달의 뒤편에 존재할 완전히 새로운 세계도 있었다. 그러니까, 전부 다 나쁘기만 한 것은, 결코 아니었다. 나는 이번에도 틀림없이 잘 참아낼 수 있을 거라고 스스로를 다독이며 전화를 끊었다.

두 달여 만에 만났는데도 길쭉이새끼는 단박에 나를 알아봤다. 내가 한번 보면 좀처럼 잊기 힘든 외형적 조건을 두루 갖추기는 했지만, 그래도 녀석이 너무 간단히 나를 기억해내자 조금 당황스러웠다.

"여어, 돼지! 너였냐? 난 또, 이지은이 친구라고 해서 좀 봐줄 만한 년인가 했지."

"졸라 뚱뚱한 년이라고 말했잖아."

영화년이 길쭉이새끼의 팔에 찰싹 달라붙더니 코먹은 소리로 앵앵거렸다. 길쭉이 자식이 원한다면 팬티까지 홀랑 벗고 물구나무라도 설 듯한 기세였다. 곧, 영화년이 끌고 온 패거리 셋과 길쭉이가 달고 나타난 시커먼 놈들 둘이 각각 연놈의 뒤를 받치듯 뺑 둘러섰다. 하나같이, 그래 씨발, 우리 막가는 인생들이다, 어쩔래, 캬, 퉷, 하는 표정들이었다.

"저게 뚱뚱한 거냐? 졸라 거대한 거지. 어이, 좆밥! 너 혹시 스모 선수 될 생각이냐? 그런 거 아니면 살 좀 빼지 그러냐, 엉!"

길쭉이는 건들건들 다가서며 이기죽거렸다. 녀석이 가까이 다가오자 지독한 술냄새가 풍겼다. 나는 잔뜩 움츠린 채 녀석이 하는 양을 흘끔거렸다. 유난스러울 만치 뾰족한 인상의 녀석은 그새 훨씬 더 양아치스러워져 있었다. 특유의 확 깨는 스타일도 여전했다.

"그래도 저년, 요새 다이어트한다고 소문이 짜해. 내가 봐도 좀 빠지긴 한 거 같다니까."

영화년이 거들고 나섰다. 살이 빠진 것 같다니 고마운 말이기는 했지만, 이런 순간에 굳이 그런 말을 하는 년의 저의를 알 수 없어 불안했다.

"이게 빠진 거라고? 빠졌는데도 이 모양이야? 가만, 그러고 보니까 전보단 좀 그런 거 같기도 하고. 어쨌든 빠지나 안 빠지나 졸라 거대하긴 마찬가지구만, 뭘. 씨발, 이거 완전 똥 밟은 거 아냐?"

"근데 저년을 어떻게 알아? 전에도 본 적 있다고? 어디서 봤는데?"

길쭉이새끼는 내 몸뚱이가 거대한 것이 몹시 불쾌한 사건이라도 되는 양 신경질을 부렸고, 영화년은 여전히 길쭉이새끼의 팔뚝에 찰싹 들러붙은 채로 길쭉이가 나를 알고 있다는 사실이 못마땅해죽겠다는 듯 나를 야려댔다. 이제부터 벌어질 일들이 결코 만만치 않을 거라는 사실은 짐작할 수 있었지만 구체적인 윤곽이 잡히지 않아 답답했다. 그리고 답답한 만큼 두려움도 컸다. 완전무결하게 양아치스러운 인생들이 슈퍼울트라 개량돼지를 가운데 놓고 도대체 무슨 짓을 벌일지 누군들 짐작할 수 있겠는가 말이다.

"아, 씨발! 나 비위 졸라 약한데. 이건 뭐, 차라리 똥을 퍼먹는 게 낫지……"

길쭉이새끼가 누런 가래침을 탁 뱉으며 구시렁거렸다. 영화년은 그런 길쭉이새끼가 안쓰러워죽겠다는 듯 녀석의 팔뚝을 붙잡고 늘어지며 덩달아 한숨을 푹 내쉬었다.

"그러니까 쟤들 중 아무한테나 시키라니까. 아니면 돌림빵을 놓으라고 하든가. 비위도 약하다면서 저런 년을 뭐하러 상대해, 응? 저년 면상 보면서 따먹을 맛이나 나겠어? 그냥 봐도 완전 우웩인데."

"야, 이 쌍년아, 저 돼지가 지은이년 친구라면서. 아, 근데 씨발, 아까부터 왜 자꾸 들러붙고 지랄이야? 떨어져! 안 떨어져?"

길쭉이는 마치 송충이라도 털어내듯 제 팔뚝에 철썩 들러붙어 있던 영화년을 털어냈다. 그러곤 내 쪽을 향해 어깨를 으쓱해 보이며 말을 이었다.

"씨발년, 지금 이게 맛봐가며 따먹고 말고 할 상황으로 보이냐? 싸나이 가오가 있지, 명색이 마누라 친구를, 그것도 쑤셔보나마나 쌩 아다일 게 뻔한 년을 딴 새끼들한테 먼저 돌리라고? 내가 그렇게 개념없는 새끼로 보이냐? 야, 돼지, 너도 내가 그런 놈으로 보이냐? 그래 보이냐고. 엉? 씨발년아, 빨랑 대답 안할래?"

길쭉이새끼가 대답을 재촉하며 내 따귀를 때리기 시작했다. 녀석의 커다란 손이 살집 많은 뺨에 감겨들었다. 말을 마친 뒤에도 길쭉이새끼는 계속해서 내 뺨을 올려붙였다. 살갗을 파고드는 녀석의 손맛은 계집애들의 그것과는 비교도 할 수 없을 만큼 매웠지만, 처음 몇대는 그런대로 견딜 만했다. 그러나 어느 순간부터는 벌겋게 달군 쇳덩이로 뺨을 지지기라도 하는 것처럼 고통스러웠다. 그것은 두꺼운 지방층을 뚫고 온몸 구석구석으로 속속들이 전해지는 매우 통렬한 고통이었다. 녀석의 커다란 손은 뺨에서 머리통으로, 머리통에서 다시 뺨으로, 종국에는 가슴과 배까지 가릴 것 없이 옮겨다녔다. 그쯤 되자 더이상은 아무런 통증조차 느껴지지 않을 만큼 머릿속이 아득해졌다. 그저 지하주차장의 탁한 공기를 타고 울리는 소리만이 생생해졌다. 철썩, 철썩, 철썩, 퍽, 퍽, 퍽…… 이럴 땐 차라리 정신을 잃는 편이 낫겠다는 생각이 들었다. 그러나 의식은 점점 더 또렷해지고 내 앞에 닥친 현실 또한 분명해지는 느낌이었다. 나는 내 친구의 뱃속에서 염치도 없이 무럭무럭 자라고 있는 애새끼의 아비일지도 모를 양아치에게 강간을 당할 위기에 처한 것이었다. 강간이라니! 도대체 내게 그런 일이 일어날 거라고 누군들 짐작이나 할 수 있었을까. 심지어 엄마 아빠조차도 내게 밤길을 조심하라든가 으슥한 길로는 아예 다니지 말라든가 하는 식의 주의를 단 한번도 주지 않았다. 엄마 아빠뿐만이 아니라 나 자신 역시 그러한 일에 대해서는 꿈에도 걱정해본 적 없었다. 몸이 떨려왔지만 정신을 차리기 위해 애썼다. 이 좆 같은 상황에서 벗어날 수 있는 방법을 생각해내야만 했다. 그러나 도무지 아무것도 떠오르지가 않았다. 조금 뒤, 제 패거리와 한참을 부스럭대던 영화년이 검정 비닐봉지를 흔들며 다가왔다. 그리고는 내 턱밑에 쪼그리고 앉아 봉지를 벌렸다.

"이게 뭐게? 이 씨발년아."

영화년이 낄낄거리기 시작했다. 코를 찌르는 니스 냄새에 저절로 고개가 돌아갔다.

"야, 일루 와서 이 씨발년 다리통 좀 잡아."

내 가랑이 사이에서 낑낑대던 길쭉이새끼가 망을 보고 있던 녀석들을 향해 소리쳤다. 안 그래도 망을 보는 틈틈이 엉거주춤한 자세로 이쪽을 흘끔대던 녀석들의 얼굴이 환해졌다. 녀석들은 쪼르르 달려와 내 다리를 한쪽씩 붙잡았다. 다리가 들리자 등뒤로 묶여 허리 밑에 깔려 있던 팔목이 부러질 듯 아팠다. 내 아랫도리에 휴대폰을 들이댄 채 동영상을 찍고 있는 영화년에게 시선을 고정해보려 애썼다. 그러나 시선을 맞추기가 쉽지 않았다. 영화년은 나와 눈이 마주치자 내 아랫도리에 들이대고 있던 휴대폰을 흔들었다. 영화년이 흔들어대는 휴대폰이 두 개로 보였다 세 개로 변하더니 다시 하나로 합쳐졌다. 머리를 세차게 흔든 뒤 녀석들에게 잡힌 다리를 빼내려 버둥거렸다. 길쭉이새끼의 입꼬리가 실그러졌다.

"에이, 씨발! 야, 봉지 다시 대!"

길쭉이새끼의 눈치를 살피던 영화년이 멀찌감치 떨어져서 망을 보고 있던 제 패거리에게 소리쳤다. 패거리 중 하나가 검은 봉지를 들고 뛰어와 묶여 있던 주둥이를 벌리더니 내 얼굴에 들이댔다.

"씨발년아, 제대로 안 댈래?"

이번엔 내 다리를 붙잡고 있던 놈들 중 하나가 윽박질렀다. 그 바람에 당황한 패거리년은 봉지를 아예 내 얼굴에 뒤집어씌웠다. 나는 검은 봉지를 뒤집어쓴 채로 있는 힘껏 몸을 뒤틀고 닥치는 대로 발길질을 했다. 퍽. 퍽. 퍽. 퍽. 크고 무거운 추가 백 미터쯤 되는 상공에서 내 배 위로 추락한 것만 같았다. 숨이 막혔다. 눈과 코와 입을 통해 사정없이 밀려들어오는 니스 냄새와 끊임없이 흘러나오는 눈물과 콧물과 침, 그리고 숨결이 거칠어질수록 점점 더 집요하게 감겨드는 비닐봉지까지. 구역질이 치밀었다. 최대한 숨을 쉬지 않기 위해 호흡을 멈췄다. 또다시 퍽. 무거운 추가 아랫배를 한번 더 내리찍었다. 내가 할 수 있는 일은 아무것도 없었다. 벌거벗겨진 아랫도리를 가릴 수도, 들어올려진 다리를 버둥댈 수도, 등뒤로 묶인 채 허리춤에 깔린 손을 빼낼 수도, 눈물과 콧물과 침과 니스로 범벅이 된 얼굴에 감겨드는 비닐봉지를 벗겨낼 수도, 제발 부탁이니 그만 멈춰달라고 애원할 수도 없었다. 손도 다리도 심지어 생각조차도 이미 내 것이 아니라는 사실을 깨닫는 순간, 무언가가 쑥, 내 안으로 밀고 들어왔다. 살집 많은 아랫도리를 파고드는, 뜨겁고 단단하고 불결하며 난폭하기까지 한 그것은 내 존재의 한귀퉁이를 무참히 무너뜨렸다.

"야 이 씹새들아, 제대로 안 벌릴래? 와, 이 씨발년, 좆 늘어진 거 봐라. 썅!"

길쭉이새끼의 말을 마지막으로, 나는 난생처음 정신을 잃었다.

눈을 떴을 땐 아무도 없었다. 길쭉이새끼와 영화년, 그리고 패거리의 흔적은 남아 있지 않았다. 나는 니스가 담긴 검정 비닐봉지와 둘둘 말린 팬티 한 장과 함께 컴컴한 지하주차장 한구석에 남겨졌다. 머리가 깨질 듯 아팠다. 아랫도리는 여전히 몽둥이라도 쑤셔박혀 있는 것처럼 얼얼했고 시야는 잠깐동안 맑아졌다 다시 희뿌옇게 흐려지길 반복했다. 턱이 덜덜 떨리도록 추웠지만 꼼짝도 할 수 없었다. 가슴께까지 홀렁 들춰진 교복치마 아래로 아랫도리가 훤히 드러나 있었다. 감각이 거의 없는 팔을 억지로 움직여 말려올라간 치마만 겨우 끌어내리고는 다시 잠속으로 빠져들었다. 잠들기 바로 직전, 아무래도 상관없어,라고 웅얼거려보았지만 말이 되어 나오지는 않았다.

누군가 반복해서 흔들어 깨웠다. 좀처럼 떠지지 않는 눈을 힘겹게 뜨자 낯선 여자의 얼굴이 보였다. 여자는 겁을 잔뜩 집어먹은 표정으로 나를 내려다보고 있었다. 나는 한동안 여자와 시선을 맞춘 채 꼼짝도 하지 않았다. 망설이는 기색이 역력하던 여자가 이윽고 결심한 듯 천천히 손을 내밀었다. 나는 여자가 내민 손을 잡고 여자의 마른 몸에 의지해 나의 육중한 몸뚱이를 일으켰다.

"무슨 일 있었니?"

여자의 눈빛이 제발 아무 일도 없었다고 말해달라는 것만 같아서 끝내 대답하지 못했다. 여기저기 뜯기고 찢어진 옷 하며 눈도 뜨기 힘들 만큼 부어오른 얼굴에 누렇게 말라붙은 니스까지, 무슨 일이 있었는지는 여자도 충분히 짐작할 수 있을 터였다. 여자의 부축을 받으며 주차장에서 빠져나왔다. 밖으로 나와 잠시 주위를 두리번대던 여자는 가방을 뒤져 물티슈를 꺼내 내밀었다. 그러곤, "정말 아무 일도 없었던 거지?"라고 한번 더 확인한 뒤 총총히 사라졌다. 나는 다시 혼자 남겨졌다. 여전히 턱이 덜덜 떨리도록 추웠다. 이런 계절에 이렇게나 추울 수 있다는 사실이 믿기지 않을 정도였다. 여자가 주고 간 물티슈로 니스 묻은 얼굴을 문질러봤다. 소용없었다. 집 쪽으로 천천히 걸음을 옮겼다. 생각대로 움직여지지 않아서 가다 서다를 반복했고, 서너 번쯤은 아무데나 주저앉아 꽤 오랫동안 숨을 골라야 했다. 그 와중에 두 번 구역질을 했는데, 두 번 다 뱃속의 내장들이 죄다 쏟아져나오기라도 할 것처럼 고통스러웠다.

집으로 돌아오자마자 이불 속으로 파고들었다. 머릿속은 여전히 멍한데 간헐적으로 찾아오는 두통 때문인지 더이상 잠은 오지 않았다. 이불을 둘둘 말고 책상으로 가 컴퓨터를 켰다. 가뜩이나 아픈 머리가 요란스러운 소리 때문에 그야말로 터져버릴 지경이었다. 마음 같아서는 창밖으로 컴퓨터를 집어던져버리고 싶었지만, 차마 그렇게는 할 수 없었다. 그래봤자, 대출이자도 갚아야 하고, 가게 월세도 내야 하고, 전세금 올려줄 준비도 해야 하고, 공과금도 내야 하고, 보험료도 내야 하고, 많이도 처먹어대는 쌀도 사야 하고, 아직까지도 정신 못 차린 아빠가 심심찮게 저질러놓는 사고 뒷수습도 해야 하는 엄마가 새 컴퓨터를 사줄 리 없었기 때문이다. 컴퓨터가 부팅된 뒤 즐겨찾기로 프로아나 까페 창을 열었다.

코카콜라제로—0kcal, 흰쌀밥 1/4공기—75kcal, 배추김치—15kcal, 구운 김—10kcal.
배가 고프다. 나는 왜 아직도 배가 고픈 걸까. 도대체 언제쯤이면 음식의 유혹에서 완전히 자유로워질 수 있을까. 그날이 오기는 할까. 나는 오늘 강간을 당했다. 그것도 내 유일한 친구를 임신시켜놓았을지도 모를 새끼에게. 덕분에 운동할 시간이 전혀 없었다. 강간을 당하는 동안 얼마만큼의 칼로리가 소모되었을지 궁금하다.

짧은 일기를 작성한 뒤 까페 창을 닫았다. 머리가 뻐개질 듯 아팠지만 생각을 멈추지 않기 위해 안간힘을 썼다. 이건 누구에게나 일어날 수 있는 일이었다. 나라고 예외일 수만은 없었다. 물론 평생 겪지 않고 살아가는 사람들이 훨씬 많겠지만, 그렇다고 결코 일어날 수 없는 일이 일어난 것도 아니었다. 게다가 이런 일을 겪었다고 해서 살아가지 못할 이유는 없었다. 아무래도 상관없다고 생각하려 애썼다. 어차피 난 머지않아 서태지와 함께 이곳을 떠날 텐데 아무러면 어떻겠느냐고, 정말이지 아무래도 상관없다고, 스스로를 다독였다.

안방에서 아쎄톤과 솜을 가져다 얼굴에 묻은 니스를 조심스레 닦아냈다. 상처난 부위를 닦아낼 땐 말할 수 없이 쓰라렸다. 니스를 다 닦아낸 뒤엔 화장실로 가 아주 뜨거운 물로 샤워를 했다. 할 수만 있다면 펄펄 끓는 물을 아랫도리에 들이부어 깨끗하게 소독하고 싶은 심정이었다.

10

당신이 오늘 먹은 음식은 당신을 뚱뚱하게 만들 것이다. 그러니 하루만 더 참아라.

영화년은 나와 마주칠 때마다, 심지어 일부러 나를 찾아와서까지 휴대폰을 흔들어대며 위협했다. 굳이 그러지 않아도 내가 당한 일을 누군가에게 털어놓을 만한 주변머리가 나에겐 없었는데도, 지은의 말대로 이미 위협이 습관이 되어버려서인지 그짓을 멈추려들지 않았다. 영화년의 휴대폰 속에는 벌거벗은 슈퍼울트라 개량돼지가 희미한 인상의 양아치 새끼들에게 양 다리를 하나씩 붙잡힌 채, 얼굴 길쭉한 양아치 새끼에게 짓눌려 버둥거리는 꼴이 고스란히 담겨 있었다. 그날 나는 끝까지 지은의 행방에 대해 입을 다물었다. 솔직히 말하자면 눈물겨운 우정 때문만은 아니었다. 사실 길쭉이 자식이 내 얼굴에 냄새나는 정액을 뿌려대던 순간에는, 어쩌면 지은은 애초부터 이런 일이 벌어질 거라는 걸 알고 있었던 게 아닐까 하는 의심이 들기도 했다. 번번이 발신번호표시가 제한된 채 걸려온 전화 하며 지금껏 단 한번도 비밀을 누설한 적이 없었음에도 불구하고 끝끝내 저 있는 곳을 밝히지 않은 것까지, 모든 정황이 의심스러웠다. 그런 생각이 들자 지은을 향한 분노가 불뚝거렸다. 그러나 그 모든 의심과 화를 억누르며 나는 입을 다물었다. 난생처음 느껴보는 종류의 공포와 모멸감 속에서도 내가 지은의 행방에 대해 말하지 않은 것은 오직, 나를 통해서 무언가 알아낼 수 있을 거라는 길쭉이 자식의 기대를 완전히 꺾어놓기 위해서였다. 어딘지는 모르지만 미혼모 보호시설에서 혼자 아이 낳을 준비를 하고 있다는 말 따위는, 그런 순간에 해봤자 내게 아무런 도움이 되지 않을 터였다. 도움이 되기는커녕, 지은을 찾아내는 순간까지 놈은 나를 절대로 놓아주지 않을 게 뻔했다. 내게서 아무것도 얻을 것이 없다는 사실이 분명해져야만 놈에게서 놓여날 수 있을 거라는 확신이 들었다.

급식시간에 마주친 영화년이 또다시 내 눈앞에서 휴대폰을 흔들어댔다. 어쩌면 마음만 먹는다면 나는 영화년을 단번에 깔아뭉개고 휴대폰을 빼앗아 부숴버릴 수 있을지도 몰랐다. 그러나 차마 그렇게 할 수는 없었다. 이제 이 문제는 영화년과 나, 혹은 그 패거리와 나 사이에 일어난 단순한 문제가 아니었다. 지은과 그애 뱃속의 아기, 그리고 길쭉이 자식이 끼어듦으로 인해서 문제는 훨씬 더 복잡하고 위험하게 꼬여버렸다. 지은에게선 닷새째 연락이 없었다. 자기가 필요할 때는 하루에도 몇번씩이나 전화를 걸어대더니, 정작 내가 필요로 할 때는 꼬리를 감춰버렸다는 생각에 또다시 노여운 마음이 일었다.

학원에 갈 시간이었지만 그냥 집으로 돌아왔다. 텅 비어 있을 집이 그리웠다. 아빠는 엄마의 성화에 못 이겨 깁스를 풀자마자 다리를 절룩거리며 가게로 나갔다. 지금 내게 필요한 것은 휴식이었다. 누구의 방해도 받지 않을 수 있는 고요한 공간에서, 두 개의 라면을 삶아 두 공기의 밥을 말아먹고, 식빵 한 봉지와 순대 이인분을 콜라와 함께 꿀떡꿀떡 삼킨 뒤, 먹은 것들을 모두 게워내고 났을 때 비로소 찾아오는 완벽한 안정. 그렇게 좀 쉬고 나면, 앞으로 이 난관을 어떻게 헤쳐나가면 좋을지 떠오를 것 같았다.

"일루 와서 앉아봐!"

현관문을 열고 들어서자마자 들려온 엄마의 목소리가 가뜩이나 심란한 마음을 사납게 할퀴었다. 이번에는 또 무슨 일일까. 천천히 신발을 벗으며 곰곰이 생각해봤다. 폭식과 구토를 반복하고 있다는 결정적인 증거를 잡았거나, 그동안 엄마와 아빠의 지갑과 비상금 봉투에 쭉 손을 대왔다는 심증을 완전히 굳혔거나, 반지가 사라졌다는 사실을 알아버렸거나, 혹은 그밖의 어떤 이유가 있을 것이었다. 그러나 어느 쪽이든 상관없었다. 이제 더는 놀라울 일도 고통스러울 일도 없을 것만 같았다. 단지 휴식이 필요한 순간에 그럴 수 없게 됐다는 사실만이 괴로울 뿐이었다. 나는 방문 앞에 가방을 내려놓고 쏘파로 갔다. 엄마가 옆자리를 손으로 탁탁 치며 나를 올려다봤다. 엄마의 얼굴빛이 노랬다. 나는 쏘파가 무너져라 털썩 주저앉았다. 그러고는 텔레비전의 시커먼 화면을 쳐다봤다.

"반지, 네가 가져갔어?"

반지였다. 생각보다 빨리 걸린 게 아쉽기는 했지만, 언제 걸려도 걸릴 일이었으니 새삼스러울 것은 없었다. 나는 아무런 대꾸도 하지 않았다.

"반지, 네가 가져갔냐고 묻잖아!"

한동안 대답을 기다리던 엄마가 다시 물었다.

"응."

더는 대답을 미룰 필요가 없을 것 같아 짧게 대답했다. 엄마는 내 대답에 씨근씨근 거친 숨을 토해내기 시작했다. 자세를 고쳐앉느라 연방 부스럭대기도 했다.

"그걸 뭐하려고 가져간 건데?"

도대체 저렇게 당연한 질문을 하는 이유가 뭘까. 내가 아무러면 그렇게 촌스러운 디자인의 반지를 끼고 다니려고 훔쳤을까. 나는 엄마를 흘끔 쳐다본 뒤 다시금 텔레비전 화면에 시선을 고정했다.

"설마 팔아먹은 거야? 그거 팔아서, 그 돈으로 뭐했는데?"

엄마는 한동안 내 대답을 기다려주었다. 쿠션을 움켜쥔 손을 부들부들 떨고 있기는 했지만, 나름대로 감정을 자제하기 위해 애를 쓰는 것 같았다. 그래봤자 얼마 못 가 본색을 드러내고 말겠지만 말이다.

"또, 또! 또 그렇게 소 죽은 귀신처럼 주둥이 꾹 다물고 있을 거야? 그 돈으로 뭐했냐고 묻잖아!"

엄마가 내뿜는 뜨거운 입김이 내 볼까지 와닿았다. 그래도 나는 다문 입을 벌리지도, 텔레비전의 시커먼 화면에 고정한 시선을 돌리지도 않았다. 딱히 대답할 만한 말이 없기 때문이었다. 이쯤 됐으면 한계에 다다를 때다,고 생각하는 순간, 아니나다를까 엄마가 손을 번쩍 치켜들었다.

"이 망할놈의 계집애! 나가! 차라리 나가서 뒈져버려! 네가 사람이냐? 사람이야? 이젠 하다하다, 어떻게 대가리에 피도 안 마른 년이 패물 훔쳐다 팔아처먹을 생각까지 할 수가 있는 거야? 누가 지애비 새끼 아니랄까봐, 어쩌면 하는 짓거리마다 이렇게 돼처먹지가 못했을까! 너희 박가들이 아주 나를 말려죽일 작정을 한 거지,

그러지 않고서야 어떻게 이럴 수가 있냐구, 응!"

아빠도 패물을 훔쳐다 팔아먹은 전적이 있었는지 어쨌는지 그런 건 내 알 바가 아니었다. 나는 닥치는 대로 내리치는 엄마의 손찌검을 묵묵히 견뎌냈다. 피하지도 않는 내 태도가 엄마의 화를 더욱 돋웠는지, 엄마는 벌떡 일어나 베란다로 나갔다. 또 뭘 들고 와서 수선을 떨려는 것인지 이제는 궁금하지도 않았다. 한참이나 베란다를 왔다갔다하며 부산을 떨던 엄마가 수도꼭지에 꽂혀 있던 초록색 호스를 빼들었다. 뭘 들고 와도 상관없다고 생각하긴 했지만, 막상 엄마의 손에 들린 호스를 보자 맥이 탁 풀렸다. 무슨 여편네가 저다지도 우악스럽고 잔인할까 싶은 생각에 고개가 절로 저어졌다. 뽀얗게 화장하고 궁의 카운터 앞에 앉아서 미소짓고 있는 엄마를 보면서 누군들 저런 모습을 떠올릴 수 있겠는가 말이다.

바람을 가르는 호스 소리가 불러일으키는 공포감은 들어본 사람만이 알 수 있다. 쉬익 날아와서 철썩, 하고 몸에 감기는 순간에 느껴지는 아린 통증 역시 겪어본 사람만이 알 수 있는 것이고. 온몸에 꽤나 오랫동안 남게 될 벌건 호스 자국은 고통의 순간을 견뎌낸 뒤에 어김없이 딸려오는 부록 같은 것이다. 등을 구부린 채 쉬익 쉬익, 쉴새없이 날아오는 호스를 단 한번도 피하지 않고 고스란히 받아내면서, 문득 이런 생각을 했다. 도대체, 내 부모는 왜, 이따위인가. 도대체, 내 친구들은 왜, 이따위인가. 도대체, 내 몸뚱이는 왜, 이따위인가. 도대체, 내 인생은 왜, 이따위인가. 어쩌자고 내 주변에는 온통, 나를 두들겨패고 짓밟고 모욕하는 인간들뿐인지 억울하다 못해 이제는 어리둥절할 지경이었다. 그쯤 되자 더이상 견딜 필요가 없다는 생각이 들었다. 내가 지금껏 왜 이따위 인생을 고스란히 견뎌내고 있었는지 납득할 수가 없었기 때문이다. 나는 벌떡 일어섰다. 덕분에 등짝을 향해 날아오던 호스 끝이 얼굴에 감겼다. 엄마는 예기치 못한 상황에 당황했는지 약간 주춤했다. 나는 호스를 쥐고 있는 엄마의 손을 내려다봤다. 그 순간 문득, 나보다 한 뼘은 작고 내 체중의 절반밖에 안 나갈, 아니 어쩌면 그보다도 덜 나갈 엄마를 깔아뭉개버릴 수도 있지 않을까,라는 생각이 들었다.

버스에서 내리자마자 가장 먼저 눈에 띄는 분식점으로 들어갔다. 끝없이 이어지는 내 주문에 놀라는 주인여자를 본체만체하고 잠자코 음식이 나오기만을 기다렸다. 그리고 음식이 나온 뒤에는 탁자 가득 차려진 음식들을 쭉 둘러보았다. 꼬들꼬들한 면발과 떡이 고추장 양념에 버무려진 라볶이, 뜨거운 김을 모락모락 올리는 오뎅꼬치, 기름기가 좔좔 도는 순대, 참기름 냄새가 솔솔 풍기는 김밥, 윤기 반지르르한 맛탕, 그리고 땅콩가루가 드문드문 뿌려진 닭강정까지, 하나같이 먹음직스러워 보였다.

"이걸 진짜 학생 혼자 다 먹으려고?"

주인여자는 아무래도 믿기지 않는다는 듯, 음식들을 내오는 내내 몇번씩이나 물었다. 물론 나는 아무 대답도 하지 않았다. 마치 나는 그런 쓸데없는 질문에 일일이 대답할 만큼 한가한 사람이 아니라는 듯이.

"아니, 왜 안 먹고 그렇게 쳐다만 보고 있어?"

손님 없는 가게를 지키고 있기가 심심했는지 주인여자는 계속해서 내 주변을 알짱거리다 다시 물었다. 이번에도 나는 아무 대답도 하지 않았다. 그리고 계속해서 탁자에 차려진 음식들을 둘러만 보았다. 라볶이 580*kcal*, 오뎅꼬치 330*kcal*, 순대 400*kcal*, 김밥 300*kcal*, 맛탕 350*kcal*, 닭강정 360*kcal*, 총 2320*kcal*. 한참 뒤, 나는 자리에서 일어나 음식값을 지불했다.

"왜 그냥 일어나? 손도 안 댔구먼."

주인여자가 인상을 잔뜩 찌푸리며 물었다. 그러나 나는 이번에도 역시 대답하지 않은 채 가게를 빠져나왔다. 하루만, 딱 하루만 더 참으면 될 일이었다. 수없이 참아온 날들을 단 하루 때문에 물거품이 되도록 내버려둘 수는 없었다.

막상 가게에서 나오고 보니, 이제는 정말이지 갈 곳이 없었다. 도대체, 내 인생은 왜, 이따위인 것일까.

11

신은 공평하다. 먹는 자에겐 벌을, 먹지 않는 자에겐 선물을 줄 것이다. 먹지 말라. 그러면 당신 역시 선물을 받게 될 것이다. 그리고 그 선물은 당신을 충분히 만족시킬 것이다.

체중은 99.2킬로그램이었다. 재빨리 체중계에서 내려왔다가 다시 올라갔다. 그래도 체중에는 변함이 없었다. 환성이 터져나오려는 입을 틀어막고 주위를 휘둘러봤다. 아무도 내 쪽을 보는 사람이 없다는 사실을 확인한 뒤, 두 팔을 쭉 펼쳐들고 쿵쿵쿵쿵 발을 굴렀다. 드디어 나도 두 자릿수의 체중을 갖게 된 것이다. 어젯밤부터 최대한 아껴먹던 식혜 병을 내려다봤다. 미지근해진 식혜는 아직 절반이나 남아 있었다. 조금 망설이다가 그대로 두고 황토방으로 들어갔다. 식혜 따위를 홀짝이고 있기에는 힘겹게 획득한 두 자릿수의 체중이 너무 아까웠다. 처음 왔을 때는 못 견디게 뜨겁게 느껴지던 찜질방의 열기도 이제는 많이 익숙해져 그런대로 견딜 만했다. 자리를 잡고 앉자마자 인중에 땀방울이 맺히기 시작했다. 곧 온몸을 땀으로 흠뻑 적시게 될 것이었다.

찜질방이라는 데도 막상 와보니 별것 아니었다. 아니, 별것 아닌 정도가 아니라 하루가 다르게 몸의 부기가 빠지는 느낌이 확연한 게 썩 마음에 들었다. 물론 흘끔대거나 수군거리는 사람들이 아주 없는 것은 아니었다. 특히 샤워라도 할라치면 입까지 쩍 벌린 채 대놓고 훑어보는 시선들도 적지 않았다. 그러나 분명한 것은 그들 중 누구도 내 존재에 오래 관심을 기울이지 않는다는 사실이었다. 사람들은 대체로 나의 거대한 몸뚱이에 대해 시들해했다. 개중에는 처음부터 아예 무관심한 듯 시선조차 주지 않는 사람도 있었다. 학교나 학원에서와는 확연히 다른 반응이었다. 덕분에 두어 군데의 찜질방을 번갈아 전전하면서도 특별히 불편하다는 생각은 들지 않았다. 더구나 찜질방에 짐을 푼 이후로는 단 한번도 폭식에 대한 유혹을 느끼지 않았다. 그런 면에서 보면 이보다 좋은 곳은 없다는 생각이 들었다. 지난 일주일 동안, 낮에는 주로 휴게실에서 뒹굴대다가 밤이 되면 수면실로 가 잠을 자는 단순한 생활을 반복해왔다.

틈틈이 황토방이나 소금방, 혹은 수정방 같은 곳을 들락대며 찜질로 땀을 뺐고, 잠깐씩 헬스장에 들러 러닝머신이나 스텝퍼 같은 운동기구 주변을 기웃거리기도 했다. 피씨방에 들러 까페에 정직하지 못한 체중과 정직한 식단을 올리고 감동적인 다이어트 일기에서 한단계 업그레이드된 거식증 일기를 작성하는 일도 거르지 않았다. 일전에 올려놓았던 거식증 일기에는 무려 스물여덟 개의 댓글이 달려 있었다. 다른 사람들의 일에 무관심한 편인 프로아나 까페에서는 대단한 반향이었다. 아마도 강간을 당했다는 말 때문인 것 같았다. 대부분 부모님이나 선생님과 상의하거나 경찰에 신고하라는 내용이었다. 쎅스를 할 때 소모되는 칼로리의 양을 알려준 사람은 글 말미에 강간을 당하는 경우와는 칼로리 소모가 다를 수도 있다는 단서를 붙여놓기도 했다. 단 한 사람만이 이미 지나간 일이니 되도록 빨리 잊되, 절대로 누구에게도 발설하지 말라는 내용의 댓글을 달았다. 그녀는 상의나 신고를 한다고 해서 달라지는 것은 아무것도 없을 뿐만 아니라, 오히려 상황을 악화시킬 수도 있음을 염두에 둬야 한다고 조언했다. 그녀의 댓글 밑에는 또다른 누군가가 댓글을 달아, 경험해보지도 않았으면서 그런 식으로 조언하는 건 무책임한 짓이라고 충고했다. 그러자 그녀는 그 댓글에 다시, 경험에서 우러나온 충고니 귀담아들으라는 내용의 댓글을 달아놓았다. 나 역시 그녀의 충고가 옳다고 생각했다. 가출 사실을 털어놓은 일기에는 여섯 개의 댓글이 달려 있었다. 대체로 가출을 했어도 식사조절과 운동을 게을리해서는 안된다는 내용이었다. 정말이지 눈물나게 고마운 관심과 충고였다.

찜질방 중 한곳에서는 밤 열시가 되면 가출청소년 단속을 한답시고 직원으로 보이는 아줌마 두엇이 돌아다녔다. 미심쩍다 싶은 애들에게는 신분증을 보여달라고 요구하는 모양이었는데, 신분증 검사에 걸려 쫓겨나다시피 나가는 애들도 간혹 볼 수 있었다. 그러나 수면실이나 개인 토굴방 같은 곳에 누워서 얼굴에 수건을 덮고 있는 내게는 단 한번도 말을 걸어오지 않았다. 아마도 두두룩한 배와 찜질용 반바지가 터져나갈 듯한 허벅지 때문이었을 것이다. 대개의 어른들은 우리 엄마처럼 나 같은 슈퍼울트라 개량돼지는 가출할 주제도 못된다고 생각하는 게 틀림없다. 그나저나 남은 돈을 헤아리다보니 조금 막막한 기분이 들었다. 아무리 아껴쓴다고 해도 지금처럼 지내다가는 얼마 지나지 않아 가진 돈이 모두 바닥나고 말 것이다. 그전에 무슨 일이든 하긴 해야 할 텐데, 거대한 몸집의 가출청소년 주제에 일자리를 찾을 수 있을 것 같지가 않았다. 그렇다고 맥없이 집으로 되돌아갈 생각은 전혀 없었다. 뭔가 대책이 필요했다.

땀으로 흥건한 얼굴을 수건으로 훔쳐내며 지은에게서 전화가 걸려오지 않는 이유에 대해 생각해봤다. 애초엔, 지은과 통화가 되는 대로 그애가 머물고 있는 곳으로 갈 계획이었다. 만일 이번에도 순순히 얘기하지 않는다면, 그동안 내게 일어났던 일들을 이야기하고 오늘날 내가 이 지경까지 이른 책임이 지은에게도 있다는 사실을 분명히할 생각이었다. 지은이 있는 곳으로 간다고 해서 뾰족한 수가 나리라는 보장은 없지만, 달리 떠오르는 방법도 없었다. 그런데 지금은 그보다 먼저, 내가 드디어 두 자릿수의 체중에 도달했다는 사실을 말해주고 싶었다. 아마도 지은은 무척 기뻐해줄 것이다. 어쨌든, 지은은 여전히 나의 베프니까.

황토방에서 나오자마자 보관함으로 가 휴대폰을 확인해봤다. 역시 지은에게선 아무런 연락도 없었다. 그동안 집과 가게, 그리고 엄마의 휴대폰으로부터, 걸려온 부재중전화는 모두 열세 통이었다. 그중 여섯 통은 가게에서 걸려왔다. 저녁 일곱시를 전후로 매일 빠짐없이 걸려온 것으로 보아, 짐작했던 대로 가게문을 닫고 나를 찾아나서는 '쓸데없는' 짓 같은 건 하지 않은 모양이었다. 익히 알고 있는 사실이었지만, 엄마도 아빠도 참 대단한 양반들이긴 하다. 하나밖에 없는 딸년이 집을 나가 일주일째 감감무소식인데도, 하루도 빠짐없이 가게문을 열고 꿋꿋하게 자신들의 일상을 지켜온 걸 보면 말이다. 게다가 아빠는 단 한 차례도 자신의 휴대폰 폴더를 열고 내게 전화를 걸지 않았다. 어쩌면 내 번호조차 모를지도 몰랐다. 정말이지 기적과도 같은 가족애였다.

"씨발."

나도 모르게 웅얼거리며 휴대폰을 주머니에 쑤셔넣고 보관함 문을 힘껏 닫았다.

러닝머신 위에서 빠르게 걸으며 땀을 빼고 있는데 지은에게 전화가 걸려왔다. 급한 마음에 머신의 정지버튼을 누르기도 전에 전화기의 통화버튼부터 눌렀다.

"여어, 돼지! 오랜만이다."

"⋯⋯⋯"

"야, 박유미! 오랜만이라니까? 내 말 안 들려?"

"잠깐만…… 지금 운동중이라서. 조금만…… 됐어."

숨을 헐떡이며 머신에서 내려왔다. 잠깐동안이었지만, 그사이에 지은이 전화를 끊어버리기라도 할까봐 조바심이 났다. 다행히 지은은 기다려주었고, 나는 숨을 고른 뒤 다시 전화를 받았다.

"그동안 왜 연락 안했어?"

"좀 아팠어."

"왜? 어디가 아팠는데? 많이 아팠어? 지금은 좀 어때, 괜찮아진 거야?"

지은의 말이 채 끝나기도 전에 연달아 물었다. 온갖 의심을 다 끌어다 붙여가며 원망하기도 했지만, 연락을 하기 힘들 정도로 아팠다는 말에 더럭 겁부터 났던 것이다. 지은은 한동안 말없이 웃기만 했다. 그 웃음소리가 어쩐지 평화롭게 느껴져서 적이 안심이 됐다. 그러나 웃음 끝에 두어 번 잔기침이 묻어나오자 다시금 걱정스러워졌다.

"아직 다 안 나은 거 같은데? 도대체 어디가 얼마나 아팠던 거야?"

"감기기운이 있는데 좀 쉬면 괜찮으려니 했다가 된통 걸려버렸지 뭐야. 여기 선생님이 병원에 데려가주셔서 임신부용 약을 처방받긴 했는데, 잘 안 낫더라구. 그래도 지금은 다시 쌩쌩해졌으니까 걱정 마. 그나저나 운동하는 중이었다고? 오오, 꽤 열심인데? 근데 이 시간에 웬 운동? 학교는 안 간 거야?"

"아, 참! 나 드디어 두 자릿수 됐어. 99.2."

수화기를 손으로 가리고 최대한 낮은 소리로 속삭였다.

"야, 돼지! 너 정말 굉장한데? 그럼 도대체 그동안 몇킬로나 빠진 거야? 한 삼십 넘게 빠진 건가?"

"33.2."

말해놓고 나니 스스로도 내가 굉장한 일을 해냈다는 생각이 들었다. 지은과 나는 누가 먼저랄 것도 없이 웃음을 터뜨렸고, 나는 주위 사람들이 쳐다보건 말건 전화기를 귀에 붙인 채 한참동안이나 깔깔거렸다.

"그래도 너, 긴장 늦추면 안돼. 모르긴 해도 애들은 여전히 널 슈퍼울트라 개량돼지라고 부를 걸? 누구도 그렇게 부를 수 없을 때까진 멈추지 마. 절대로 멈추면 안돼. 알았어?"

지은은 어느새 웃음기를 싹 거둬내고 진지한 투로 말했다. 역시 지은다웠다. 지은은 내게 불친절하기는 했지만, 언제나 대체로 옳은 말을 했다.

"그래, 그럴게. 대신…… 지금 너 있는 데가 어딘지 말해줘."

나는 약간 뜸을 들이다 말했다. 짐작대로 지은은 말이 없었다.

"그건 왜? 말할 수 없다고 얘기했잖아."

한참 뒤, 지은이 말했다. 언제나 그랬듯 단호한 목소리였다. 어떻게 이야기를 시작해야 할지 조금 난감했다. 이미 수도 없이 준비해온 말인데도, 막상 이야기를 꺼내려니 어디서부터 어떤 식으로 시작하면 좋을지 알 수가 없었다. 어쩐지 간단한 통화만으로 설명할 수 있을 만큼 단순한 문제가 아니라는 생각이 들었기 때문이다.

"나도 집 나왔어. 그래서 너 있는 데로 가려고."

꽤 긴 망설임 끝에 가출 사실부터 털어놓았다. 지은의 반응은 안

봐도 뻔한 것이었지만, 일단 그 얘기부터 꺼내는 편이 덜 충격적일 것 같았다. 어쨌든 지은은 임신부였다.

"미친년, 지랄하고 자빠졌네."

역시나 지은의 반응은 차고 명료했다. 도대체 왜 저는 해도 되는 일을 나는 하면 안된다는 건지 이해할 수 없었다. 담배를 피울 때도, 술을 마실 때도 지은은 늘 그런 식이었다. 저는 하고 싶은 대로 다 하면서 내겐 말도 꺼내지 못하게 했다. 짐작했던 반응이었지만 어쩐지 짜증스러웠다.

"왜? 너는 가출해도 되고 난 안돼?"

"이런 병신. 너, 지금 그걸 말이라고 하고 자빠졌냐?"

"말이 안될 건 또 뭔데? 씨발, 넌 늘 마음대로 다 하면서 삑하면 나한테만 이러잖아!"

"야, 이 미친년아! 네가 임신했냐? 너도 어떤 새끼 몰래 애 낳으려고 도망나온 거냐고! 씨발, 그냥 집구석에 곱게 처박혀 있을 것이지, 뭐 주워처먹을 게 있다고 기어나오고 지랄이냔 말이야. 네 눈엔 내가 지금 놀러 나온 거처럼 보이냐?"

나의 삐딱한 태도에 지은도 기분이 상했는지 사납게 다그치기 시작했다. 임신이라니, 내가?까지 생각하고 나자 연이어, 어쩌면, 이라는 생각이 들었다. 어지간한 남자는 돌아보지도 않을 꼴을 하고 있는 덕분에 그런 가능성은 염두에 둬본 적도 없지만, 나 역시 가임기의 여자라는 사실 정도는 알고 있었다. 그러나 이내 그럴 리가 없다는 생각이 들었다. 100킬로그램이 넘어가면서부터 생리가 불순해지기 시작해 작년 가을 즈음부터는 아예 기미조차 없었다.

가임기의 여자라고 해서 누구나 아무 때나 임신이 되는 것은 아니라는 사실 또한 잘 알고 있었다. 임신이라니, 그럴 리가 없었다.

"임신은 안했지만 강간은 당했다, 왜!"

내 옆을 지나쳐가던 여자 둘이 갑자기 멈춰서서 나를 돌아봤다. 모녀 사이로 보이는 여자들은 눈을 둥그렇게 뜨고 벌어진 입을 다물지 못했다. 나는 여자들을 지나쳐 휴게실이 있는 이층으로 내려왔다. 휴게실에 도착할 때까지도 지은은 아무런 대꾸가 없었다. 사람이 없는 구석 쪽에 자리를 잡고 앉았다. 조금 뒤, 지은이 긴 한숨을 내쉬었다. 그러고는 또다시 침묵이었다.

"야! 박유미!"

한참 만에야 입을 뗀 지은이 난데없이 소리를 꽥 질렀다. 나는 깜짝 놀라 전화기를 귀에서 잠시 떼어냈다.

"아이, 씨발! 왜 소리는 지르고 지랄이야? 강간당한 년 처음 봐?"

정말이지 짜증스러웠다. 강간을 당했다는 사실 못지않게, 당시 상황을 지은에게 구구절절 설명해야 한다는 사실이 짜증스러웠다. 강간이라는 말을 입밖으로 꺼내자마자, 얼굴에 봉지를 뒤집어쓴 채 강제로 니스를 불던 순간, 그리고 길쭉이새끼의 길쭉한 물건이 아랫도리를 파고들던 순간에 느껴야 했던 고통과 좌절감, 모멸감 따위가 고스란히 되살아났다. 게다가 어쩌면, 그 모멸의 흔적이 여전히 내 몸속 어딘가에 들러붙어 있을지도 모른다는 생각에 다시금 불안해졌다. 그럴 리는, 절대로 없겠지만 말이다. 난데없이 구역질이 치밀었다. 그때 일을 되새기다보면 구역질이 나거나 온몸에 열이 올랐다. 그동안, 그건 누구에게나 일어날 수 있는 사고였을 뿐이라고, 나는 그저 운이 조금 나빴던 거라고, 그러니까 아무래도 상 관없다고 생각하려 애써왔지만 소용없었다. 숨을 몰아쉬며 가슴께 를 꾹 눌렀다. 벌떡대는 심장의 박동이 고스란히 느껴졌다. 다시 한 번 깊은 숨을 몰아쉰 뒤, 가능한 차분한 어조로 말을 이었다.

"확실히 해두고 싶은 게 있어. 절반 정도는 네 책임이라는 거. 어 쩌면 그 이상일지도 모르지. 그러니까 지금 어디 있는지 말해. 아니 면, 도대체 내가 이 시점에서 뭘 어떻게 하면 좋을지 말을 해주든 가."

"어떻게 된 일인지 자세히 말해봐. 그게 왜 내 책임이라는 건지 도."

지은의 목소리가 푹 가라앉아 있었다. 지금 지은의 심정이 어떨 지 어느정도는 짐작이 갔다. 하지만 더 중요한 것은 당장 머물 곳 이 필요한 내 처지였다.

"어떻게 된 거냐고? 어떻게 된 거긴 뭐가 어떻게 된 거야? 영화 년이 네 행방 대라고 매일같이 개지랄 떤 거, 너도 알고 있었잖아. 그년이 네 옛날 깔인가 뭔가 하는, 쌍판 길쭉한 새끼한테 시도때도 없이 껄떡댄다는 것도 알고 있었을 테고. 그런 년이 길쭉이새끼한 테 내 얘길 안했을 리가 없잖아. 그렇게 되면 어떤 일이 벌어질지 너 진짜 생각해본 적 없어? 또라이 중에서도 상또라이라는 그 새끼 가 나 같은 좆밥을 상대로 무슨 짓을 벌일지, 정말 몰랐냐고! 네가 몰랐을 리가 없잖아. 다 그렇고 그런 건데. 내 말이 틀려?"

부르르 끓어오르는 화를 참지 못하고 생각나는 대로 퍼부어댔 다. 지은은 한참동안 아무 말이 없었다. 문득, 절반쯤은 네 책임이

라는 말은 괜히 한 것이 아닐까,라는 생각이 들었다. 설사 전적으로
지은의 책임이었다고 하더라도 굳이 내 입으로 그런 말을 할 필요
는 없었을지도 몰랐다. 말하지 않아도 지은 스스로 그렇게 생각하
게 될 터였다.

12

프로아나는 하루에 300kcal 이내로 먹고, 일주일에 이틀 이상 단식해
야 한다.

일찌감치 터미널로 가 Y시행 버스에 올랐다. 지명이 낯설지는
않았지만 Y시가 정확히 어느 구석에 붙어 있는지는 알 수 없었다.
버스가 출발한 이후 한동안 멍하니 차창 밖을 내다보았다. 계속해
서 기우뚱대기만 하던 일상이 잠깐이나마 균형을 찾은 듯한 느낌
이 들었다. 그러나 얼마 못 가 그 얄팍한 균형감마저 포기할 수밖
에 없었다. 옆자리에 앉은 아줌마가 자기도 못지않게 뚱뚱한 주제
에 자꾸만 나를 흘끔거리며 자리가 비좁다고 투덜대는 것이었다.
처음에는 모른 척 잠자코 있었지만, 나중에는 나도 아줌마를 흘끔
거리며 아무 말이나 중얼거렸다. 아줌마가 몸을 뒤척이면 나도 뒤
척였고, 아줌마가 나를 노려보면 나 역시 그렇게 했다. 그런 식으로
아줌마와 나는 한동안 신경전을 계속했는데, 그건 정말이지, 생기
는 것 하나 없이 피곤하기만 한 짓거리였다.

버스가 휴게소에 도착할 즈음 저절로 눈이 떠졌다. 옆자리의 아줌마는 버스가 정차하자마자 불편해 보이는 다리를 질질 끌다시피 버스에서 내렸다. 그러고는 곧장 휴게소의 식당가 안으로 사라졌다. 나도 천천히 버스에서 내려 화장실로 갔다. 별로 마렵지 않은 오줌을 약간 질금거린 뒤 다시 버스로 돌아왔다. 내릴 때와 마찬가지로 빈손이었다. 식당가 앞을 지나칠 때는 온갖 음식냄새 때문에 적잖이 갈등이 되기도 했지만, 다행히 잘 참아냈다. 돈을 아껴야 하는데다 오늘은 단식하는 날이었다. 좁아터진 의자에 자리를 잡고 앉아서 창밖을 내다보니 버스로 돌아오는 옆자리 아줌마의 모습이 보였다. 아줌마의 양손에는 각각 통감자구이 한 통과 호두과자가 담긴 종이봉투가 들려 있었다. 저 나이에 저런 몸집으로 저따위 주전부리나 사 나르는 꼴이라니, 저런 인간은 죽었다 깨어나도 달로 떠날 수 없을 것이다.

버스에서 내려 지은과의 약속장소를 찾기 위해 길을 물을 때마다, 사람들은 하나같이 고개를 가로저었다. 정말 몰라서 모른다고 하는 것인지, 아는데도 가르쳐주지 않는 것인지 처음엔 좀 헷갈렸다. 나의 지나친 피해의식일 수도, 내게만 유독 차갑고 날카로운 현실의 단면일 수도 있었다. 그러나 질문 자체를 무시하거나 심지어 못 볼 것이라도 본 양 외면한 채 발길을 재촉하는 사람들의 수가 늘어날수록 후자 쪽일 가능성이 크다는 생각이 들었다. 약속장소를 찾기 위해 거의 삼십여분을 헤맸지만, 끝내 택시를 탈 수밖에 없었다. 시설에서 멀지 않은 곳이라 지은과 그애의 일행들이 간혹 들른다는 까페는 제법 깔끔했고 분위기도 나쁘지 않았다. 두 달여

만에 만난 지은은 약간 도도록해진 배를 제외하고는 달라진 점이 없었다. 내가 정작 놀란 것은, 지은이 혼자 나오지 않았다는 사실 때문이었다. 지은 옆에는 얼굴이 까맣고 깡마른 여자애가 앉아 있었다. 여자애는 텔레비전에서 본 아프리카 어느 나라의 난민아이처럼 앙상한 몸에 배만 볼록 튀어나와 있었다. 소개를 받기도 전이었지만, 그애가 지은이 전화로 몇차례 얘기한 적 있는 열네살짜리 미혼모라는 사실을 짐작할 수 있었다.

"박유미!"

드디어 나를 발견한 지은이 벌떡 일어나며 손을 흔들었다. 도무지 지은답지 않은 행동이었으므로 약간 당황스러웠다. 손을 흔드는 친구를 향해 어떤 제스처를 취해야 할지도 난감했다. 한동안 주춤대다 겨우 손만 슬쩍 들어 보인 뒤 지은 쪽으로 다가갔다. 그리고 깡마른 여자애 맞은편에 앉았다. 지은과 여자애 앞에는 각각 우유와 키위주스가 한 잔씩 놓여 있었다. 지은 앞에 놓인 우유잔이라니, 온통 어이없는 일투성이였다.

"쟨 뭐야?"

우유잔에서 시선을 떼지 못한 채 신경질적으로 물었다. 기억하기조차 끔찍한 일들을 털어놓기 위해 찾아왔다는 걸 뻔히 알면서 발랑 까진 열네살짜리 미혼모를 대동하고 나타난 지은을 이해할 수가 없었다. 그러나 지은은 아무래도 상관없다는 듯한 표정으로 나와 여자애를 번갈아 바라봤다. 그리고 여자애에게 나를 소개했다.

"인사해. 언니가 얘기했지? 내 친구 박유미야."

좀 얼떨떨한 기분이었다. 나는 박유미가 맞고 지은의 친구인 것도 분명히 맞지만, 지은의 입을 통해 듣는 '내 친구 박유미'라는 말은 어딘가 낯설게 느껴졌다. 마치 나 자신조차 내가 '이지은의 친구 박유미'라는 사실을 처음으로 알게 된 것만 같다고 해야 할까. 거의 삼년 만이었다. 지은이 누군가에게 그런 식으로 나를 소개한 것은.

"안녕하세요, 언니. 전 김하영이에요. 근데 언니, 생각보단 안 뚱뚱하신데?"

내게 고개를 꾸벅 숙이며 자신을 김하영이라고 소개한 배불뚝이 여자애는 이내 눈을 동그랗게 뜨며 지은에게 말했다. 아마도 여자애는 내가 대번에 눈이 휘둥그레질 정도로 뚱뚱한, 그러니까 인간인지 괴물인지조차 구분하기 힘들 만큼 거대한 살덩어리일 거라 짐작한 모양이었다. 그건 지은이 나에 대해 여자애에게 그런 식으로 설명했다는 뜻이기도 했다. 아무리 30여 킬로그램의 체중을 감량하기 전까지 내 모양새가 그랬다고는 해도 여간 불쾌한 것이 아니었다.

"아니야. 얘 진짜 졸라 뚱뚱했어. 지금은 엄청 빠진 거라니까. 다이어트중이라고 말했잖아. 거식증이라는 원대한 목표를 향해서 전력질주중이지. 원래 몸에서 대략 너만한 애 하나는 빠져나왔다고 보면 돼. 상상이 가냐?"

나는 손짓까지 곁들여가며 신나게 떠들고 있는 지은의 얼굴을 찬찬히 뜯어봤다. 다시 보니, 전보다 좀 그을린 것도 같았다. 게다가 약간 밉살스러워지기까지 했다. 종업원이 다가와 나를 내려다봤다. 화장기가 거의 없어서인지, 밋밋해 보이는 인상이었다. 밋밋

한 인상의 종업원에게 미안하지만 그냥 시원한 얼음물만 좀 달라고 말했다.

"왜 아무것도 안 시켜? 뭐라도 시켜. 내가 사줄게."

종업원이 돌아가고 나자 지은이 말했다.

"오늘은 단식하는 날이야. 물 말고는 아무것도 안 먹어."

"어머, 그럼 어떻게 하지? 우린 이제 곧 점심 먹어야 하는데. 아까 나올 때 선생님한테 시간 맞춰서 먹겠다고 약속했거든요. 그랬잖아, 언니. 어떻게 하지? 우리끼리라도 먹어야 하나? 그냥 언니도 조금만 먹으면 안돼요? 우리끼리만 먹긴 그렇잖아요. 우린 점심 꼭 먹어야 되거든요."

깡마른 배불뚝이는 마치 내가 제 밥그릇을 빼앗기라도 한 양 호들갑을 떨었다. 걸핏하면 주책없이 풀썩거리는 폼이, 아무래도 머리가 좋은 애는 아닌 것 같았다. 지은의 말처럼 아직 어려서 철이 없다기보다는 아예 생각이라는 걸 할 줄 모르는 게 틀림없었다. 그렇지 않고서는 고작 열네살에 임신 따위나 해버린 주제에 저토록 똥오줌도 못 가리는 애처럼 나댈 수는 없을 것이다. 하여간 머리 나쁜 인간들은 꼭 머리 나쁜 값을 한다. 그런 생각이 들자, 머리가 나쁘지도 않은 지은은 도대체 왜 저런 꼴로 앉아 있는지 새삼스레 화가 치밀었다.

"할 수 없지 뭐. 그럼 넌 우리 밥 먹을 동안 그냥 좀 기다려. 괜찮지?"

전혀 괜찮지 않았지만, 나는 고개를 끄덕였다. 전보다 조금 그을리고 밉살스러워졌어도 지은은 여전히 지은이었다. 지은은 명령하고 나는 두말없이 고개를 끄덕이고. 그래야 우리다웠다.

　까페에서 머무는 동안은 물론, 근처 식당으로 자리를 옮기는 중에도 배불뚝이는 쉬지 않고 조잘댔다. 그애의 입에서 끊임없이 쏟아져나오는 말은 하나같이 두서도 내용도 없는 소음에 지나지 않아 듣고 있기 괴로울 지경이었다. 식당에 자리를 잡고 나서도 여자애는 계속해서 떠들어댔다. 여자애도 여자애였지만 그애가 주절대는, 그 말 같지도 않은 소리에 일일이 대꾸하는 지은이 더 한심해 보였다. 나는 미간을 찌푸리거나 손가락으로 탁자를 타닥타닥 치며, 다소 노골적으로 듣기 싫다는 시늉을 해 보였지만 두 사람 다 아랑곳하지 않았다. 지은과 여자애는 벽에 붙은 메뉴판을 올려다보며 의논인지 입씨름인지 모를 수다를 한참이나 더 지껄여댄 끝에야 뚝배기불고기와 순두부찌개를 주문했다. 대여섯 가지의 밑반찬이 차려지고 나자 이내 주문한 음식이 나왔다. 지은과 여자애는 그제야 입을 다물었다. 나는 연방 물잔을 비우며 지은과 여자애가 어서 빨리 뚝배기와 찌개냄비를 비우기만을 기다렸다. 그러나 둘은 쉴새없이 떠들던 때와는 달리 아주 느린 속도로 음식을 먹었다. 밥 한 숟가락을 다 씹어먹고 나서야 불고기 한 점을 집어 오물거리고, 그걸 다 삼키고 나서야 다시 밥을 한 숟가락 떠먹고, 역시 밥을 오래오래 씹어삼킨 뒤에 멸치볶음 따위를 집어먹는 식이었다. 마치 중요한 의식이라도 치르는 것처럼 신중하다 못해 경건해 보이기까지 했다. 지은이 예전에도 그런 식으로 밥을 먹었던가 싶어 기억을 되짚어봤지만 별로 떠오르는 것이 없었다. 마지막으로 지은과 함께 밥을 먹어본 게 언제였는지조차 기억 나지 않았으니, 그리

이상한 일도 아니었다. 나중에는 어쩌면 저것도 예기치 못한 임신이 불러온 괴상한 증상들 중 하나일지도 모른다는 생각이 들었다.

"아줌마, 여기 물 한 통 더 주세요."

급기야 물통을 다 비워버린 내가 빈 물통을 흔들자, 지은과 여자애가 약속이라도 한 듯 키들대기 시작했다.

"야, 진짜. 애쓴다, 애써."

"언니, 그러지 말고 좀 먹지 그래요. 언닌 그렇게 계속 물만 마시고 있는데 우리끼리만 먹으려니까 부담스럽잖아요. 그냥 아주 조금만 먹으면 안돼요?"

"야, 부담스러워도 참아. 오늘 단식하는 날이라잖냐. 그냥 모른 척해주는 게 도와주는 거라니까. 지금 쟤한텐 굶는 게 약이야."

지은은 애써 웃음을 삼키려는 듯 붉게 달아오른 얼굴을 정색하며 손사래까지 쳤다. 나는 아줌마가 가져다준 새 물통의 뚜껑을 열고 잔 가득 물을 따랐다. 어쩐지 빈정대는 듯한 지은과 배불뚝이의 태도에 약이 올랐지만 딱히 할말이 없는 것도 사실이었다. 말없이 따라놓은 물을 단숨에 들이켰다. 그리고 내 앞에 앉은 여자애들은 임신부다, 그것도 인생 더럽게 꼬여버린, 겨우 열일곱, 열네 살짜리 임신부들이다,라고 반복해서 생각했다.

"아, 참! 식당 김선생님이 그러는데, 난 딸이고 언닌 아들이래."

"그래? 그걸 어떻게 아신대?"

"배 모양이 그렇다던데? 자긴 딱 보면 안다고."

대화의 내용 또한 지독히도 구렸지만, 이번에도 임신부들의 대화라는 게 원래 다 그런 거겠지,라고 생각하며 참았다. 아주 느린 속도로 밥과 불고기를 먹고 있는 지은을 물끄러미 바라봤다. 도대체 지은은 무슨 생각을 하고 있는 것인지, 어쩌자고 저따위 머리 나쁜 계집애까지 달고 나온 것인지 이해할 수가 없었다. 열네살짜리 배불뚝이 앞에서 지난 이야기들을 털어놓아야 할지도 모른다고 생각하자 숨이 턱 막히는 것 같았다. 나는 또다시 물을 한 잔 따라 들이켰다.

"물 너무 많이 마시는 거 아니에요? 그러다 토 나오겠다. 근데 언니, 언닌 곧 달로 갈 거라면서요?"

배불뚝이가 멸치볶음을 오물거리며 묻는 통에, 하마터면 머금고 있던 물을 뿜을 뻔했다. 서둘러 물을 삼킨 뒤, 입도 다물지 못하고 지은을 쳐다봤다. 이번에는 지은 역시 조금 난감한 기색이었다.

"미안해. 일부러 말하려고 그런 건 아닌데, 그냥 어쩌다보니 그렇게 됐어."

어쩌다보니 그렇게 됐다니, 저걸 지금 변명이라고 하는 것일까. 지은의 말에 더욱더 화가 치밀었다. 텅텅 빈 머리로 시끄럽게 떠들 줄이나 아는 열네살짜리 배불뚝이에게 놀림을 당하고 있는 듯한 기분이 들었다. 빈 물잔을 쥔 손에 나도 모르게 힘이 들어갔다.

"아니, 언니, 화내지 마세요. 그 얘기 듣는 순간, 참 멋지다고 생각했어요. 달로 떠난다니, 정말 멋졌어요. 진짜로 그렇게 생각했다니까요."

나와 지은의 눈치를 살피던 배불뚝이가 다짜고짜 물잔을 쥔 내 손을 잡아흔들며 호들갑을 떨었다. 의외로 따뜻한 손이었다. 나는 비로소 배불뚝이의 얼굴을 제대로 쳐다봤다. 이목구비가 오목조목

한 것이 그다지 못난 인상은 아니었다. 그래도 역시, 약간 탁하고 초점이 흐린 눈빛만은 마음에 들지 않았다. 나는 슬그머니 배불뚝이의 손을 털어냈다. 조금 무안했는지 배불뚝이는 잠시 머뭇대다 다시 수저를 들었다. 그러고는 이미 식어빠진 순두부찌개에서 계란 노른자를 건져 먹었다.

"그래서 지은언니가 안된다고 하는데도 따라나오겠다고 우긴 거예요. 그런 얘긴 난생처음 들어봤거든요. 언니한테 직접 들어보고 싶었어요. 난 여기 말고 다른 세상으로 갈 수 있다는 생각 같은 건, 한번도 해본 적 없으니까요. 달로 가겠다는 언니 결심이 진심이라면, 정말로 멋진 일이라고 생각했어요."

배불뚝이는 정말로 아쉬워하는 것 같아 보였다. 그러자 좀 미안한 마음이 들었다. 어쩌면 오래전의 지은처럼 배불뚝이도, 나와 서태지의 남다른 인연에 대해 이해할 수 있는, 조금은 특별한 아이일지도 모른다는 생각이 들었다.

그리하여 나는, 김하영이라는 발랑 까진 열네살짜리 미혼모에게 서태지와 나의 특별한 인연에 대해 구구절절이 설명해주어야 했다. 그 기막힌 시작부터 그리 멀지 않은 미래에 우리가 함께 가게될 달의 뒤편, 스스로가 빛이 되어 살아가는 위대한 존재들의 도저한 세계에 대해서까지. 그것은 꽤나 긴 이야기여서, 식당 주인여자가 식사를 다 끝내고도 자리 비워줄 생각을 안하는 우리를 노려볼 때까지 계속되었다. 지은은 굳이 그런 걸 다 얘기할 필요는 없다며 나를 만류했지만, 제법 눈까지 빛내며 내 얘기에 몰입하는 하영을 실망시키고 싶지 않았다. 물론 중간중간, 오늘 처음 만난 어린 미혼모에게 내가 대체 무슨 얘길 하고 있나 싶어 스스로가 한심해지기도 했지만 말이다. 어쨌든 나는 내 얘기에 완전히 빠져든 듯한 하영의 눈을 보며, 이애가 그저 머리 나쁜 날라리일 뿐이라고 생각한 건 오해일지도 모른다고 생각하기에 이르렀다. 그러나 이야기를 다 듣고 난 뒤 하영이 내뱉은 말은, 내가 그애를 오해했을지도 모른다고 생각한 것이야말로 오해였음을 확인시켜줄 만큼 절망적이었다.

"근데 언니, 그럼 서태지는 콘헤드나 이티 같은 외계인이겠네요?"

정말이지 갈 데 없는 또라이였다. 서태지의 위대한 음악과 고난 극복의 과정에 대해 그토록 길고 자세히 설명했건만, 고작 한다는 소리가 콘헤드나 이티 같은 외계인이라니! 배불뚝이는 지금껏 내가 보아온 어떤 인간보다도 멍청했고 눈치 또한 없었다. 나는 지은을 바라봤다. 지은은 나와 시선이 마주치자 그거 보라는 듯 눈을 찡긋거렸다. 그러나 전혀 한심해하는 것 같지는 않았다. 한심해하기는커녕, 지은은 마치 세상의 어떤 멍청이를 자기 앞에 데려다놔도 다 이해할 수 있다는 듯 편안한, 심지어 너그러워 보이기까지 한 표정을 짓고 있었다. 얼핏, 임신을 하고 엄마가 된다는 건 저런 것일지도 모르겠다는 생각이 들었다. 그런데 왜 우리 엄마는 단 한번도 저런 표정을 짓지 않았던 것일까. 혹시 엄마도 내가 엄마의 뱃속에 들어 있을 땐 저런 표정을 짓기도 했을까. 이런저런 생각에 마음이 무거워졌다. 만약에 그런 거라면, 엄마에게서 저토록 편안한 표정을 빼앗은 사람은 나라는 이야기였다. 역시, 일이 이렇게까지 된 데에는 누구보다 나의 잘못이 컸다.

13

음식에 돈을 투자하지 말라.

식당에서 나온 뒤 배불뚝이를 바래다주기 위해 버스정류장으로 갔다. 배불뚝이는 계속해서 지은과 함께 있고 싶다고 칭얼거렸지만 지은은 단호한 어조로 먼저 들어가라는 말만 반복했다. 세상이 무너져버리기라도 한 듯한 표정으로 지은의 옷자락을 붙잡고 늘어지는 배불뚝이의 행동이 짜증스러우면서도 공연히 마음 한쪽이 불편해졌다. 나와 지은은 배불뚝이를 버스정류장까지 바래다준 뒤, 앞서 갔던 까페로 다시 들어갔다. 까페에서 지은은 오렌지주스를, 나는 또다시 얼음물을 주문했다.

"쟤 진짜 멍청한 거 같다. 뭐 저런 게 다 있냐?"

나는 불쾌한 기색을 숨기지 않고 말했다.

"그래도 나쁜 애는 아니야. 내가 말했잖아. 애는 착한데 어려서 그런지 개념이 좀 없다고."

지은이 의자에 등을 기대며 말했다. 창밖으로 보이는 버스정류장 벤치에 배불뚝이가 앉아 있었다. 배불뚝이는 제 앞으로 차가 지나쳐갈 때마다 차의 움직임을 따라 계속해서 고개를 좌우로 흔들어댔다. 정말이지 어이가 없을 정도로 멍청해 보이는 모습이었다.

"쟤 아직도 안 갔네?"

"버스 오려면 좀더 기다려야 될 거야. 거리는 여기서 버스로 이
십분 정도밖에 안되는데, 차가 자주 없어. 그래서 평소엔 최선생님
이 태워다주시곤 해. 오늘도 나올 땐 최선생님이 태워다주셨거든."

지은은 자신을 보살펴주고 있다는 시설의 관리자와 봉사자들에
게 꼬박꼬박 선생님이라는 존칭을 썼다. 제 부모에게조차 그 새끼,
그 여편네 소리를 밥 먹듯 하던 애가 단 한번의 예외도 없이 존댓
말을 쓰는 게 신기하기도 하고 이상하기도 했다.

"그런데, 네가 선생님, 선생님 하면서 꼬박꼬박 존댓말 쓰니까
열라 이상하다, 야."

"고마운 분들이니까. 정말 고마운 분들이셔. 이렇게라도 해결되
지 않았다면 지금쯤 어떻게 지내고 있을지 생각만 해도 끔찍해."

지은은 종업원이 주스잔을 내려놓자마자 잔을 들어 빨대로 한모
금 쭉 빨아들였다. 나도 어쩐지 마음 한구석이 쓸쓸해져 얼음물이
든 잔에서 얼음을 하나 건져 와작와작 씹어먹었다. 지은이 그런 내
모습을 보며 깔깔거리기 시작했다. 시원스레 웃는 지은의 모습이
보기 좋았다. 나는 얼음을 하나 더 건져 와작, 깨물었다. 그리고 지
은을 향해 활짝 웃어 보였다.

"자, 이제 말해봐. 도대체 그 새끼가 너한테 무슨 짓을 했는지."

잠시 후, 지은이 웃음기를 거두며 내 쪽으로 바짝 다가앉았다. 나
는 얼음물을 한모금 들이켠 뒤, 그간에 있었던 일들을 이야기하기
시작했다. 아빠가 입원한 병원에서 길쭉이새끼와 마주친 일부터
지은의 가출 이후 기세등등해진 영화년의 발광, 그리고 내 얼굴에

서 치덕대던 니스의 촉감과 역겨운 음식을 먹어치우듯 연방 비위 상한다는 말을 내뱉으며 길쭉이새끼가 자신의 길쭉한 물건을 내 안에 처넣은 일까지, 가능한 천천히 그리고 자세히 설명했다. 이야 기를 듣는 지은의 표정은 시종일관 차분했다.

"그렇게 될 때까지 아무한테도 말 안한 거야? 그후에도?"

"어떻게 얘기해. 영화년이 툭하면 휴대폰 흔들어대며 인터넷에 올리네 마네 협박하는데. 그리고 내가 누구한테 이런 얘길 하겠냐? 엄마? 아니면, 담임?"

"그 씨발년, 뜨기 전에 아주 썹창을 내놨어야 하는 건데. 어쨌든 아무한테도 말 안한 건 잘한 일 같다. 그리고…… 끝까지 비밀 지 켜줘서…… 그것도 고맙고."

꼭 눈물을 흘려야만 울고 있다는 걸 알 수 있는 것은 아니다. 나 는 지금 지은이 다른 어느 때보다 아프게 울고 있다는 걸 느낄 수 있었다. 눈물도 없이 울고 있는 지은이 안쓰러웠다.

"솔직히 말하면, 네 부탁 때문에 말 안했다기보다는 말해봐야 소 용없다는 걸 알기 때문에 말하지 않은 거야. 그러니까 사실은 네가 나한테 미안해하거나 고마워할 일은 아니야. 그렇게 생각하지 마."

컵 표면의 물기를 손가락으로 훑으며 말했다. 역시 책임 어쩌고 하는 말은 애초부터 하는 게 아니었다. 그 말이 가슴 한쪽을 무겁 게 짓누르는 것만 같았다. 나는 천천히 고개를 돌려 창밖을 내다봤 다. 그새 배불뚝이는 사라지고 보이지 않았다. 아마도 정말로 고마 운 분들이라는 선생님들이 기다리는 시설로 돌아갔을 것이다. 문 득, 돌아갈 곳이 있는 배불뚝이가 부러워졌다.

"걘 갔나보네. 없어."

"갔겠지. 생각해보면 개도 나도 정말 답이 없는 인생들이야. 그러니 별 수 없이 서로 불쌍해하면서 사는 거지, 뭐."

지은은 의자에 등을 기대며 길게 한숨을 내쉬었다. 나는 고개를 끄덕이며 다시금 컵의 물기를 훑었다.

"그건 그렇고, 도대체 집은 왜 나온 거야?"

지은이 갑자기 생각났다는 듯 다소 빠른 어조로 물었다. 이번에는 내가 의자에 등을 기대며 긴 한숨을 내쉬었다. 집 생각을 하자 한숨부터 나왔다.

"엄마 반지를 훔쳐다 팔았어. 안 그러곤 도저히 돈을 맞출 수가 없어서. 뭐, 그전에도 이렇게저렇게 삥땅도 치고 엄마 비상금도 뿌리긴 했지만, 반지 같은 걸 팔아먹은 건 이번이 처음이었거든. 엄마가 왕창 열받아서는 호스로 두들겨패잖아. 도대체 그게 말이나 되냐? 어떻게 지 새끼를 호스 같은 걸로 팰 수가 있냐? 어쨌든, 그래도 지은 죄가 있어서 눈 딱 감고 맞아주려고 했는데…… 갑자기 참기 싫어지는 거야. 나한테 어떤 일이 일어나고 있는지 아무 관심도 없는 주제에 대체 무슨 권리로 나를 패나 싶어지니까, 너무 억울하잖아. 그래서…… 깠어."

"까? 누구를? 너희 엄마를? 네가?"

"응. 깠어. 내가…… 우리 엄마를……"

"아니, 왜 그런 거야? 맷집도 좋은 년이 그냥 죽었다 생각하고 좀 맞아주고 말지. 억울하긴 새삼스럽게 뭐가 억울해? 그보다 더한 일도 잘만 참았으면서. 쌍!"

152

"그러게…… 도대체 내가 왜 그랬을까? 그까짓 것, 그냥 맞아주고 말 수도 있었을 텐데."

지은이 고개를 절레절레 흔들며 혀까지 찼다.

"씨발. 진짜 좆 돼버렸군. 좆 돼버렸어."

내가 생각해도 그랬다. 지은의 말대로, 이건 정말이지, 좆 돼버린 상황임에 틀림없었다. 열세 통의 전화나마 걸어준 걸 고마워해야 하는지도 몰랐다. 내가 갑자기 들이받자 엄마는 벌렁 나자빠진 채 벌어진 입을 다물지 못했다. 거기서 멈췄더라면, 충동적인 일이었다고 변명하고 한층 더 열받았을 엄마의 매질을 평소처럼 견뎌내기만 했다면, 상황이 이렇게까지 악화되지는 않았을 것이다. 그러나 나는 나자빠진 엄마를 향해 정신없이 발길질을 했다. 살이 많이 빠지기는 했지만 그래도 100킬로그램이 넘는 거구로, 나보다 한 뼘은 작고 내 체중의 절반밖에 안 나갈, 아니 어쩌면 그보다도 덜 나갈 엄마를, 다른 아이들이 내게 그랬던 것처럼 때리고 짓밟고 모욕했다. 그 순간 엄마는 나를 슈퍼울트라 개량돼지라고 부르며 빵셔틀을 강요하는 아이들이었고, 늘어진 아랫도리를 클로즈업한 동영상으로 나를 위협하는 영화년이었으며, 내 아랫도리에 제 물건을 쑤셔박고 가래침을 뱉어대던 길쭉이새끼였다. 엄마는 거실 바닥에 엎드린 채 꼼짝도 하지 않았다. 나는 정신을 잃은 것인지 잃은 척하는 것인지 알 길 없는 엄마를 내팽개쳐두고 엄마의 지갑, 그리고 이불장에서 서랍장으로 위치를 옮겨놓은 비상금 봉투를 탈탈 털어 챙긴 뒤, 그 길로 집을 나왔다. 그때까지도 내 눈에는 거실 바닥에 널브러진 엄마는 들어오지 않고 그 옆에 내던져진 초록색 호스만이 보였다. 아마도 그때 난, 완전히 미쳐 있었던 것 같다. 엄마도 그렇게 생각해줄지는 알 수 없지만 말이다.

"돈은 좀 있고?"

지은이 주스잔에서 빨대를 빼내며 물었다. 지은은 주스가 묻어 있는 빨대 끝을 한번 쭉 빤 뒤 튕기듯 던져버렸다.

"많진 않아. 한 오십만원 정도? 그동안 찜질방이랑 피씨방에서 지냈는데, 생각보다 돈이 많이 들더라. 계속 그렇게 지낼 수가 없어서 왔어."

"그거 가지고 며칠이나 견디겠냐? 그냥 집으로 들어가지 그래. 가서, 그냥 죽었다 생각하고 맞춰줘. 그게 제일 빠른 방법이야. 시간이 흐를수록 점점 더 돌아가기만 힘들어져."

"안 돼. 못 가. 적어도…… 지금은 그러기 싫어."

"야, 너 정신 안 차릴래? 이건 싫고 좋고의 문제가 아니란 말이야!"

내가 아무런 대꾸도 하지 않자, 지은은 무슨 생각을 하는지 한동안 미간을 잔뜩 찌푸린 채 말이 없었다. 나는 종업원을 불러 얼음물을 한 잔 더 부탁했다. 주문도 하지 않고 연거푸 물만 달라고 하기가 좀 미안했지만 어쩔 수 없었다. 프로아나가 되기 위해서는 적어도 일주일에 이틀 이상 단식해야 했다. 일일 섭취 칼로리를 300킬로칼로리 이하로 제한하는 식단 규칙은 거의 지키지 못하고 있었지만, 일주일에 두 번의 단식은 그런대로 할 만했다. 무엇보다 쓸데없이 먹는 일에 돈을 쓰고 싶지 않았다. 음료수값을 지은이 지불한다고 해도 마찬가지였다. 그게 누구의 돈이든 진정한 프로아나는 음식을 사는 데 돈을 투자하지 않는 법이니까. 한동안 말이 없던 지은이 손가락으로 탁자를 톡톡 쳤다. 하릴없이 창밖과 까페 안을 번갈아 두리번거리고 있던 나는 깜짝 놀라 지은을 쳐다봤다.

"일단 나 있는 데로 가자. 지금으로선 달리 방법이 없는 거 같으니까."

"그래도 될까? 난 임신도 안했는데."

지은이 어이없다는 듯 피식 웃었다. 임신도 안했는데,라니. 세상에 그보다 멍청한 말이 또 있을까. 내가 생각해도 어처구니없는 말이긴 했다. 지은은 한동안 더 나를 바라보다가 남은 주스를 쭉 들이켰다. 어쩐지 무안해져서 나도 얼음을 하나 건져 또다시 와작, 깨물었다. 그러나 지은은 더이상 웃지 않았다.

Anorexia Nervosa에 이르는 길

1

시설은, '시설'이라는 명칭이 무색하리만치 따뜻하고 아늑해 보였다. 붉은 황토를 바른 벽에 선이 부드러운 초가 모양의 지붕을 올린 단층건물은 소도시의 외곽지역에 소박하게 지은 전원주택 같았다. 흰색 페인트칠이 되어 있는 낮은 대문을 밀고 들어가 잘 가꿔진 꽃길을 지나자 잔디마당이 나왔다. 볕이 잘 드는 마당 한쪽에 가지런히 놓인 장독들도 하나같이 말끔했다. 하얀색 단화를 신은 지은의 작은 발이 걸음을 내디딜 때마다 푸른 잔디가 가볍게 누웠다가 다시 일어났다. 나는 볼썽사납게 커다란 갈색 운동화를 신은 내 발을 내려다봤다. 연해 보이는 잔디가 깔린 마당과는 어쩐지 어울리지 않는 것 같아 뜨끔한 기분이었다. 지은과 내가 현관 근처에 이르렀을 때 장독 뒤에서 불쑥, 배불뚝이가 얼굴을 내밀었다.

"왁! 언니, 깜짝 놀랐지? 어? 언니도 같이 오셨네요?"

깜짝 놀라진 않았지만, 하는 짓이 하도 기가 막혀 웃음이 비어져 나왔다. 지은 역시 배불뚝이를 향해 웃어 보였다. 뭐, 나와는 확실히 다른 종류의 웃음이었지만.

"최선생님은 어디 계셔?"

지은이 여전히 웃는 낯으로 물었다. 배불뚝이 역시 활짝 웃으며 건물 뒤편을 가리켰다. 그러고 보면, 이애들은 서로를 바라볼 때마다 마치 최면에라도 걸린 사람들처럼 활짝 웃곤 했다. 뭐가 그리 신나는지는 알 수 없었지만 말이다.

"뒷마당에. 단호박 딴다고 다들 우르르 몰려갔어. 내일 간식으로 호박죽 해주신대. 맛있겠지?"

"근데 넌 왜 여기 혼자 있어? 대열 이탈하면 안된다고 그렇게 말했는데도!"

"그냥. 언니 언제 오나 기다리고 있었지. 괜찮아. 최선생님은 눈치 못 챘을 텐데 뭐."

배불뚝이는 볼록 튀어나온 배에 손을 얹고 쑥스러운 듯 얼굴까지 붉히며 웃었다. 겨우 열네살에 저런 배 꼴을 해가지고도 웃을 수 있다는 사실이 신기하기만 했다. 지은이 나를 돌아봤다.

"여기서 잠깐 기다려. 최선생님 모시고 올게. 여기 책임자시거든."

최선생이라는 사람은 이를테면 원장 역할을 하는 사람인 것 같왔다. 이런 곳에선 그런 사람을 뭐라고 부르는지 모르겠지만, 여기가 고아원이라면 아마도 다들 그렇게 불렀을 것이다. 사실 이곳은 고아원과 별다를 바가 없는 곳이라는 생각이 들기도 했다. 어차피 이곳의 여자들은 누군가에게 버려졌거나 누군가를 버린 사람들일 것이고, 그들이 낳은 아이들 중 대부분도 결국엔 그곳으로 가게 될 테니까 말이다.

지은이 최선생이라는 관리책임자를 데리러 간 사이, 나는 계속해서 장독 뒤에 서 있는 배불뚝이와 어색하게 눈을 맞추고 있었다. 지은이 사라지자마자 배불뚝이는 나를 빤히, 그야말로 빤히 쳐다보기 시작했다. 덕분에 나도 시선을 피할 시점을 찾기 힘들었다. 한동안 그렇게 나를 쳐다보던 배불뚝이가 천천히 걸음을 옮겨 내 쪽으로 다가왔다. 그러고는 예의 그 탁하고 초점이 불분명한 눈으로 나를 올려다봤다.

"언닌 내가 한심해요?"

좀 당황스러웠다. 눈치라고는 전혀 없을 것 같던 멍청이의 입에서 나온 말 치고는, 뭐랄까, 사뭇 도전적인 느낌이 들었다.

"괜찮아요. 나도 사실 내가 한심하니까요. 하지만 너무 티나게 그러진 마요. 언니도 누군가 언닐 그런 식으로 쳐다보는 거, 별로일 거 아니에요. 겪을 만큼 겪어봤다면서 그러네."

말을 마친 배불뚝이는 마치 아무 일도 없었다는 듯 활짝 웃어 보였다. 그러나 나는 웃을 수가 없었다. 매섭게 차가운 바람 한줄기가 머릿속을 할퀴고 지나가는 것 같았기 때문이다. 한동안 쭈뼛거리다가 오른쪽 어깨에 메고 있던 가방을 공연히 왼쪽 어깨로 옮겨멨

다. 어쩌면 배불뚝이도 보기와는 달리 대체로 옳은 말을 하는 부류일지도 모른다는 생각이 들었다.

두런두런 얘기 소리가 들리더니 지은이 모습을 드러냈다. 사십대 후반쯤으로 보이는 통통한 여자가 그 뒤를 따르고 있었다. 아마도 지은이 말한 최선생인 모양이었다. 지은은 자꾸만 최선생을 돌아보며 무슨 말인가를 했고 최선생은 지은의 말에 이따금 고개를 끄덕였다. 두 사람 모두 꽤 심각해 보이는 표정이었다.

"얘가 제 친구예요. 박유미요."

"그래? 반갑다. 악수할까?"

최선생이 오른손에 끼고 있던 면장갑을 벗으며 손을 내밀었다. 좀 얼떨떨한 기분으로 최선생이 내민 손을 잡았다. 어른과 악수를 해보는 것은 처음이었다. 생각해보면 내 또래의 아이와도 악수를 해본 적은 없었다. 그러니까 내가 기억하는 한 십칠년 인생을 통틀어 정식으로 악수라는 것을 해보기는 처음인 셈이었다. 뽀얀 살결을 가진 통통한 아줌마 치고는 거친 손이었다. 그리고 약간, 찼다.

"지은이가 가끔 얘기했어. 친구가 하나 있다고. 아주 어릴 적부터 언제나 함께 지냈기 때문에 떨어져 있다는 게 실감나지 않는다고 그랬던가? 초반엔 그것 때문에 무척 우울해할 정도였어. 부모님이나 형제가 아니라 친구와 떨어져 지내게 됐다고 우울해하는 게 놀라워서 얼마나 좋은 친구기에 저럴까 궁금했지."

최선생이 지은을 돌아보며 말했다. 내내 심각한 표정이던 지은이 쑥스러운 듯 몸까지 배배 꼬며 웃었다. 온몸을 꼬며 배싯거리는 지은의 모습이라니! 더구나 내가 그리워 우울해하기까지 했다니!

이 모든 상황에 도무지 적응이 안됐다. 마치 이전까지와는 완전히 다른 세계에 와 있는 듯한 착각이 들었다.

"그래, 지낼 곳이 필요하다고?"

최선생이 나를 올려다보며 물었다. 나는 대답 대신 고개만 끄덕였다.

"자세한 얘기는 차차 듣기로 하고, 일단 같이 지내보자. 원칙적으로는 안되는 일이지만, 그리고 이런 경우엔 원칙대로 하는 게 맞지만, 그래도 예외라는 게 있으니까. 게다가 다른 사람도 아닌 지은이 부탁이기도 하고."

최선생은 지은의 부탁이라는 말에 유난히 힘을 주어 말했다. 어쩐지 눈물이 왈칵 쏟아질 것만 같아 어금니를 지그시 깨물며 지은을 바라봤다. 지은은 도도록한 배 위로 두 손을 가지런히 모은 채 눈을 빛내고 있었다. 몸을 배배 꼬며 웃던 모습은 간데없이 차분한 모습이었다.

"근데 선생님, 이 언닌 달로 갈 거래요. 거기엔 서태지처럼 위대한 사람들이 살고 있대요."

잔잔한 감동의 파문 한가운데로, 배불뚝이가 제 튀어나온 배처럼 툭 튀어나와 종알거렸다. 얼굴이 화끈거렸다. 미리 입단속을 해놓지 못한 내 잘못이었다. 하긴, 입단속을 했다 한들 달라질 것은 없었을지도 모른다. 어떤 종류의 진실은 사실 여부와 상관없이 배척되거나 심지어 핍박당하기도 한다는 사실을, 배불뚝이 같은 멍청이에게 어떻게 설명할 수 있단 말인가. 앞으로 최선생은 나를 나사가 몇개쯤 풀린 얼간이, 혹은 쓸데없는 공상으로 머릿속을 꽉 채운 또라이 취급할 게 뻔했다. 지은 역시 당황했는지 전에 없이 차가운 표정으로 배불뚝이를 노려보며 그애의 옆구리를 쿡쿡 찔렀다. 배불뚝이는 왜들 그러는지 도무지 모르겠다는 얼굴로 우리를 번갈아 쳐다봤다. 탁하고 초점이 흐린 배불뚝이의 눈이 불안하게 흔들리고 있었다. 나도 모르게 고개가 툭 떨어졌다.

"그래? 재미있구나. 하긴, 실현 여부를 떠나서 너희들 나이에 그런 꿈 하나쯤 품고 사는 것도 나쁘진 않겠지. 엉뚱한 생각 좀 한다고 남한테 피해를 주는 것도 아니니까."

생각보다 덤덤한 투에 놀라 고개를 들었다. 최선생은 마당에 깔린 잔디만큼이나 푸르고 연한 미소를 짓고 있었다. 거칠고 찬 손을 가진 중년여자의 미소라기엔 어딘가 좀 어색하긴 했지만 덕분에 안심이 되는 것만은 사실이었다.

"하지만 어쨌든 그전까진 여기서 살아야 할 테니까, 일단 들어갈까?"

최선생은 내 등을 두어 번 두드려준 뒤 앞서 집 안으로 들어갔다. 지은이 다가와 내 팔을 잡았다. 그리고 나를 향해 천천히 고개를 끄덕였다. 또다시 눈자위가 뜨끈해졌다. 나는 지은이 잡아끄는 대로 최선생의 뒤를 따라 들어갔다.

잠시 뒤, 한떼의 여자들이 몰려들어왔다. 그들 중 몇몇은 큼직한 단호박을 한두 개씩 들고 있었다. 최선생이 모두에게 나를 소개했다.

"지은이 친군데, 당분간 함께 지내게 될 거예요. 봉사자 선생님들과 똑같다고 생각하면 좋겠어요. 어린 친구가 고맙게도 우리 일을 돕고 싶다네. 그렇지?"

최선생의 말에 나는 서둘러 고개를 주억거렸다. 지은도 옆에서 덩달아 고개를 끄덕였다. 배불뚝이는 지은을 쳐다보며 연방 싱글거렸다. 식사와 청소 같은 시설의 살림을 담당하고 있다는 노년의 여자는 최선생의 말에 반색을 하며 내 손을 덥석 잡기까지 했다. 아무도 학교는 어떻게 하려고 그러느냐 또는 왜 집을 나온 거냐고 묻지 않아 오히려 이상하게 느껴졌다.

정식 명칭은 아니지만, 시설의 사람들은 모두 이곳을 둥지라고 불렀다. 둥지. 어쩐지 아득하고 편안한 느낌이 드는 말이었다. 둥지에는 크기가 비슷한 다섯 개의 방과 두 개의 욕실, 그리고 커다란 식탁이 놓인 주방과 아담한 거실이 있었다. 그 옆의 이층건물은 최선생과 김선생이 기거하는 방들과 함께 교육실과 컴퓨터실, 그리고 상담실과 사무실 따위가 있는 일종의 관리동이라고 했다. 소박하면서도 안락해 보이는 둥지와는 달리, 관리동은 마치 작정이라도 하고 지은 듯 군더더기 하나 없이 네모반듯한 건물이었다. 어딘가 차고 스산한 느낌이 감도는 회색빛 건물을 바라보고 있자니, 최선생의 차고 거친 손의 느낌이 되살아나는 듯해 어깨가 움찔했다.

"교육실에선 태교를 위해서나 나중에 독립했을 때를 대비해서 이런저런 것들을 배워. 그림을 그리기도 하고, 강사선생님들이 오셔서 과일 조각하는 법이나 전통음식 만들기 같은 걸 가르쳐주시기도 하고. 아, 손뜨개나 제빵, 아니면 비즈공예 같은 것도 가르쳐주셔. 지난주에는 폐백음식 만드는 실습을 했어. 오징어꽃오림을 배워서 다같이 오징어닭도 만들었는데, 좀 엉성하긴 해도 제법 모

양이 나더라. 오징어를 가위로 오려서 여러가지 모양을 만든 다음
에 그걸로 삶은 닭을 장식하는 거야. 결혼식하고 나서 한복 입고
폐백하는 거 알지? 그거 할 때 꼭 필요한 거래. 손가락이 무지 아프
기는 했지만 나름 재미있었어. 참, 태어날 아기에게 입힐 배냇저고
리나 턱받이 같은 걸 만드는 법도 배웠어. 근데 난 바느질엔 영 소
질이 없나봐. 다른 사람들은 곧잘 하던데 내가 만든 건 하나같이
모양이 이상해. 대신 빵이랑 쿠키 같은 건 잘 만드는 편이야. 뜨개
질도 점점 늘고 있고."

　지은은 마치 어린아이처럼 이것저것 떠벌리고 자랑하느라 여념
이 없었다. 폐백닭이라고? 뱃속에 어디다 드러내놓고 얘기도 못할
사연들을 하나씩 담은 채 모여든 미혼모들이 합심해서 만든 게 하
필이면 폐백닭이라는 사실이 어처구니없었다. 비어져나오려는 한
숨을 억지로 눌러삼키며 지은을 바라봤다. 그리고 빵을 굽고 수박
같은 과일을 조각하고 직접 바느질해 배냇저고리를 만들고 오징어
따위에 가위집을 낸 삶은 닭에 붙이고 있는 지은의 모습을 상상해
봤다. 지금껏 내가 보았던 지은의 모습은 단 두 가지뿐이었다. 나에
게 친절하지만 말을 심하게 더듬는 소심한 아이의 모습, 말도 더듬
지 않고 누구 앞에서나 당당하지만 내게는 불친절한 모습. 둘 중에
어느 쪽이 나은지 생각해본 적은 없었다. 그저 그 두 모습 다 지은
답다고 여겨왔으니까. 지금의 모습 역시 지은다운 것인지는 아직
잘 모르겠다.

　둥지에는 지은과 배불뚝이 외에도 일곱 명의 임신부들이 더 있
었다. 되는대로 짓까부는 어린 여자애들이 느닷없는 사고를 당하

듯 임신을 한 뒤 갈 곳이 없어 찾아드는 곳인 줄로만 알았는데, 의외로 나이든 여자들도 셋이나 됐다. 그중에서도 얼굴에 기미가 잔뜩 낀 이미영이라는 여자는 족히 서른예닐곱은 돼 보였다. 나중에 지은이 서른두살이라고 귀띔해주었지만 아무리 봐도 그보다 대여섯살은 더 들어 보였다. 물론 서른둘이든 일곱이든 그 나이에 겨우 이런 곳에 와 있다는 사실이 한심하기는 마찬가지였지만, 내색은 하지 않았다. 배불뚝이의 말대로 누군가 나를 그런 식으로 쳐다보는 건 나 역시 별로니까 말이다. 사실 내가 그녀보다 나은 점이라고는 나이가 어리다는 것과 아직 임신을 하지 않았다는 점 정도다. 그나마 이곳에 얹혀 있기로 한 이상은 임신을 하지 않았다는 사실이 반드시 나은 조건이라고 할 수만도 없었다.

"근데 넌 다이어트도 안하냐? 임신한 것도 아니라면서 배가 그게 뭐냐?"

이미영은 얼굴에 낀 기미가 아니어도 약간 옥니여서 어쩐지 고집스럽고 냉정해 보이는 인상이었는데, 말투조차 금방이라도 쨍하고 깨질 듯 차가웠다. 나는 우물쭈물하다가 작은 소리로 그저 "해야지요"라고만 대답했다. 이미영은 짧게 코웃음을 치고는 방으로 들어가버렸다.

"신경 쓰지 마. 말투가 저래서 그렇지, 나쁜 사람은 아니야."

지은이 내 어깨를 가볍게 툭 치며 말했다. 하긴, 말투가 원래 좀 그런 사람들이 있기는 하다. 이곳에 오기 전의 지은처럼 말이다. 지은은 언제나 차갑고 거친 말투를 썼지만, 속까지 그런 것은 아니었다. 이미영의 태도가 기분나쁘다 해도 어쩔 수 없는 일이었다. 내 유일한 장기를 발휘해 '아무래도 상관없다'고 자기최면을 걸기 시작했다. 그러자 정말로 아무래도 상관없다는 생각이 들었다. 어차피 이곳은 잠시 머물 곳에 불과했다. 이런 곳에서의 생활에 너무 큰 의미를 두다보면 지금과 같은 상황에서 영영 벗어날 수 없을지도 모른다. 여전히 이해는 안되지만, 지은이 아이를 낳겠다고 결심한 이상 나로서는 그애를 말릴 수가 없다. 그렇지만 아이를 낳은 뒤라면 얘기가 다르다. 나는 나의 유일한 친구가 열여덟살짜리 중졸의 미혼모로 살아가게 하고 싶지 않다. 만약 지은이 또다시 고집을 부린다면, 그땐 지은의 고집을 꺾기 위해 무슨 짓이든 할 작정이다. 방법은 의외로 간단하다. 지은의 엄마에게 지은이 처한 상황을 자세히 전하기만 하면 된다. 그러면 도무지 포기를 모르는 성격의 소유자인 지은 엄마가 무슨 수를 내도 낼 테니까. 그때 가서 지은이 나를 원망한다 해도 어쩔 수 없는 일이다.

2

언젠가 인터넷에서 마누라 험담을 늘어놓은 남자의 글을 읽은 적이 있다. 남자는 자기 마누라가 일년 중 삼백육십일가량은 다이어트를 한답시고 출썩대면서도 십오년간 꾸준히 몸집을 불려왔다고 비난했다. 남자의 말에 따르면, 남자의 마누라는 음식을 만들 때부터 이미 침을 겔겔 흘리기 시작한다. 그러면서도 정작 식사시간에는 입맛이 없다는 둥, 음식 냄새에 질렸다는 둥 하며 깨작거리는 통에 다른 식구들의 식사 분위기까지 잡쳐놓고는 한다는 것이었다. 하지만 남자는 식구들이 식탁을 떠난 뒤에 자신의 마누라가 아귀처럼 남은 음식들을 모조리 주둥이 속으로 쓸어넣는다는 사실을 알고 있다고 했다. 지루할 정도로 긴 글 끝에 남자가 내린 결론은, 보는 데서는 안먹고 보이지 않는 데서 그렇게 처먹어대니 살이 빠질 리 만무할뿐더러, 그 모습이 치 떨리도록 끔찍하다는 것이었다. 남자의 글에는 순식간에 엄청난 수의 댓글이 달렸다. 댓글들은 똥인지 된장인지도 구분 못하고 아무 데서나 마누라 험담이나 늘어놓는 모자란 놈이라는 비난과 가족의 식사를 담당하는 주부에게 절식이 얼마나 힘든 일인지 아느냐는 하소연, 그런 식의 폭식은 우울증의 한 증상일 수 있으니 치료를 받아보라는 조언, 그리고 할일 없는 백수의 낚싯글에 불과하니 상대할 필요 없다는 핀잔이 주를 이루고 있었다. 개중에는 그 틈에 끼어서 자신의 애인이나 아내를 함께 헐뜯는 빙충이들과 뚱뚱한 마누라가 그토록 지겹다면 자신에게 넘기는 게 어떻겠느냐고 제안하는 변태들도 있었다. 김선생을 도와 저녁식사를 준비하면서 문득 그때의 일이 떠오른 것은, 음식들이 차려진 식탁에 둘러앉아 함께 밥을 먹을 사람들 틈에서 내가 느끼게 될 소외감을 예감했기 때문이었다. 모르긴 해도, 그 남자의 아내가 번번이 다이어트에 실패한 데는 다 그럴 만한 이유가 있었을 것이다. 식사만 마치면 각자의 방으로 들어가 문을 닫아버리는 아이들이나 나날이 거대해지는 자신의 몸을 바라보는 남편의 경멸 어린 시선 같은 것들 말이다. 여자의 몸을 살찌운 것은 음식이 아니라 소외감과 상실감이었을 것이다.

식사 준비가 끝날 즈음 나타난 최선생은 아니나다를까, 내게 함께 저녁을 먹자고 권했다. 부드러운 어조였지만 거절하기 힘든 단호함이 서려 있었다. 하지만 나는 정말로 먹고 싶지 않았다. 정확히 말하면, 먹고 싶지만 먹지 말아야 한다고 생각했다. 남자의 아내처럼 하릴없이 무너져버리고 싶지는 않았다. 나는 굶고 싶었다. 드디어 내 몸이 음식을 거부하기 시작했다는 뜻은 아니다. 나는 여전히 배가 고팠고, 윤기 흐르는 콩나물밥과 구수한 냄새를 풍기는 청국장 앞에서 끊임없이 흔들리고 있었으니까. 다만, 그럼에도 불구하고 나는, 단식을 하기로 작정한 오늘을 무사히 완성해내고 싶었다. 그래서 내가 서태지와 함께 달로 갈 자격이 충분한 사람이라는 사실을 스스로에게 증명해 보이고 싶었다. 막 말을 꺼내려는데 지은과 김하영이 모습을 나타냈다. 지은은 최선생과 마주 서 있는 나를 흘끔 바라본 뒤 수저통을 들고 왔다. 김하영은 지은의 뒤를 졸졸 따라다니며 최선생의 눈치를 살폈다.

"아니요. 전 그냥 먹지 않을래요. 오늘은 아무것도 먹으면 안돼요."

"선생님, 그 언닌 오늘 단식하는 날이래요. 일주일에 이틀은 단식해야 된다고 했어요. 다이어트를 해야만 달로 갈 수 있다고요. 아마 내일은 먹을 수 있을 거예요. 그렇죠, 언니?"

불쑥 나선 김하영의 말에 최선생이 피식, 바람 새는 소리를 냈다. 다이어트에 성공해 달로 가겠다는 슈퍼울트라 개량돼지가 이상해 보이는 건 당연한 이치였다. 화가 나기에 앞서, 저런 멍청이 앞에서 지난 일들을 털어놓지 않았다는 사실에 새삼 안도했다. 만약 그랬다면, 저 멍청이는 아마, 이 언닌 애들한테 매일 삥 뜯기고 다구리 당하던 따래요, 그러다가 강간까지 당했대요, 그래서 엄마를 까고 가출한 거래요 등등 끝도 없이 떠들어댔을 게 뻔했다.

"다이어트도 정도껏 해야지, 무조건 굶으면 되겠니? 다 건강을 위해서 하는 일인데 그럼 못써."

최선생이 웃음을 거두고 다시 한번 함께 저녁을 먹자고 권했다.

"아니, 괜찮아요. 전 신경 쓰지 마시고 드세요."

잠깐이었지만 최선생의 표정이 싸늘해졌다. 물론 내가 잘못 본 것일 수도 있다. 지은은 그녀를 좋은 사람, 참으로 고마운 분이라고 하지 않았던가. 그런 사람이 그토록 차가운 표정을 지었을 리가 없다.

"꼭 그래야겠니? 네 나이에 그런 식으로 다이어트하는 건 정말 좋지 않은데."

최선생은 여전히 부드러운 어조로 말했다. 역시, 내가 잘못 본 것이 틀림없었다. 차가운 손에 대한 느낌만으로 편견을 갖는 건 부당하다. 식사를 거부하는 것으로도 모자라 공연한 오해까지 한 것 같아 미안한 마음이 들었다. 나는 잔뜩 주눅이 든 채로 김선생을 도와 아홉 개의 대접에 콩나물밥을 펐다. 그리고 김선생이 만들어놓은 양념장과 계란프라이 따위를 식탁으로 날랐다. 몇가지 나물반찬과 바글바글 끓고 있는 청국장 뚝배기는 김선생이 직접 옮겼다. 잠시 뒤, 일곱 명의 임신부들이 뒤뚱뒤뚱 주방으로 들어왔다. 그녀들은 너나할 것 없이 탄성을 내지르며 식탁 앞에 둘러앉았고 모두 다 똑같은 방식으로 밥을 먹기 시작했다. 계란프라이를 얹어 양념

간장에 비빈 콩나물밥 한 숟가락을 다 씹어먹은 뒤에 무채나물이나 고사리나물 따위를 한 젓가락 집어먹고, 또 콩나물밥 한 숟가락을 다 씹어먹고 나서 청국장 국물을 떠먹고…… 그녀들 틈에 앉아 있는 지은 역시 마찬가지였다. 마치 집단최면에라도 걸린 사람들 같았다. 최선생은 한동안 흐뭇한 표정으로 밥을 먹는 여자들을 지켜보다 김선생과 함께 나갔다. 그 모습을 보고 있자니 머릿속이 멍해지는 기분이었다. 왠지 모르게 섬뜩한 기운이 느껴졌다면, 내가 너무 과민한 것일까.

당분간 이미영과 한방을 쓰게 됐다. 최선생은 내가 지은과 한방을 쓸 수 있도록 배려하려 했지만, 배불뚝이가 죽어도 지은과 떨어질 수 없다고 버티는 바람에 어쩔 수 없었다. 나 역시 '죽어도' 하고 싶다는 일을 굳이 말리고 싶지는 않았다.

"뚱뚱한 애들은 코도 심하게 군다던데, 혹시 너도 그러냐? 난 예민해서 시끄러우면 못 자니까 알아서 해. 아, 근데 왜 하필이면 나야?"

이미영은 미간을 잔뜩 찌푸린 채 끊임없이 투덜거렸다. 덕분에 나는 일단 방에 들어가면 거의 꼼짝도 하지 못하고 이미영의 눈치만 살폈다. 혹시라도 코를 골까 싶어서 깊은 잠을 잘 수도 없었다. 사실 따지고 보면 이미영 역시 둥지에 얹혀사는 처지라는 점에서 나와 별반 다를 바가 없었다. 그런데도 그녀는 당당했고 나는 그렇지 못했다. 임신을 하고 안하고의 차이가 이렇게 크다는 사실이 어쩐지 부당하게 느껴졌지만 하는 수 없었다. 여기는 어디까지나 미혼모 보호시설이니까 말이다. 누군가에게 버려졌거나 누군가를 버린 아홉 명의 미혼모가 곧 버릴, 혹은 차마 버리지 못해 고통스럽게 끌어안고 살아가야 할 아이들이 태어나길 기다리는 곳, 지은이 난생처음 고마운 사람들을 만났다는 곳, 모두가 아주 이상한 방식으로 밥을 먹는 곳, 나로서는 도무지 이해할 수 없는 일이 끊임없이 벌어지는 곳, 이곳은 그녀들만의 '둥지'였다. 나는 그저 서태지와 함께 우리의 둥지가 될 달로 가기 전에 잠시 머무르는 것뿐이었다. 그러니까 나는 결코, '둥지'의 일원이 될 수 없었다. 다 알고 있는 사실인데도 자꾸만 주눅이 들었다.

둥지에 상주하는 최선생과 김선생까지 합해 열한 명이나 되는 사람들이 매일 한공간에서 복닥거리며 살기란, 생각했던 것보다 훨씬 불편했다. 무엇보다 아홉 명의 임신부와 하나뿐인 화장실을 번갈아 사용해야 하는 일은 그야말로 고역이었다. 나는 매번 화장실 앞에서 쭈뼛거리다 차례를 놓치기 일쑤였다. 특히 이미영은 너무도 당연하다는 듯 내가 화장실 안으로 들어서고 있을 때조차 새치기를 했다. 말투만 퉁명스러울 뿐 나쁜 사람은 아니라는 지은의 말은 아무래도 틀린 것 같았다. 그 일로 내가 투덜대자, 지은은 임신을 하면 원래 소변이 자주 마렵고 보통사람들보다 참기 힘든 법이라며 내가 이해해야 한다고 말했다. 그러나 지은이 모르는 사실이 있었다. 비만한 사람들 역시 소변이 자주 마렵고 보통사람들보다 참기 힘들다. 임신을 해본 경험이 없기 때문에 어느 쪽이 더 참기 힘든지 정확히 비교할 수는 없지만, 나의 고통도 그들 못지않다는 점만은 확신할 수 있었다. 그러나 나는 지은의 말에 또다시 고개만 주억거렸다. 어딜 가나 내게 주어지는 역할이라는 게 그 정도라는 걸 잘 알고 있었기 때문이다. 아니할 말로, 똥도 찍어먹어보고 강간도 당해본 년이 그깟 오줌 참는 일쯤 뭐가 그리 대수겠는가 말이다. 미혼모 보호시설에 임신도 안한 채로 얹혀 있는 주제에 그만한 일로 투정을 부리는 게 오히려 우스운 일이었다. 게다가 나는 거의 온종일 비어 있는 우리집 화장실을 놔두고 내 발로 뛰쳐나온 처지였다. 문득, 지금쯤 엄마는 무엇을 하고 있을지 궁금해졌다. 요 며칠 사이엔 형식적으로나마 시간 맞춰 걸려오던 전화조차 없었다. 엄마 아빠는 도대체 나를 찾고 있기나 한 것일까.

첫날의 저녁식사 이후로 나는 종종 최선생의 표정이 싸늘하게 변해버리는 순간을 목격하고는 했다. 그럴 때마다 나의 공연한 자격지심 때문에 그렇게 보이는 것뿐이라고 생각은 하면서도 어쩐지 꺼림칙한 마음이 드는 것은 어쩔 수 없었다. 식사시간이 되면, 나는 지은을 포함한 아홉 명의 임신부와 한 식탁에 둘러앉았다. 그녀들이 끔찍하게 느린 속도로 식사를 하는 동안, 그들과 보조를 맞춰되도록 천천히 밥알을 깨작거렸다. 덕분에 이곳에 온 지 나흘 만에 2킬로그램이 줄었다. 그보다 중요한 점은 폭식을 하지 않는데도 식사량 조절이 가능해졌다는 사실이었다. 나의 몸집은 여전히 이미영 같은 여자의 비웃음을 살 정도로 거대했지만, 상황은 대체로 희망적이었다.

임신을 한 것이 맞나 싶게 표가 나지 않던 지은의 배가 며칠 사이에 부쩍 불러왔다. 밤마다 누군가 지은의 배꼽에 호스 같은 걸 꽂고 바람을 불어넣는 게 아닐까 의심스러울 정도였다. 예정일까지 두 달가량밖에 남지 않았다는 배불뚝이의 배는 더 말할 것도 없었다. 배불뚝이는 제 몸집보다도 크게 부풀어오른 배를 쑥 내밀고 여전히 지은의 꽁무니를 졸졸 따라다녔다. 나는 임신부들이 뜨개질에 열중해 있는 동안에는 주방의 식탁의자에 앉아 뜨개질하는 지은을 바라보았다. 간혹 배불뚝이와 눈이 마주치기도 했는데, 그럴 때마다 배불뚝이는 공연스레 샐쭉거렸다.

낮 동안엔 여전히 더웠지만 아침저녁으로는 선선한 바람이 불어오기 시작했다. 며칠 전에는 장을 보러 가는 김선생을 따라가 트레이닝복을 한 벌 샀다. 꾸준히 살이 빠진 덕분에 이제는 가지고 온 옷들이 전부 너무 컸다. 큰옷 전문점이 아닌 일반 옷가게에서 옷을 사보는 것은 중학교 일학년 때 이후로 처음이었다. 비록 시장바닥의 싸구려 옷가게에서 산 트레이닝복에 불과했지만 마음은 적잖이 설레기까지 했다. 김선생은 신이 나서 옷을 고르는 나를 보며, 살을 빼는 것도 좋지만 자꾸 현기증이 난다니 큰일이라고 걱정했다. 나는 현기증 때문에 고꾸라져도 좋으니까 살이나 더 빨리 쫙쫙 빠졌으면 소원이 없겠다고 대꾸했다. 그러자 김선생은 그걸 말이라고 하느냐며 내 머리를 쥐어박았다. 언제나 두세 번은 걸러낸 듯한 말과 행동을 하는 최선생과는 달리 김선생은 싫은 소리를 할 때도 거침이 없었고, 심지어 쥐어박기까지 했다. 그래서인지 김선생과 함께 있다보면 자연스레 긴장이 풀리면서 나 역시 생각나는 대로 말해버리고는 했다. 김선생은 십일년 전, 홀몸으로 키워 시집보낸 딸이 뉴질랜드로 이민을 간 뒤부터 아예 둥지에 상주하며 이곳의 여자들을 돌보고 있다고 했다. 김선생은 간혹 뉴질랜드에 있는 딸이 부르면 언제라도 고달픈 생활 청산하고 여길 떠날 거라며 웃곤 했지만, 내가 보기엔 쉽게 그럴 수 있을 것 같지 않았다. 이민간 지 십일 년이나 되도록 엄마를 찾지 않은 딸이 이제 와서 새삼스레 그녀를 부를 리도 없겠지만, 설사 그런다 해도 김선생은 둥지에서의 생활이 삶 그 자체가 되어버린 사람이었다. 삶과 완전히 밀착되어버린 생활을 버리기란 결코 쉽지 않은 일이다. 김선생은 둥지의 임신부들에게 절대적으로 헌신적일 뿐만 아니라, 가끔은 오래전 거쳐간 여자들을 떠올리며 눈물을 비치기까지 했다. 늙은 여자의 눈물을 직접 보는 것은 처음이었는데, 김선생의 눈물을 볼 때마다 어쩐지 그녀의 신산했을 삶의 흔적 같은 것이 느껴져 마음이 무거웠다. 그리고 우리 엄마보다 스무살쯤은 더 들어 보이는 김선생이 우리 엄마였으면 좋겠다는 생각을 하기도 했다. 지은에게 김선생에 대한 나의 호감을 얘기하자, 지은은 그것 보라는 듯 웃으며 말했다.

"내가 말했잖아. 최선생님도 김선생님도, 모두 좋은 분들이라고."

나는 단지 김선생에 대해 이야기했을 뿐이지만 지은의 말에 고분고분 고개를 끄덕여줬다. 내가 공연한 의심을 떨쳐내지 못하고 있어서 그렇지, 어쩌면 최선생이나 주기적으로 들러 임신부들을 돌보는 다른 선생들 역시 김선생 못지않게 좋은 사람들일 가능성도 얼마든지 있었다.

새로 산 트레이닝복은 남성용 엑스라지 싸이즈였는데도 엉덩이와 허벅지 부분이 약간 끼었다. 입어보지 않고 그냥 대보기만 하고 산 탓이었다. 나는 살짝 끼는 엉덩이와 허벅지를 가리기 위해 집 안에서도 트레이닝복의 윗도리를 입고 있었다. 이미영은 싸구려 트레이닝복 때문에 내가 움직일 때마다 서걱서걱 시끄러운 소리가 난다며 전보다 자주 짜증을 냈다. 윗도리까지 입고 있어서 더 시끄러운 것 같으니 집 안에서는 윗도리만이라도 벗고 있으라고도 했다. 그러나 나는 끝내 윗도리를 벗지 않았고, 덕분에 오늘 아침엔 잠이 덜 깬 이미영이 집어던진 베개에 얼굴을 정통으로 얻어맞았다. 아프지는 않았지만 기분이 몹시 나빴다. 나는 홧김에 이미영이 던진 베개를 집어들고 이미영을 겨냥했다. 그러나 초인적인 인내심을 발휘해 그냥 벽을 향해 집어던진 뒤, 쿵쿵쿵쿵, 여느 때보다 바닥을 세게 구르며 방에서 나왔다.

"야, 너 이불 안 개고 나가? 저 돼지 같은 게 정말!"

이미영이 서슬 퍼런 소리로 악을 써댔지만 들은 체도 하지 않았다. 나이는 잔뜩 처먹어서 칠칠맞게 애비도 없는 새끼나 밴 주제에 어쩌자고 저토록 뻔뻔스럽게 구는지 이해할 수가 없었다. 아니, 이해하고 싶지도 않았다.

"씨발년, 늙다리 미혼모 주제에 쪽팔린 것도 모르고 큰소리는."

방문을 쾅 소리가 나게 닫은 뒤 낮게 뇌까렸다. 화장실에서 막 나오던 배불뚝이가 인상을 찌푸렸지만, 내가 하는 소리를 들었는지 못 들었는지 신경쓰지 않았다. 나는 여전히 바닥을 쿵쿵 구르며 김선생이 기다리고 있을 부엌으로 갔다.

"왜 또 그렇게 뿔딱지가 난 겨?"

김선생이 바닥을 구르며 걷는 내 모양새를 훑어보며 말했다. 김선생의 목소리를 듣자, 그제야 부글거리던 속이 좀 가라앉는 것 같았다.

"아무것도 아니에요."

그렇게 말하고 나자, 정말로 아무 일도 일어나지 않았던 것만 같았다. 나는 재빨리 김선생 옆으로 가 그녀를 도울 준비를 했다. 잔심부름을 해주는 정도에 불과했지만, 그녀 옆에 있다보면 나도 어딘가 쓸모있는 사람처럼 느껴지고는 했다. 그건 정말이지 기분좋은 느낌이었다.

"도라지는 요렇게 전날 뜨물이나 찬물에 담가뒀다가 소금에 바락바락 문대서 헹궈내야 되는 겨. 그래야 쓴맛이 빠지지, 안 그럼 아려서 못써. 알겠지?"

김선생은 음식을 만드는 내내 이런저런 말을 중얼거렸다. 음식 만드는 요령에서부터 뉴질랜드로 이민 간 딸과 사위, 그리고 아직까지 한번도 얼굴을 직접 보지 못했다는 손녀들, 혹은 고생스러웠던 젊은시절에 대한 이야기까지 그 내용은 아주 다양했다. 꼭 나들으라고 하는 얘기라기보다는 말 그대로 중얼거림에 가까웠다. 그래도 나는 김선생의 옆에 꼭 붙어서서 연방 고개를 주억거리고 때로는 장단까지 맞춰가며 이야기에 귀를 기울였다.

"아가, 이거 맛 좀 볼 텨?"

김선생이 벌겋게 고춧물이 든 손으로 무친 도라지를 내밀었다. 나는 냉큼 입을 벌려 김선생이 내미는 도라지무침을 받아먹었다. 김선생은 얼마 전부터 내게도 다른 임신부들에게와 마찬가지로 '아가'라고 부르기 시작했다. 난생처음 들어보는 말이었다. 나는 김선생이 나를 '아가'라고 부를 때마다 눈을 가늘게 뜨고 히죽 웃었다. 다른 사람들은 어떤지 몰라도, 나는 그 '아가'라는 말을 들을 때마다 가슴 밑바닥까지 저릿해지고는 했다. 마치 오랜 가뭄으로 쩍 갈라져 있던 가슴 한귀퉁이에서 차고 맑은 물이 퐁퐁 솟아나는 것만 같았다. 도라지무침은 여전히 뒷맛이 약간 아렸지만 새콤달콤한 양념 때문인지 꽤 먹을 만했다.

"맛있어요. 진짜 맛있어요."

도라지무침을 우물거리며 다소 과장된 어조로 말했다. 김선생은 흐뭇한 얼굴로 나를 올려다봤다.

"아가, 근디 너 계속 이러구 핵꿀 안 댕겨서 어쩐다니. 니 부모도 걱정이 많을 건디."

아가,라는 말을 듣자마자 이번에도 눈을 가늘게 뜨고 웃으려다 학교, 소리에 정신이 번쩍 들었다. 처음 이곳에 온 날 지은이 걱정스레 했던 말을 제외하면 누구도 내게 학교나 집에 대해 이러쿵저러쿵 말하지 않았다. 지나온 시간과 버려두고 온 것들에 대해 묻지 않는 것은 이곳의 규칙이었다. 나는 아무 대답도 하지 않고 멀거니 김선생의 얼굴만 바라봤다. 김선생은 고춧물이 벌겋게 든 손으로 도라지무침을 반찬통에 덜어낸 뒤 이번에는 데친 고춧잎을 무쳤다. 무심한 듯 보이는 행동이었지만 그녀의 얼굴엔 근심의 기색이 역력했다.

"아무도 그런 말 안하는데 새삼스레 왜 그러세요? 여기서는 그러지 않는 게 규칙이라면서요."

젓가락으로 무친 도라지를 접시에 옮겨담으며 말했다. 김선생은 한동안 말없이 고춧잎만 조몰락거렸다. 그리고 고춧잎을 다 무치자 또다시 벌건 손으로 내 입속에 밀어넣어주었다.

"암 소리도 안헌다고 그게 옳아 그러간? 덩치가 암만 크면 뭣한 다냐. 생각이 덩치만 못헌 걸. 나야 말동무도 돼주고 손도 거들어주 니께 니가 있어준다면야 고맙지만서두, 너 생각만 허면 그래서야 쓰간. 최선생이 들으면 거품 물 소리 겉다마는, 입은 삐뚤어져도 말 은 바로 허랬다고, 그깟 빌어처먹을 놈의 규칙이 대수간? 규칙보담 이야 애기 니가 중허지. 암만!"

나는 잠자코 김선생이 입안에 넣어준 고춧잎을 우물거렸다. 약 간 맵고 쌉쌀한 고춧잎 특유의 향이 유난히 진하게 느껴졌다. 빌어 처먹을 놈의 규칙이라니, 김선생의 말대로 최선생이 들으면 그야 말로 거품을 물 소리였다. 최선생은 언제나 세상이 원칙대로 돌아 가는 것만은 아니라고 하면서도 자신이 정해놓은 규칙에 대해서만 큼은 한치의 어긋남도 허락하지 않았다. 매일 정해진 시간에 정해 진 식단대로 정해진 속도와 순서에 맞춰 식사를 하는 아홉 명의 임 신부들을 보고 있노라면, 누가 말해주지 않아도 저절로 알게 되는 것들이 있었다. 그러니까 그 '빌어처먹을 놈의 규칙' 속에는 우스 꽝스럽도록 끔찍한 제약이 포함되어 있었다.

최선생은 정확한 시간에 임신부들을 몰아다 식탁 앞에 앉혔고, 아홉 명의 임신부들은 평소와 마찬가지로 아주 느린 속도로 식사 를 했다. 잠시동안 그녀들이 식사하는 모습을 지켜보다 사라진 최 선생은 사십분쯤 뒤에 다시 나타나 산책을 하자며 그녀들을 몰고 나갔다. 끼니 때마다 한 치의 오차도 없이 반복되는 광경은 흡사 노련한 조련사와 잘 길들여진 홍학떼가 벌이는 쇼처럼 일사불란했 다. 나는 여느 때처럼 그녀들의 비상식적인 식사 속도에 맞춰 밥알을 깨작대다가 그녀들이 나간 뒤에 김선생을 도와 식탁을 치우고 설거지를 했다. 여느 때와 다른 점이라고는 빌어처먹을 놈의 규칙, 이라는 말이 머릿속에서 떠나지 않고 있는 점뿐이었다. 지은이 그 빌어처먹을 놈의 규칙에 이미 길들여진 것은 아닐까 하는 의심이 든 것은 설거지를 마칠 즈음이었다. 서둘러 설거지를 마친 뒤 허리를 좀 밟아달라는 김선생의 부탁을 조심스레 거절하고 지은을 찾아나섰다.

임신부들의 산책 코스인 동산 중턱의 체육공원에 거의 다다랐을 즈음, 돌아오는 임신부 무리와 마주쳤다. 지은의 옆에는 늘 그런 것처럼 배불뚝이가 찰싹 달라붙어 있었다. 마치 홍학 무리를 몰듯 임신부들의 뒤편에서 그녀들을 몰고 오던 최선생이 나를 보자 반색했다.

"유미 왔구나! 이제부턴 너도 같이 산책하려고? 그래, 밥을 굶는 것보다야 자꾸 움직이고 걷는 편이 훨씬 좋지. 안 그러니?"

최선생의 말에 지은이 배시시 웃었다. 전혀 지은답지 않은, 아주 멍청해 보이는 미소였다. 배불뚝이 역시 별다른 이유도 없이 헤벌쭉거렸다. 배불뚝이야 멍청하게 웃든 말든 관심 없었지만, 지은이 저런 멍청이를 옆구리에 끼고 똑같이 맹한 웃음이나 흘리고 있는 꼴을 보고 있자니 기가 찼다.

"아니…… 그런 게 아니라 지은이한테 할 얘기가 있어서요."

나는 지은에게서 시선을 떼지 못한 채 우물우물 대답했다. 아주 잠깐, 최선생의 입꼬리가 샐그러지는 것 같았지만 이번에도 내가 잘못 본 걸 거라고 생각하려 애썼다. 그러나 마음과는 달리 머릿속에서는 씨발, 썅, 좆도 따위의 욕설들이 불꽃처럼 팡, 팡, 팡 터졌다. 제풀에 공연히 당황해 다짜고짜 지은의 손목을 덥석 잡아끌었다. 그러자 배불뚝이가 지은의 팔을 붙잡고 늘어졌다. 아무리 달래도 소용없었다. 젖먹이 어린애도 아니고, 저 멍청인 어쩌자고 저토록 지은의 옆에서 안 떨어지려 하는 것일까. 한심하고 짜증스럽기 이를 데 없었지만, 그렇다고 화를 낼 수도 없었다.

"그러지 말고 너 먼저 가고 있어. 금방 따라갈게."

내가 얘기할 땐 꿈쩍도 않더니, 배불뚝이는 지은의 한마디에 이내 돌아섰다. 배불뚝이는 한동안 뒤처진 채 자꾸만 이쪽을 돌아보았다. 금방이라도 울음을 터뜨릴 것 같은 표정으로 입을 삐죽거리기도 했다. 그러나 지은이 제 쪽을 보아주지 않자, 곧 앞서 가는 최선생의 꽁무니를 따라 열심히 걷기 시작했다. 멀어져가는 배불뚝이의 뒷모습을 보며, 아무래도 저앤 앞으로도 결코 혼자서 걷거나 누군가를 앞질러 걸을 수는 없을 것 같다는 생각을 했다. 그런 면에서 보면, 나나 배불뚝이나 별반 다를 바가 없다는 생각도 했다. 어쩐지 입맛이 썼다.

"무슨 일인데 그래? 급한 일이야?"

배불뚝이와 일행의 모습이 멀어지자 지은이 물었다. 그때까지도 나는 무리의 꽁무니를 따라 뒤뚱거리는 배불뚝이의 뒷모습만 멍하니 쳐다보고 있었다. 지은이 내 팔을 툭 쳤다. 지은은 대답을 기다리는 듯 내 얼굴을 빤히 쳐다봤다. 나는 쉬 입이 떨어지지 않아 머뭇거렸다. 급한 마음에 여기까지 쫓아오기는 했지만, 어떤 식으로 얘기를 꺼내야 할지 난감했다. 빌어처먹을 놈의 규칙에 집착하는 최선생에 대한 이야기부터 해야 할까. 아니면 빌어처먹을 놈의 규칙 때문에 변해버린 지은의 모습에 대해서? 그것도 아니면 빌어처먹을 놈의 규칙에 푹 젖어 앞으로도 내내 질퍽거리게 될 우리의 미래에 대해서? 어느 쪽도 망설여지기는 마찬가지였다. 나는 갑자기 할말을 잃은 사람처럼 지은의 얼굴을 멀거니 바라보기만 했다.

"급한 얘기 아니면 이따가 하지 그랬어. 금방 내려갈걸."

내가 끝내 아무 말도 하지 못하자 지은은 싱겁다는 듯 내 어깨를 툭 치며 말했다. 나는 조금 더 머뭇거리다가 슬며시 팔짱 끼는 시늉을 했다. 지은은 폭발적인 후까시를 빛내던 때처럼 신경질적으로 내 팔을 털어내는 대신 어색해하는 나를 위해 제 쪽에서 먼저 팔을 벌려주었다. 말더듬이 어린 지은이 다시 돌아온 것만 같아 가슴이 먹먹해졌다.

"그냥. 너랑 같이 걷고 싶어서. 하영이 때문에 요샌 통 너랑 얘기할 시간도 없고……"

주책없이 눈물이 비어져나오려는 통에 입안에 고인 침을 꿀꺽 삼켰다. 사람들은 툭하면 모든 일에는 때가 있다고들 했다. 그런데 어떤 순간이 적당한 때인지를 가르쳐주는 사람은 아무도 없었다. 살다보면 누구나 저절로 알게 되는 것인지, 아니면 그런 걸 알게 되는 삶의 순간이 저마다 정해져 있는 것인지 알 수 없었다. 서른살도 넘은 이미영이 이런 곳까지 흘러들어온 걸 보면 나이 먹는다고 저절로 알아지는 게 아닌 것 같다가도, 김선생의 눈물겹도록 포근한 '아가' 소리를 떠올리면 언젠가는 알게 되지 않을까 싶어지기도 했다. 그런데 만약, 김선생처럼 다 늙어버린 뒤에야 알게 되는 거라면, 그건 너무 늦은 깨달음이 아닐까. 모르겠다. 애초부터 '둥지'처럼 온갖 눅눅한 사연들이 얽히고설킨 현실 밖의 공간에서는 정상적인 사고 자체가 불가능한 것인지도. 내게 순순히 제 팔을 내어준 채 묵묵히 걷고 있는 지은의 옆모습을 찬찬히 바라보았다. 주근깨인지 기미인지 모를 거뭇거뭇한 그림자가 지은의 눈밑을 한층 어둡게 만들고 있었다.

"야, 근데 너 혹시 요새 기미 키우냐?"

"기미? 글쎄, 원래 여름 되면 주근깨가 좀 진해지긴 하는데, 그래서 그런가? 아님 진짜 기미가 낀 건가? 다들 조금씩 그렇긴 하던데."

놀랍게도 지은은 기미 따위야 생겼든 말든 관심없다는 듯 심상히 대꾸했다. 지은의 태도에 나도 모르게 입이 쩍 벌어졌다. 하루종일 방구석에서 뒹굴면서도 손에서 커다란 손거울을 놓지 않던 애의 말이라고는 도무지 믿기지가 않았다. 지은은 정말이지 변해도 너무 많이 변해버렸다.

배불뚝이는 마당에서 서성이고 있다가 지은을 보자마자 고꾸라져라 뛰어와서는 지은의 팔에 찰싹 달라붙었다. 하는 양이 우습기도 하고 불안하기도 해서 자꾸만 웃음이 났다.

"언니, 언닌 대체 왜 툭하면 그런 식으로 웃어요? 언니가 나나 여기 언니들 한심해하는 건 알겠는데, 그래도 그런 식으로 티내진 말아달라고 내가 부탁했죠?"

배불뚝이가 쏘아붙였다. 가뜩이나 틀어져 있던 심사가 내 웃음 때문에 한층 더 뒤틀린 모양이었다. 배불뚝이의 말에 재빨리 지은의 안색을 살폈다. 표정이 딱딱하게 굳어 있는 것이, 아무래도 배불뚝이가 평소에도 내가 저희들을 무시하네, 어쩌네, 꽤나 투덜거린 모양이었다. 하긴 배불뚝이가 제 속에 있는 말을 그냥 담아만 두고 있을 인물은 아니었다.

"그렇게 뛰어오니까 불안해서 그런 거지. 그러다 넘어지기라도 하면 어쩌려고 그래?"

좀 당황스러웠지만 짐짓 아무렇지도 않은 척, 그리고 진심으로 걱정스럽다는 듯 가는 한숨까지 내쉬며 말했다. 그제야 지은의 굳은 표정이 풀어졌다. 배불뚝이 따위의 말에 잠깐이나마 그토록 차가운 표정으로 돌변해버린 지은에게 약간의 배신감 같은 게 느껴지기도 했지만, 애써 나를 다독였다. 지은은 지금 특수한 상황에 처해 있고, 나는 그런 그애가 그리워한 유일한 친구다. 누가 뭐래도 그러한 사실만은 변함이 없다.

3

서태지와 톨가 카시프, 그리고 로열필하모닉이 함께한 2008 서태지 씸포니의 공연이 성황리에 끝났다. 공연 소식을 전하는 포털 싸이트의 기사들을 보자 죄책감에 가슴이 조여드는 듯했다. 공연 사실은 물론 장소와 날짜까지 진작부터 알고 있었는데도 정작 공연이 열린 순간에는 까맣게 잊고 있었던 것이다. 그러나 내가 잊고 있던 순간에도 서태지는 묵묵히 자신의 세계에 깊이를 더했다. 그가 걷는 길은 그 자체로 역사가 되고 있었다. 오케스트라의 장중한 연주 속에서 서태지가 펼쳐 보였을 새로운 세계가 궁금했다. 수많은 기사와 팬들이 올린 공연 후기를 아무리 들여다봐도 도무지 상상조차 되지 않았다. 사실, 직접 접해보지도 않고 그 도저한 세계의 깊이를 이해하려 든다는 것 자체가 어리석은 일이다. 그러니까 어쩌면 내게는 그를 사랑할 자격이 없는지도 모른다. 그런 생각이 들자, 예전보다는 훨씬 가벼워졌지만 그래도 여전히 거대한 나의 몸뚱어리가 바닥 모를 심연으로 가라앉기라도 하는 것처럼 숨이 막혀왔다. 나는 지금껏 단 한번도 그의 공연을 직접 본 적이 없다. 엄청나게 거대한 몸집 때문이긴 했지만, 어쨌든 그건 그에게 너무 미안한 일이다. 그와의 특별한 인연만으로 그 모든 잘못들을 용서받을 수 있을까. 정말로 어쩔 수 없는 일이었다는 걸 그가 이해할 수 있을까. 그를 만나게 되면 가장 먼저 무슨 말을 해야 할지 언제나 고민이었는데, 아무래도 나는 그에게 사과부터 해야 할 것 같다. 그동안 직접 지켜봐주지 못해서 미안하다고, 하지만 앞으로는 무슨 일이 있어도 당신에게서 시선을 떼지 않겠노라고.

관리동에 마련된 컴퓨터실은 규정상으로는 누구나 언제든지 이용할 수 있었지만, 누구도 아무 때나 이용하지는 않았다. 최선생은 입버릇처럼 인터넷이야말로 악마의 현신이라고 말하곤 했다. 둥지를 거쳐간 어린 여자들의 대부분이 인터넷을 통해 만난 쓰레기 같은 남자들과 대책없는 관계를 맺다가 오늘의 지경에 이르고 말았다는 게 그녀의 주장이었다. 둥지의 임신부들이 다 그런 과정을 거친 것도 아니었고, 인터넷을 이용하는 여자들이 죄다 미혼모가 되는 것도 아니지만, 최선생은 '어쨌든 모든 게 다 인터넷 때문'이라는 주장을 굽히지 않았다. 그래서인지 둥지의 여자들은 스스로 알아서 인터넷 사용을 자제하는 분위기였다. 나 역시 한동안은 이 눈치 저 눈치 살피느라 컴퓨터실 근처에는 얼씬도 하지 못했다. 그러나 어느날 문득, 임신도 하지 않은 나까지 그럴 필요가 있을까라는 의문이 들었다. 게다가 나는 악마의 현신인 인터넷의 사주를 받은 쓰레기 같은 남자들로부터 자유로울 수 있는 유형의 여자였다. 적어도 내가 미혼모가 되는 일 따위는 없을 테니까 말이다. 그래도 여전히 이런저런 눈치가 보여 몇날며칠 동안이나 관리동 주변을 어슬렁거린 끝에, 드디어 컴퓨터실 입성에 성공할 수 있었다. 서태지의 공연에 관한 기사들을 빠짐없이 읽은 다음 까페로 들어갔다. 까페 메인화면에는 일정기간 동안 회원으로서의 의무사항을 지키지 않은 회원은 강등, 혹은 탈퇴 조치하겠다는 까페지기의 공지가 게시되어 있었다. 회원정리 시점으로 공시된 날짜는 불과 5일 후였다. 놀란 가슴을 쓸어내리며 일기 쓰기를 비롯한 우수회원으로서의 의무사항을 성실히 이행할 수 없었던 그간의 사정을 간단히 설명했다. 불안정한 환경 속에서도 프로아나의 철칙을 지키기 위해 최선을 다해왔다는 사실도 거듭 밝혔다. 물론, 진심어린 사과를 곁들이는 것도 잊지 않았다. 실제로 나는 지금껏 일주일에 이틀 이상 단식하기로 작정했던 처음의 계획을 충실히 지켜왔다. 내가 머물고 있는 곳이 둥지라는 말은 하지 않았다. 빌어처먹을 놈의 규칙 때문이든 뭐든 간에, 둥지에서 나의 비밀을 지켜주고 있는 이상, 나 역시 둥지에 대한 비밀을 지키는 것이 옳다는 생각이 들었기 때문이다.

　매주 있는 영아원 방문을 앞두고 제과실습이 있었다. 영아원의 아이들은 쿠키나 케이크 따위를 먹기엔 대부분 너무 어렸는데도, 둥지의 여자들은 매번 직접 만든 빵이나 쿠키 따위를 넘칠 만큼 많이 챙겨들고 영아원으로 갔다. 이번에는 나도 제빵실습에 참여했는데, 지은이 만든 케이크의 장식을 약간 돕는 정도였다. 지은은 아주 열심이었다. 본인이 말한 대로, 바느질이나 그림 그리기보다는 케이크 만드는 솜씨가 훨씬 낫기도 했다. 그렇다고 평소 배불뚝이가 너스레를 떨던 것처럼 당장 빵집에 내놓고 팔아도 좋을 만큼 훌륭한 건 아니었다. 그저 다른 임신부들이 만들어놓은 것들에 비해 조금 더 번듯해 보이는 정도였다. 하지만 나는 지은에게 그애가 만든 케이크에 대한 칭찬을 아끼지 않았다. 나는 겨우 설거지나 청소 따위를 도우면서도 내 존재의 가치를 깨달아가는 중이었다. 케이크를 만드는 동안의 지은 역시 나와 다르지 않을 거라는 생각이 들었다. 지금 우리가 어떤 상황에 처해 있든 모든 게 다 나쁘기만 하란 법은 없으니까.

　영아원의 아기들은 아주 작았다. 손도 작고 발도 작고 입도 작은 아기가 작은 입술을 달싹이거나 아직 초점이 불분명한 눈동자를 빛내는 순간이면 지은의 뱃속에서 고물거리고 있을 아기에게 막연한 죄책감이 느껴지기도 했다. 예정대로라면 새해 첫날 태어나게 될 그 아기는, 아마도 버려질 것이다. 그리고 어쩌면 나는 그 아기가 버려지는 데 일조하게 될지도 모른다. 나는 여전히, 너무 작고 여려서 아무런 저항도 하지 못한 채 버려지고 말 아기를 도대체 왜 낳겠다는 것인지 이해할 수가 없었다.

지은은 몇몇 큰 아이들에게 자신이 만들어온 케이크를 조금씩 떼어 먹이고 있었다. 정성스레 장식한 생크림은 죄 걷어내고 말랑 말랑한 제누아즈만 조금씩 떼어 먹이는데도 아이들의 얼굴은 온통 크림투성이였다. 지은은 수시로 거즈에 물을 묻혀 아이들의 입가와 손을 훔쳐냈다. 아직까지도 새로운 부모를 만나지 못한 저 아이들은 머지않아 보육원으로 보내질 것이다. 그곳이 내가 생각하는 것만큼 끔찍한 곳은 아닐지 몰라도, 아이들은 자라는 내내 다른 아이들과는 다른 자신들의 환경을 끊임없이 의식할 수밖에 없을 것이다. 그리고 당연히, 버려진 이유에 집착하겠지. 처음 한동안은 자신들을 버린 부모일망정 단지 부모라는 이유만으로 그리워할지도 모른다. 그러나 애초에 가졌던 막연한 그리움은 차츰 원망으로 변해갈 것이다. 그렇게 그리움과 원망을 반복하다 결국엔 스스로를 증오하게 될지도 모를 일이다. 절대로 채워질 수 없는 갈망은 사람을 피폐하게 만들기 마련이니까. 지은의 아이는 어떻게 자라게 될까. 나는 지은을 향한 시선을 슬그머니 거둬들였다.

"지은언니 되게 자상하죠?"

어느새 다가와 내 등뒤에 서 있던 배불뚝이가 말했다. 배불뚝이는 선망 가득한 눈으로 지은을 바라보고 있었다.

"그러네. 지나치다 싶을 정도로⋯⋯"

"지나치다고요? 지은언니 원래 자상하잖아요. 게다가 여기 애들은 아무래도 남 같지 않으니까. 나도 그런데요 뭐."

"남 같지 않아? 남 같지 않으면 뭐 같은데?"

그럴 일이 아닌데도 공연히 짜증이 났다. 배불뚝이는 둥지에서 태어나는 아이들 대부분이 이곳에 맡겨진다고 말하며 긴 한숨을 내쉬었다.

"운이 좋은 애들은 이런 데 안 와도 되겠지만, 대부분은 여기로 보낼 수밖에 없어요. 어차피 엄마가 직접 키울 수 있는 애들은 거의 없으니까…… 아마, 내 아기도 여기로 오게 될 거예요. 난 지은 언니처럼 운이 좋은 편이 아니거든요. 내 아기도 저애들처럼 여기서 새로운 부모가 나타나길 기다리겠죠? 물론 여기서도 잘만 풀리면 외국으로 갈 수도 있겠지만요. 외국으로 가면, 우리나라보다 훨씬 잘사는 나라일 테니까 보나마나 아주 좋은 부모를 만나게 될 거예요. 이왕이면 그렇게 됐으면 좋겠는데……"

말을 하는 내내 배불뚝이의 표정은 약간 슬퍼 보였지만, 한편으로는 알 수 없는 기대감에 차 있는 것 같기도 했다.

"운이 좋은 애들은 어디로 가는데? 지은이가 운이 좋다는 건, 지은이 앤 여기로 안 온다는 뜻이야? 지은이가 직접 키우겠대? 그렇게 말해?"

내가 다그치자 배불뚝이의 얼굴이 붉게 달아올랐다. 그러곤 상처 입은 아이처럼 어깨를 툭 떨어뜨렸다. 더 묻고 싶었지만 지은이 다가오는 바람에 그럴 수 없었다.

"여기서 뭐해? 애들 좀 씻기려고 하는데 도와줄래?"

지은은 나와 배불뚝이를 번갈아보며 말했다. 배불뚝이는 조개처럼 입을 꾹 다문 채 서둘러 자리를 피했다. 지은은 어깨를 한번 으쓱하더니 나를 쳐다봤다. 얼굴과 머리카락이 온통 크림 범벅인 아이들 셋이 지은의 옷자락을 붙잡고 늘어지며 벙글거렸다.

　오후에는 둥지의 임신부들과 영아원 강당에 나란히 앉아 낳은 엄마와 기른 엄마의 만남을 지켜보았다. 영아원에서는 일년에 한두 차례, 공개입양된 아이를 사이에 두고 아이를 낳은 엄마와 입양해 기르고 있는 엄마가 만나는 행사가 열린다고 한다. 오늘의 주인공은 지은과 이름이 같은 다섯살배기 여자애였다. 태어난 지 넉 달 만에 입양되었다는 아이는 행사 내내 기른 엄마에게 찰싹 달라붙어서 저를 낳은 엄마를 말똥말똥 쳐다보기만 했다. 아이의 생모 역시 퉁퉁 부은 눈으로 제가 낳은 아이를 바라보기만 할 뿐이었다. 어린 지은이 자라온 과정을 담은 짧은 영상이 공개된 뒤, 낳은 엄마와 기른 엄마는 서로에게 보내는 긴 편지를 낭독했다. 편지가 낭독되는 내내, 나를 제외한 둥지의 여자들은 하나같이 어깨까지 들썩이며 흐느꼈다. 실로 엄청난 신파의 현장이었다. 나 역시 가슴이 아프기는 했지만, 한편으로는 화가 치밀어올랐다. 아이의 미래에 대해 아무것도 장담할 수 없는 상황에서 입양 사실을 공개한다는 건 너무 무책임하다는 생각이 들었기 때문이다. 사람들은 모두 공개입양의 순기능에 대해 이야기했지만, 하나같이 가장 중요한 사실을 간과하고 있었다. 어떤 아이도 예외없이 학교에 다닐 수밖에 없다는 점 말이다. 몸집이 남들보다 크다는 이유만으로도 이토록 고통스러운 나날을 보내야 하는데, 모두에게 공개된 입양 사실이 다섯살배기 지은의 앞날에 어떤 짐을 지우게 될지 내 눈에는 빤히 보였다. 그들이 역설하는 모범사례라는 것이 정말로 존재하는지도 의심스러웠다. 설사 그러한 사례가 존재한다 해도, 그것은 어디까지나 학교 밖 세상의 이야기일 터였다. 적어도 지난 십여년간 내가 다녀본 학교라는 덴 그런 식의 미담이 존재할 수 없는 곳이었다. 내가 아는 학교는 타인의 상처를 뜯어먹고 사는 각다귀의 유충들이 버글거리는 시궁창과도 같았다. 게다가, 이 순간은 얼굴이 퉁퉁 붓도록 울고만 있는 지은의 어린 생모에게도 너무 잔인한 시간일 거라는 생각을 지울 수가 없었다.

이미영은 잠결에도 계속해서 흐느꼈다. 알아들을 수 없는 잠꼬대와 불규칙한 신음까지 토해내는 통에 도무지 잠을 이룰 수가 없었다. 나이를 그만큼 먹었으면 자신의 감정쯤은 스스로 조절할 법도 한데, 하여간 모자라도 한참 모자란 인간임에 틀림없다. 컴컴한 어둠속에서 몸을 뒤척이고 있는데, 한동안 느끼지 못했던 허기가 몰려왔다. 허기를 달래기 위해 처음 다이어트를 결심한 순간부터 집을 떠나오기까지의 과정을 차례로 떠올려봤다. 지은이 지켜보는 가운데 변기 속에서 똥을 건져올렸던 일과 걸핏하면 나의 존재 자체에 거리낌없는 조소를 날리는 엄마로 인해 느꼈던 절망, 엄청난 상실감을 불러일으킨 지은의 가출과 그걸 빌미로 끊임없이 나를 궁지로 몰아넣던 영화년, 그리고 슈퍼울트라 개량돼지의 투실투실한 살을 파고들던 길쭉이새끼의 길쭉한 물건, 마지막으로 거실바닥에 쓰러진 채 꼼짝도 하지 않던 엄마와 초록색 고무호스까지. 지우려야 지울 수 없을 기억들은 여전히 너무 선명했다. 이번엔 서태지와 함께 가게 될 새로운 세계에 대해서 생각했다. 그곳에서라면 똥을 찍어먹는 수모도, 쓸어담을 수조차 없을 정도로 거대한 쓰레기 취급도, 하나뿐인 친구의 전 애인인 양아치에게 강간당하는 일도 없을 것이다. 다이어트에 성공한 뒤 그를 찾아갔을 때, 그가 먼 길을 돌아온 내게 어떤 반응을 보일지 궁금했다. 그 와중에도 텅 빈 뱃속에서는 계속해서 꾸르륵 꾸륵, 요란스러운 소리가 났다. 오늘따라 유난히 속이 쓰렸다. 오전에 재본 체중은 95.6킬로그램이었다. 며칠 전보다 2킬로그램 정도 불어나 있었지만 크게 상심하지는 않았다. 지난 백여 일 동안 나는 거의 40킬로그램 가까운 체중을 감량했다. 수치상으로만 보면 텔레비전에서 방영하는 다이어트 써바이벌 같은 프로그램에 출연해도 될 정도다. 그전에도 여러번 다이어트를 시도했지만, 이렇게 엄청난 감량에 성공해본 적은 없었다. 그래봐야 앞으로 적어도 40킬로그램은 더 감량해야겠지만, 어쨌든 지금까지는 나 스스로도 놀랄 만큼 잘해왔다. 아나들의 도움 없이는 불가능했을 일이다. 한동안 더 뒤척이다 몸을 일으켰다. 시간이 흐를수록 정신은 점점 더 말똥말똥해지기만 했다. 물이라도 두어 잔 들이켜야겠다는 생각이 들었다. 조심스레 어둠을 더듬어 방문을 열고 나왔다. 거실의 불을 켜고 시간을 확인했다. 세시가 조금 넘어 있었다.

두 잔째의 물을 마시고 있을 때 냉장고의 냉기순환 모터가 돌아가기 시작했다. 그 소리에 놀라 흠칫한 탓에 하마터면 들고 있던 컵을 놓칠 뻔했다. 예기치 못한 순간에 들려온, 적요를 깨뜨리는 냉각팬의 소음. 그것도 신호라면 신호였을까. 나는 식탁 위에 컵을 내려놓고 주춤주춤 냉장고 앞으로 다가갔다. 그리고 커다란 냉장고 앞에서 한참을 멍하니 서 있었다. 절대로 냉장고문을 열어서는 안 된다는 생각과 그냥 열어보기만 하는 건데 뭐 어떤가 싶은 생각이

한데 뒤엉켰다. 손자국이 얼룩덜룩 나 있는 손잡이를 조심스레 잡아보았다. 차가운 금속성의 느낌이 쓰린 속을 한층 사납게 들볶았다. 손잡이를 잡은 손에 힘이 들어갔다. 냉장고의 문은, 당연한 일이지만, 너무 쉽게 열렸다. 냉장고 가장 위칸에 놓인 커다란 통엔 임신부들이 만든 케이크와 쿠키가 가득했다. 그 아래로 감자볶음과 아직 찢어놓지 않은 장조림덩어리 같은 밑반찬들과 두툼한 어묵봉지가 보였다. 밝은 빛과 함께 차가운 냉기를 쏟아내는 냉장고 안을 들여다보고 있자니, 문득 죽어버리고 싶다는 생각이 들었다. 아무것도 먹지 않을 수 있도록, 더이상 음식 앞에서 갈등하지 않을 수 있도록, 생닭의 배를 가르듯 내 배를 갈라 쩍 벌려놓고 기름 낀 내장들을 남김없이 긁어내고 싶었다. 이토록 짧은 순간에 별다른 계기도 없이 그동안의 노력과 다짐 들이 허무하게 무너져내릴 수 있다는 사실이 믿기지 않았다.

정신을 차렸을 땐 냉장고의 쎈써가 울리고 있었다. 냉장고문을 너무 오래 열어둔 탓이었다. 나는 그제야 냉장고에 처박다시피 하고 있던 머리통을 쳐들었다. 그리고 주위를 둘러본 뒤 서둘러 냉장고문을 닫았다. 입안에는 초코칩이 박힌 쿠키와 생크림덩어리가 가득했고 크림이 잔뜩 묻은 손에는 납작한 어묵 한 장이 들려 있었다. 입안 가득한 쿠키와 크림덩어리를 꿀꺽 삼킨 뒤 손에 들고 있던 어묵을 마저 우겨넣고 우물거렸다. 누군가 삑삑대는 쎈써 소리를 들었을지도 모른다는 생각에 마음이 조급해졌다. 입속의 어묵까지 대충 씹어삼킨 뒤 서둘러 입가를 훔쳐냈다. 그러나 손에도 크림과 어묵의 기름기가 잔뜩 묻어 있어 훔쳐낼수록 더 지저분해질

뿐이었다. 어쩔 수 없이 씽크대로 가 물을 틀고 손과 입을 닦았다. 쏟아지는 물소리가 유난히 크게 들렸다. 수도꼭지를 잠근 뒤 한동안 제자리에 서서 숨마저 참으며 주변의 소리에 귀를 기울였다. 다행히 아무도 듣지 못했는지 한참이 지나도록 잠잠했다. 참고 있던 숨을 몰아쉬었다. 내가 무슨 짓을 벌였는지 그제야 실감할 수 있었다. 속이 울렁거렸고 구역질이 치밀었다. 입을 틀어막은 채 화장실로 뛰어갔다.

　손가락을 집어넣을 것도 없이, 허리를 굽히자마자 먹은 것들이 게워져나왔다. 제대로 씹지도 않고 삼킨 어묵과 함께 쓸려나온 허연 크림덩어리가 변기 속에 뭉텅뭉텅 떠올랐다. 뱃속에서 이미 완전히 풀어져버린 빵과 쿠키는 묽은 죽이 되어 쏟아져나왔다. 마지막으로 목구멍이 빽빽해지나 싶더니 시커먼 장조림덩어리들이 울컥울컥 넘어왔다. 그와 함께 언제 집어삼켰는지 기억조차 나지 않는 동치미 무와 무청, 그리고 고추 따위도 쓸려나왔다. 끈적끈적한 침이 변기 속의 토사물과 엉겨 늘어졌다. 굵은 눈물방울이 변기 속으로 후드득 떨어졌다. 정말이지, 계속 이렇게 사느니 차라리 죽어버리는 편이 나을 것 같았다. 그러나 지금 당장 토사물이 그득한 변기에 코를 처박고 죽어버릴 수 없는 이상 정신을 차려야만 했다. 폭토 후 뒤처리에 만전을 기하는 것은 기본 중에서도 기본이니까. 몸을 일으키고 변기 레버를 내렸다. 그런 다음, 비누질을 해 손을 씻고 세수를 했다. 샤워기를 틀어 변기 주변에 튄 구토의 흔적들도 말끔히 지워냈다. 그리고 늘 그랬던 것처럼 아주 오랫동안 이를 닦았다.

화장실문 앞에 지은이 서 있었다. 지은과 마주치자 온몸이 뻣뻣하게 굳어버리는 느낌이었다. 지은의 얼굴은 오래 운 사람처럼 퉁퉁 부어 있었고 외출용 점퍼를 걸친 몸에선 차가운 밤공기가 묻어났다. 이 시간에 어딜 다녀오는 길이냐고 묻고 싶었지만 입이 떨어지지 않았다. 지은과 나는 화장실 안과 밖에 마주 선 채로 한동안 서로의 얼굴만 바라보았다.

　"지금 몇신 줄은 알아?"

　먼저 입을 연 것은 지은이었다. 나는 아무런 대꾸도 하지 못했다. 무슨 말을 어떻게 해야 할지 알 수 없었기 때문이다.

　"계속 그럴 거면 돌아가. 도대체 언제까지 그렇게 졸졸 따라다닐 건데? 내 몸 하나 건사하기도 힘들어죽겠는데!"

　지은은 낮은 목소리로, 그러나 충분히 차고 날카롭게 쏘아붙인 뒤 돌아섰다. 나도 모르게 이를 앙다물며 침을 꿀꺽 삼켰다. 찝찔하고 비릿한 맛이 느껴졌다. 나는 도로 화장실로 들어가 문을 잠갔다. 그리고 이번에는 좀더 오랫동안 다시 이를 닦았다. 오른쪽 어금니가 유난히 시큰거렸다.

4

　방으로 돌아온 뒤에도 잠을 이룰 수가 없었다. 퉁퉁 부어오른 얼굴로 나를 노려보던 지은의 눈빛이 지워지지 않았다. 겨우 한 달 사이에 지은에게 나는, 자신 때문에 지울 수 없는 상처를 입은 안

타까운 친구에서 눈치없이 들러붙어서 뭉그적대는 천덕꾸러기가 되어버렸다. 억울했다. 참기 힘든 모멸감에 몸이 떨려왔다. 눈물은 나오지 않았지만 뜨거운 숨이 가슴 밑바닥에서부터 차올라 목이 메었다. 프로아나가 되겠다고 하자 크고 동그란 눈을 빛내며 격려해주던 지은의 모습이 떠올랐다. 얇게 깎은 오이를 내밀며 폭토 요령을 설명하던 모습도 떠올랐다. 날이 밝아오도록 나는 피비린내 나는 침을 삼키며 뒤척였다.

"안 나가? 아침 준비 거들어야 될 거 아니야!"

이미영은 눈을 뜨자마자 신경질을 부렸다. 아닌게아니라, 주방으로 나가봐야 할 시간이 한참이나 지나 있었다. 그러나 나는 이불을 둘러쓰고 누운 채 일어나지 않았다. 이미영이 기어이 쫓아와 거칠게 이불을 들췄다.

"야, 돼지 너! 이젠 그나마도 안하고 공짜로 얹혀 있겠다는 거야?"

나는 이불을 다시 당겨 머리끝까지 뒤집어썼다. 김선생은 냉장고 속의 음식들이 눈에 띄게 줄었다는 사실을 이미 눈치챘을 것이다. 아마도 가장 먼저 나를 의심했겠지. 내가 아무리 김선생을 좋아한다 해도 그녀 역시 둥지의 일원이다. 집에서처럼 그냥 몇대 얻어터지고 말겠다는 심산으로 뻔뻔스럽게 굴 수는 없었다. 이미영은 몇마디 더 투덜대다가 밖으로 나갔다. 방문 닫히는 소리가 들린 뒤, 나는 이불 속에서 몸을 웅크렸다. 트레이닝복 바지가 금방이라도 터져버릴 듯 꽉 조였다. 어쩐지 어제까지보다 훨씬 더 조이는 느낌이었다. 참았던 눈물이 비어져나왔다. 한번 터진 눈물은 쉬 멈추지 않았고 나는 한동안 어깨까지 들썩이며 눈물을 쏟아냈다. 영화년 패거리에게 얻어터지던 날보다, 길쭉이새끼의 길쭉한 물건이 나를 온통 헤집어놓던 날보다, 영화년의 휴대폰 속에서 벌거벗은 채 헐떡이던 내 모습을 확인하던 날보다, 엄마를 짓밟고 집을 뛰쳐나오던 날보다, 더 서럽고 막막했다. 서태지가 그리웠다. 그의 위대한 음악과 달콤한 미성, 그리고 창백한 얼굴이 너무 그리워서 가슴이 터져버릴 것만 같았다. 이불을 들추고 일어나 발치에 놓인 가방을 끌어당겼다. 가방에서 MP3를 꺼내 다시 이불 속으로 기어들어갔다. 이불을 뒤집어쓰고 이어폰을 귀에 꽂았다. 그때까지도 눈물은 쉼없이 흘러내리고 있었다. 플레이버튼을 누르고 볼륨을 최대한 높였다. 그와 함께 달로 가기까지, 나는 얼마나 더 많은 시간들을 견뎌내야 하는 것일까. 그때까지 버텨낼 수는 있을까. 서러움이 목구멍까지 차올라 숨이 막혀올 즈음 엄마가 떠올랐다. 난데없이 집 생각까지 더해지자 감정은 더욱더 격앙되었다. 그렇다고 해서 집으로 돌아갈 마음이 생긴 것은 아니었다. 나에게도 서러운 순간이면 저절로 떠올리게 되는 부모와 집이 있지만, 부모도 집도 예전과는 다른 존재와 의미가 되어버린 지 오래였다. 도저히 빠져나올 수 없는 덫에 걸려든 느낌이었다. 물 한모금 마실 수 없는 사막 한가운데 버려진 느낌, 깊은 밤 미로와도 같은 숲속을 헤매는 느낌, 고통 속에서 나를 건져올려줄 유일한 끈인 서태지마저 나를 버리고 떠난 것만 같은 느낌. 나는 그저 무기력하기 그지없는 껍데기에 불과했다.

누군가 이불을 둘러쓰고 누운 나의 거대한 몸을 토닥였다. 처음에는 느닷없는 상황에 흠칫 놀라 몸이 뻣뻣하게 굳는 느낌이었지만, 토닥임이 계속되자 이내 처음의 긴장감은 사라졌다. 뿐만 아니라 차츰 눈물이 잦아들면서 졸음이 몰려오기 시작했다. 나는 규칙적으로 내 어깨를, 그리고 등을 토닥이고 쓸어내리는 손길을 느끼며 서서히 잠에 빠져들었다. 손길의 주인이 누구인지 궁금했지만 끝내 확인하지는 못했다. 차마 이불을 들추고 일어나 앉을 용기가 나지 않았기 때문이다. 사실, 누구의 손길인가는 그다지 중요하지 않다는 생각이 들기도 했다. 그게 누구든, 단 한 사람, 나를 위로하는 손길이 있다는 사실만으로도 충분했다.

설마, 이미영은 아니었을 것이다. 눈을 떴을 때, 이미영은 한쪽 벽에 기대앉아 빠른 손놀림으로 손뜨개를 하고 있었다. 무엇을 만드는지는 알 수 없었다. 커다랗고 넙적한 것이 식탁보 같기도 했고 이불 같기도 했는데, 이불 같은 걸 손뜨개로 만들기도 하는지는 알 수 없었다. 어쨌든 최근 이미영은 식사와 산책, 그리고 특별한 교육이나 행사가 있을 때를 제외하면 거의 모든 시간을 뜨개질에 쏟아붓고 있었다. 머리맡을 더듬어 휴대폰을 찾았다. 전원을 켠 뒤 시간을 확인하고 나자 문자수신음이 연속으로 울렸다. 간밤에 엄마가 보내온 메씨지들이었다. 그러고 나가서 어쩌고 있을지 안 봐도 뻔하다는, 이제는 들어오라는 말을 하기도 지쳤으니 들어오든지 말든지 알아서 하라는, 그리고 여차하면 아예 딸년 하나 없는 셈 치고 살아도 자신으로서는 조금도 손해볼 일이 아니라는, 새로울 것 하나 없는 내용들이었다. 간단한 이야기를 세 번에 걸쳐 길게 한 것으로 보아 어젯밤 엄마의 심기도 꽤나 불편했던 모양이다. 시간은 점심시간을 훌쩍 넘겨 있었다. 일어나 앉자마자 트레이닝복의 윗도리부터 집어 입었다. 이미영이 갑자기 고개를 들더니 나를 쏘아봤다.

"방에선 그것 좀 입지 말라니까! 하여간 말도 징그럽게 안 들어 처먹는다니까. 그 정도로 말했으면 듣는 시늉이라도 해야 하는 거 아니야? 저 얼굴 부은 것 좀 봐라. 저러다 터지겠네, 터지겠어. 야, 돼지! 너 도대체 지금이 몇신 줄은 아냐?"

이미영이 숨도 쉬지 않고 쏘아붙였다. 그 와중에도 뜨개질을 하는 손은 쉼없이 움직이고 있었다. 분명, 이미영은 아니었을 것이다. 나는 눈곱 때문에 뿌옇게 흐려진 시야를 더듬어 이미영을 물끄러미 바라봤다.

"뭘 꼬나봐? 눈곱은 잔뜩 껴가지고, 더러워죽겠네. 빨랑 나가서 안 씻어? 어디가 아프면 아프다고 말을 하든가. 도대체 무슨 지랄로 다 저녁 때까지 처자빠져 자는 건지 모르겠다니까."

이미영은 몇마디 더 퉁을 놓은 뒤 고개를 수그렸다. 그러고는 둥지의 어느 임신부보다 빠른 손놀림으로 다시금 식탁보인지 이불인지 알 수 없는 물건을 뜨기 시작했다. 나는 주섬주섬 이불을 개 얹었다. 여전히 두렵기는 했지만, 어쨌든 나가보기는 해야 할 터였다. 방문을 나서기 전, 잠시 멈춰서서 크게 심호흡을 하며 숨을 골랐다.

"이젠 하다하다 별짓을 다 하네. 안 그래도 심란해죽겠는데 왜 한숨은 쉬고 지랄이야?"

이미영이 땍땍거렸다. 나는 못 들은 척 두어 번 더 숨을 고른 뒤 방문을 열었다.

김선생은 주방 바닥에 앉아 배추를 버무리고 있었다. 서걱대는 트레이닝복 소리 때문인지 내가 주방 안으로 미처 들어서기도 전에 김선생이 내 쪽을 돌아봤다. 김선생과 눈이 마주치자 나도 모르게 멈칫하며 눈치를 살폈다. 그러나 걱정과 달리 김선생의 표정은 여느날과 다름없었다. 뿐만 아니라 쭈뼛대는 나를 향해 눈가에 주름이 자글자글해지도록 웃어주기까지 했다. 문득, 내 등을 토닥이고 쓸어내리던 손길이 떠올랐다.

"그래, 이제 다 잔 겨? 밤새 뭐허느라고 아침나절에야 잠이 든다니, 잠이 들길."

"어떻게 아셨어요?"

"시간이 돼도 안 나온다고 걱정허는디 미영이가 그러데. 밤새 안 자고 부스럭대더니 저 나올 때서야 자려고 폼을 잡더라나 뭐라나. 워디가 아픈가 싶어서 들여다볼랬더니 아픈 거 같진 않으니께 그냥 자게 냅두라데. 그래서 냅뒀지."

"죄송해요. 바쁘셨죠?"

기어들어가는 목소리로 말하자 김선생은 바쁘기는 뭘, 원체 혼자서 허던 일인걸, 하며 다시 한번 함빡 웃어주었다. 김선생도 손길의 주인이 아닌 모양이었다. 김선생도 아니면 손길의 주인은 도대체 누구였을까. 혹시 지은이었을까. 지은 역시 밤새 마음이 불편했던 걸까. 어쩌면 지은이었을지도 모른다는 생각이 들자, 마음 한구석이 저릿했다. 그러나 동시에, 간밤에 마주쳤던 지은의 차고 날카로운 눈빛이 떠올랐다.

"그짝에 김치통 씻어 엎어둔 거 뵈지? 것 좀 여리 놔줄 텨?"

김선생이 고춧물이 벌겋게 든 손으로 씽크대를 가리켰다. 물기가 남아 있는 김치통을 집어 마른행주질을 한 뒤 김치를 버무린 대야 옆에 바짝 붙여놓았다.

"정수기에서 물 좀 반 고뿌만 따라다 부서봐."

김치를 통에 다 옮겨 담은 김선생이 벌건 손을 대야 가운데로 내밀며 말했다. 물을 떠다 천천히 따르자 김선생은 그 물로 손과 대야를 대강 부셔서 김치통에 부었다. 나는 김선생이 일어나 손을 씻는 사이에 김치통의 뚜껑을 닫아 주방 곁문 밖에 내놓았다. 그러는 동안에도 계속해서 사라진 음식들에 대해 어떻게 이야기를 꺼내야 할지 궁리했다. 무슨 까닭에선지 내색은 안하고 있었지만, 그 많은 음식들이 밤사이 사라진 것 때문에 김선생도 생각이 많을 것이다. 나는 계속해서 김선생의 주변을 서성거렸다.

"총이라도 맞았다냐, 왜 그러구 난리랴. 그러지 말고 거 좀 앉지 그러냐. 계속 그러고 왔다리갔다리하는 통에 혼이 다 쏙 빠지겠네."

김선생이 손에 비누질을 하며 말했다. 나는 식탁의자를 하나 빼서 어정쩡하게 엉덩이를 걸쳤다. 어떤 식으로 말을 꺼내야 할지 여전히 난감하기만 했다. 손을 다 씻은 김선생도 의자를 하나 빼 끄응 소리를 내며 앉았다. 차라리 김선생 쪽에서 먼저 말을 꺼내주면 좋겠다는 생각이 들었다. 그러나 김선생은 지긋한 눈길로 나를 바라보기만 할 뿐이었다. 입안이 바짝바짝 타는 것만 같았다.

"그래, 생각 좀 혀봤냐? 빠르면 빠를수록 좋을 건디."

김선생은 사라진 음식들이 아니라 집으로 돌아가는 문제에 대한 이야기를 꺼냈다. 약간 당황스러웠지만 나를 걱정하는 김선생의 진심을 느낄 수 있었다. 말을 하는 방식이 달랐을 뿐, 어젯밤의 지은 역시 나를 걱정하는 마음에서 그런 태도를 보였을 거라고 믿고 싶어졌다.

"몰르긴 혀도, 늬 부모 속도 새까맣게 타다 못혀서 잿더미가 되었을 겨. 새끼 키우는 부모 맴이야 다 한가지니께."

내가 아무런 대꾸도 하지 않자 김선생이 다시 말했다. 엄마가 보내온 협박성 문자의 내용들이 줄줄이 떠올랐다. 메씨지를 볼 때마다 화가 난다기보다는 대체로 서글펐고 한편으로는 어이없는 기분이 들었다.

"모르긴 해도, 우리 엄마 아빠 제 걱정 같은 거 별로 안 할 걸요? 하루도 빠짐없이 가게문 열고 장사한 걸 보면, 찾는 시늉도 안하는 거 같던데요, 뭘."

나는 엄마가 보내온 문자들을 향해 조소를 날리는 듯한 심정으로 중얼거렸다. 그러자 김선생은 언제나 반쯤 감겨 주름이 자글자글한 눈을 둥그렇게 치떴다.

"이눔의 새끼 말허는 것 좀 보게. 그걸 말이라고 허고 앉았냐. 꼭 다 작파하고 찾아나서야만 속이 타는 거라데? 먹고살래니께 그 짓도 못허는 맴이 워떨지는 왜 생각을 못혀! 새끼들이라는 게 암만 부모 속 모르는 종자들이라고 혀도, 그런 말은 허는 게 아녀!"

김선생은 주방이 울리도록 내 등을 탁, 쳤다. 나는 얼얼한 등짝을 의자 등에 비벼 문지르며 엄마가 보내온 메씨지들 속에서 혹시라도 미처 발견하지 못한 애달픔 같은 것이 있었는지 다시 한번 찬찬

히 돌이켜봤다. 그러나 역시, 아무것도 떠올릴 수가 없었다. 어쩌면
김선생의 말대로, 내가 자식이기 때문에 그 숨은 마음을 헤아리지
못하는 것일 수도 있었다. 그러나 상대가 느끼지 못하는 사랑도 사
랑이라고 할 수 있는지 여전히 의문이 남았다. 다시금 사라진 음식
들에 대한 변명거리를 궁리하고 있을 때 지은이 주방으로 들어섰
다. 지은은 가슴을 연방 쓸어내리며 다가와 냉장고문을 열었다.

"왜, 뭐가 필요혀?"

김선생이 냉장고 안을 들여다보고 있는 지은에게 물었다.

"속이 안 좋아요. 아무래도 체한 거 같아서 매실차 좀 마시려고
요."

"내줄 테니 있어봐. 얹혔을 땐 따끈허게 마셔야 써. 많이 안 좋은
겨?"

김선생은 다시금 끄응 소리를 내며 의자에서 일어나더니 정수기
에서 뜨거운 물을 받았다. 그리고 냉장고 안쪽에서 작은 병을 꺼내
더운 김이 오르는 컵에 따랐다.

"마시고 들어가서 기양 눕지 말고, 마당에라도 나가서 왔다리갔
다리혀. 심한 거 같으면 손 좀 따주랴?"

지은은 아무 대꾸 없이 고개만 두어 번 가로젓고 김선생이 내민
컵을 받아들었다. 그러고는 여러번에 나눠 호록호록 마신 뒤 주방
에서 나갔다. 계속해서 제 쪽을 흘끔대는 내게는 눈길 한번 주지
않은 채였다. 김선생은 지은이 내려놓은 빈 컵을 헹궈 엎어놓은 뒤
다시 의자에 앉았다.

"오늘 내동 최선생한테 지청구 들어가며 밥을 먹더니, 그예 체

했구먼. 따면 금세 쑥 내려갈 걸, 왜 싫다는 건지 몰르겠네."

김선생이 지은이 사라진 쪽을 바라보며 중얼거렸다.

"왜 혼났는데요? 무슨 일 있었어요?"

내 물음에 김선생이 고개를 돌렸다. 눈꺼풀이 늘어져 깊은 주름이 팬 눈초리가 살짝 움찔했다. 김선생은 한동안 아무 말도 하지 않고 내 얼굴을 건너다보다 짧은 한숨을 내쉬며 자리에서 일어났다. 그리고 매실차를 한 잔 더 타서 내 앞에 놓아주었다.

"너도 한잔 마셔봐. 마시고, 지은이헌티 가봐. 왜 그랬는지는 몰르겠다만, 지가 그랬다고 덮어썼을 땐 그럴 만한 이유가 있었겄지. 지은이 말이라면 무조건 허고 넘어가주던 최선생헌티 그럴 만한 사정이 있는 것처럼 말이여."

뜻밖의 말에 흠칫했다. 지은이 제가 그 많은 음식들을 다 먹었노라 덮어쓴 모양이었다. 김선생의 말대로 누가 들어도 곧이들리지 않았을 변명을 늘어놓는 지은의 모습이 어땠을지 상상이 되지 않았다. 김선생은 덤덤한 표정으로 나의 시선을 받아주었지만, 나는 더이상 그녀의 눈을 마주볼 수가 없었다.

"마시라니께 왜 그러구 보고만 있냐. 마셔봐. 따끈허니 먹기 괜찮을 겨."

김선생은 김이 오르는 매실차를 내 앞으로 슬쩍 밀어주며 다시 권했다.

"최선생, 안 그러던 양반이 깔끔치 못허게 소가지 부려대는 걸 보믄 사단이 나도 단단히 났지 싶긴 헌디, 그 속사정까지야 내가 아는 체할 수 없는 것이고. 그러니 니가 가봐야지. 도움이 되든 안

되든 지금 그 속 알아줄 사람이 너밖에 더 있겠냐."

따끈한 매실차가 담긴 컵을 들어 두 손으로 감싸쥐고 지은이 그랬던 것처럼 여러번에 나눠 호록호록 마셨다. 다른 말은 무슨 뜻인지 잘 이해가 되지 않았지만 그 속 알아줄 사람이 너밖에 더 있겠느냐는 말만큼은 귀에 쏙 박혔다.

지은은 마당 한가운데 서서 고개를 쳐들고 있었다. 햇빛 때문인지 커다란 눈을 살짝 찡그린 채였지만 쳐든 고개를 숙이지도, 그늘 쪽으로 자리를 옮기지도 않았다. 마치 그 모습 그대로 뿌리를 내린 나무처럼, 내리쬐는 가을 햇볕을 고스란히 받아들이고 있었다. 제법 불러오기 시작한 배가 이제는 꽤 두드러졌다. 배가 불러올수록 가뜩이나 가는 팔과 다리가 점점 더 앙상해지는 것 같았다. 나는 천천히 지은에게 다가가 그 옆에 섰다. 그리고 지은처럼 고개를 쳐들고 태양과 마주했다. 이내 얼굴이 뜨끈해지면서 눈이 시었다. 그래도 끝끝내 눈을 감거나 고개를 숙이지 않았다. 지은과 나는 한동안 그렇게 나란히 서 있었다. 눅눅해질 대로 눅눅해진 우리의 시간도 가을 햇볕에 바싹 말릴 수 있으면 좋겠다는 생각이 들었다.

"어제 했던 말, 진심이야?"

사실은 고맙다는 말을 하고 싶었다. 그런 다음 미안하다고 말할 생각이었다. 그러나 막상 내 입에서 나온 말은 고맙다거나 미안하다는 말과는 거리가 멀었다. 지은은 여전히 꼼짝도 하지 않고 처음 자세 그대로 고개를 쳐들고 있었다.

"왜 그랬어? 그냥 내가 그랬다고 말하지, 왜 괜히 나서서 욕은 먹고그래. 사람 당황스럽게."

또다시 고맙다는 말도 미안하다는 말도 하지 못했다. 어쩐지 자꾸 어그러지기만 하는 것 같아 언짢아졌다.

"내가 아기를 키울 수 있을지…… 사실은 나도 자신없어."

지은의 목소리는 잔뜩 쉬어 있었다. 고개를 돌려 지은의 얼굴을 들여다봤다. 찌푸린 눈에 눈물이 고여 있었다. 고인 눈물은 곧 눈초리를 타고 귓바퀴 속으로 흘러들어갔다. 말을 더듬던 어린시절 이후로는 지은이 우는 모습을 본 적이 없었다. 그런 지은의 눈물을 보자 서운함이나 원망, 혹은 미안함이나 고마움 따위의 감정들은 순식간에 사라지고 그저 안타깝기만 했다. 나는 지은 쪽으로 한걸음 움직여 여전히 고개를 쳐들고 해를 바라보고 있는 지은의 몸을 가만히 안아주었다. 눈이 무척 부실 텐데, 고개도 아플 텐데, 눈밑의 기미도 더욱 짙어질 텐데…… 지은을 안은 팔에 점점 더 힘이 들어갔다. 그러나 지은은 처음 자세 그대로 움직이지 않았다.

"내가 아기를 키우는 게…… 정말 그렇게…… 무모한 일일까?"

한참 뒤에야 쳐들었던 고개를 숙이며 지은이 물었다. 뭐라고 대답해주면 좋을지 알 수 없었다. 마음 같아서는 당연히 무모한 일이라고, 절대로 있어서는 안될 일이라고, 그런 일은 아예 꿈도 꾸지 말라고 하고 싶었지만, 가을 햇볕에 어느새 벌겋게 익어버린 얼굴로 눈물바람을 하고 있는 지은의 모습을 보자 선뜻 입이 떨어지지 않았다.

"사라진 음식 때문이 아니야. 어젯밤 내가 최선생님께 결국…… 약속을 지킬 수 없다고 말했거든. 그래서 그러는 거니까 신경 쓸 필요 없어."

밑도끝도없는 말이 이해가 안됐지만 무슨 일이냐고 캐묻지 않았다. 필요하다면 지은이 이야기해줄 것이다. 나는 아무 말 없이 지은의 작은 어깨를 토닥이고 강파른 등을 가만가만 쓸어주었다. 아침나절 나를 위로하던 손길이 그랬던 것처럼 말이다.

"네가 돌아갔으면 좋겠어. 돌아가서 지난 일들은 다 잊고 다시 시작했으면 좋겠어. 난 그럴 수 없지만, 넌 나랑은 다르잖아. 너까지 계속 이런 상태로 시간을 흘려보내다보면 점점 더 나빠지기만 할 뿐이야. 너도 알잖아."

말을 마친 지은이 가만히 내 품에서 제 몸을 뺐다. 지은의 말이 맞았다. 언제까지나 이곳에 머물며 시간을 흘려보낼 수만은 없었다. 언젠간 서태지와 함께 완전히 새로운 세상으로 떠나겠지만, 그래도 그전까지는 나 역시 다른 사람들과 다를 바 없는, 설령 아무도 인정해주지 않는다 해도, 이 지긋지긋한 세상의 일원일 뿐이다. 그러나 지금 당장 내가 어떻게 하면 좋을지는 여전히 모르겠다. 아빠처럼 나도 '어떻게 하지' 병에 걸려버린 것만 같았다. 이전에도 지은은 여러번 집으로 돌아가라고 말했다. 나는 그때마다 그 말을 대수롭지 않게 흘려들었다. 그러나 이번만은 그럴 수가 없었다. 어제오늘 지은에게 들은 돌아가라는 말은 그애의 눈물만큼이나 낯설고 무겁게 느껴졌다. 나는 좀 멍해진 기분으로 물기 그득한 지은의 눈을 쳐다보았다. 지은 역시 벌겋게 충혈된 눈으로 나를 바라보았다. 가을 햇살과 바람, 그리고 그속에서 웅성거리는 나뭇잎들의 움직임마저도 전혀 느껴지지 않았다. 마치 우리를 둘러싸고 가혹하게 흐르던 시간이 멈춰버리기라도 것처럼 현실 속의 모든 존재들이 아득해졌다. 우리는 그렇게, 내리쬐던 가을 햇볕이 완전히 사그라지도록 마당 한가운데 마주 서 있었다. 배불뚝이가 뒤뚱거리며 다가와 지은에게 매달리지 않았다면 언제까지 그렇게 서 있었을지 모를 일이었다.

식사시간 내내 최선생은 지은 옆에 붙어서 온갖 잔소리를 늘어놓았다. 지은은 묵묵히 평소처럼 느린 속도로 밥과 반찬들과 국을 먹었다. 나는 하얗게 질린 얼굴로 꾸역꾸역 떠먹는 지은을 바라보며, 결국엔 돌아갈 수밖에 없을 세상에 대해 생각했다. 집안의 패물이라도 훔쳐내지 않고서는 도저히 감당할 수 없을 정도로 삥을 뜯기고, 온몸의 멍이 가실 날 없이 다구리를 당하고, 심지어 얼굴 길쭉한 양아치새끼에게 강간까지 당해도 하소연할 곳 하나 없었던 세상, 뜻밖의 임신으로 혼란을 겪고 있는 열일곱살짜리 임신부에게 아무런 해결책도 제시해주지 않았던 세상, 만년 왕따인 슈퍼울트라 개량돼지와 후까시 만땅 학년 짱이 친구라는 사실을 결코 인정해주지 않았던 세상에 대해서 말이다. 서태지에게 그랬듯, 세상은 우리에게도 지나치게 가혹하기만 했다. 꼬리를 무는 생각들이 부글부글 끓어올랐다. 나는 슬그머니 젓가락을 내려놓았다. 공기에 삼분의 일가량만 담은 밥이 거의 그대로 남았지만, 도저히 더는 먹을 수가 없었다. 오늘처럼 젓가락이 무겁게 느껴지는 날도 없었던 것 같다. 누군가 녹이 잔뜩 슨 칼로 심장을 쑤석거리는 것만 같았다.

식사가 끝나자, 최선생은 저녁산책을 생략하겠다는 의외의 말을 했다. 임신부들은 이례적인 상황에 당황한 듯 웅성거렸다. 그러나 최선생은 임신부들의 반응에는 아랑곳하지 않고 지은을 향해 따라오라는 말을 남긴 채 주방에서 나갔다. 신경질적으로 잔소리를 늘어놓던 조금 전까지와는 달리 차분하고 냉랭한 말투였다. 웅성대던 임신부들이 일시에 입을 다물었다. 그때까지도 고개를 푹 숙이고 있던 지은이 조용히 자리에서 일어나 최선생의 뒤를 따라나갔다.

"아침부터 계속 왜들 저런대? 가뜩이나 소화 안돼죽겠는데!"

누군가의 나지막한 투덜거림을 기점으로 임신부들이 다시 웅성거리기 시작했다. 잔뜩 부어터진 얼굴로 앉아 있던 이미영이 가장 먼저 자리에서 일어나 방으로 들어갔다. 배불뚝이는 입을 꾹 다문 채 최선생과 지은이 사라진 현관문만 노려보았다. 두 시간쯤 후 지은이 돌아올 때까지 배불뚝이는 꿈쩍도 하지 않고 처음의 표정과 자세 그대로 식탁머리를 지켰다.

베개를 포개놓고 벽에 기대앉아 손뜨개를 하던 이미영이 배를 움켜잡았다. 나는 맞은편 벽에 기대앉아 손가락의 거스러미를 뜯고 있었다. 갑작스러운 상황에 놀라 이미영에게 다가갔지만 선뜻 말 붙일 엄두가 나지 않았다. 배를 움켜잡은 채 웅크리고 있는 이미영 옆에 엉거주춤 쭈그려앉았다. 그리고 조심스레 그녀의 어깨를 잡았다.

"왜 그래요? 괜찮은 거예요?"

"상관 말고 저리 가!"

이미영이 나를 밀치며 미간을 찌푸렸다. 가볍게 밀린 것뿐이었는데도 몸을 지탱하고 있던 손목이 힘없이 꺾이면서 옆으로 나뒹굴고 말았다. 짜증과 불친절이 몸에 밴 사람을 대할 때는 어떻게 해야 하는 것일까. 세상이 나와 같은 종류의 인간에게는 한없이 불친절하기만 하다는 사실을 깨닫던 순간부터 끊임없이 고심해왔지만, 여전히 그 방법을 잘 모르겠다. 덕분에 사람들의 이유없는 불친절에 번번이 상처를 입곤 했다. 매번 아무렇지도 않은 척해왔지만, 사실은 그때그때 거짓말로 스스로를 속여온 것뿐이다. 자기최면은 내가 히끼꼬모리가 되지 않고 세상을 견딜 수 있는 유일한 방법이었다. 히끼꼬모리는 결코 어디로도 떠날 수 없는 존재였다. 나는 거대한 히끼꼬모리가 되어 집구석에 처박힌 채 생을 마감하고 싶지 않았다. 접질린 손목이 시었다. 방바닥에 널브러진 채로 시큰대는 손목을 꼭 그러쥐었다. 이미영은 아무 일도 없었다는 듯 일어나 앉았다. 그리고 다시금 뜨개질을 하기 시작했다. 정말로 아무 일도 없었던 것처럼 무표정한 얼굴이었다.

처음에는 그저 시큰대는 정도였던 손목은 시간이 흐르자 부어오르기 시작했다. 이미영은 여전히 빠른 손놀림으로 뜨개질에 몰두했다. 화를 내야 마땅한 상황이었지만 이상하게도 화가 나지는 않았다. 어쩐지 허탈한 마음이 들어, 한동안 멍하니 이미영의 빠른 손놀림과 무표정한 얼굴을 번갈아 바라보다 방에서 나왔다.

이미영이 다시금 쓰러지는 장면을 목격하지는 못했다. 화장실에서 부어오른 손목에 꽤 오랫동안 찬물 찜질을 한 뒤 방으로 돌아왔을 때, 이미영은 이미 정신을 반쯤 놓은 상태였다. 그녀는 식탁보인지 이불인지 알 수 없는 물건을 움켜쥔 채 모로 쓰러져 있었다. 나는 허둥지둥 그녀를 안아 일으켜보려 했지만 욱신대는 손목 때문에 쉽지 않았다. 간신히 몸을 반쯤 일으켜 안고 이미영의 뺨을 때렸다. 땀으로 번들대는 얼굴이 잔뜩 일그러져 있었다.

"언니, 정신 차려요! 왜 그래요, 네?"

이미영은 얼굴을 한층 심하게 일그러뜨릴 뿐 아무런 반응도 보이지 않았다. 거듭 뺨을 때리고 몸을 흔들어보았지만 소용없었다. 이미영의 하늘색 잠옷이 붉게 물든 것을 발견한 것은 그녀의 손에서 그때껏 움켜쥐고 있던 뜨개질감을 억지로 빼냈을 때였다. 잠옷은 물론 이부자리까지도 붉게 물들인 선혈에 놀라 나도 모르게 안고 있던 이미영의 몸을 밀쳐내고 말았다. 식탁보인지 이불인지 알 수 없는 물건을 던지듯 내팽개치고 방에서 뛰쳐나왔다. 자정이 가까워오는 시각이어서 둥지 안은 쥐죽은 듯 고요하기만 했다. 굳게 닫힌 방문들을 바라보았다. 그러나 그중 어떤 문도 두드릴 엄두가 나지 않았다. 가뜩이나 출산에 대한 불안감에 시달리고 있는 임신부들에게 보일 만한 광경이 아니라는 생각이 들었던 것이다.

마당을 가로질러 뛰어가는 동안 두 번이나 넘어질 뻔했다. 1분도 채 되지 않는 시간이었지만 수많은 생각들이 우르르 떠올랐다 사라지기를 반복했다. 이미영은 둥지의 어느 임신부보다 뜨개질을 잘했다. 지금 뜨고 있는 물건 외에도 앙증맞은 모자와 손싸개, 턱받이는 물론 아기가 서너살은 되어야 입힐 수 있을 것 같은 조끼와 스웨터까지 여러벌 떠놓았다. 뜨개질뿐만이 아니었다. 다양한 무늬의 천조각들을 이어 포대기와 아기용 요를 만들었고 도넛 모양의 짱구베개까지 직접 만들었다. 그녀는 아기에게 줄 물건을 만드는 일로 대부분의 시간을 보냈다. 마치 그것을 만들기 위해 존재하는 사람 같아 보일 정도였다. 뜨겁게 달궈진 숟가락을 입에 문 것

처럼 입안이 타들어가다 못해 목구멍까지 쩍 눌어붙는 기분이었
다. 건물 입구에 이르러 기어이 넘어지고 말았지만 아픈 줄도 모르
고 벌떡 일어났다. 전면에서 보이는 건물의 불은 모두 꺼져 있었다.
건물 뒤편에서 희미한 불빛이 어른거렸다. 최선생과 김선생이 묵
는 이층 숙소의 불이 켜져 있는 모양이었다. 서둘러 현관문을 밀었
다. 불이 꺼진 로비에서 숨을 한번 고른 뒤 숙소가 있는 이층을 향
해 계단을 오르기 시작했다.

층계참에 이르렀을 때 두런거리는 소리가 들려왔다. 한시바삐
이미영의 상태를 알려야 한다는 생각에 걸음을 더욱 빨리했다. 계
단을 다 올라 복도 쪽으로 꺾어들어서자 희미하게 들려오던 말소
리가 한결 뚜렷해졌다. 말소리는 복도 끝 방에서 가는 빛줄기와 함
께 새어나오고 있었다. 서둘러 불빛이 새어나오는 방 쪽으로 갔다.

"네, 보내주신 건 잘 받았어요. 좋은 곳에 감사히 쓰도록 하겠습
니다. 지은이 걔가 그렇게 생각없는 애가 아닌데, 갑자기 속을 썩이
는 바람에…… 그럼요. 아이는 건강합니다. 식단에서부터 생활습
관까지, 싸이즈 정확히 빼서 관리하고 있으니까 아무 걱정 마세요.
체계적인 플랜이야말로 제 자랑거리라는 거 잘 아시잖아요."

방문을 두드리려다 멈칫했다. 최선생의 목소리였다. 한껏 들뜬
듯한 목소리 톤이 평소보다 높아 낯설게 느껴지기는 했지만 최선
생이 틀림없었다. 그리고 그녀는 누군가와 지은에 대해 이야기하
고 있었다. 거칠게 몰아쉬던 숨을 가까스로 죽인 채 귀를 기울였다.

"제 선에서 조용히 해결했어야 하는데, 공연한 걱정을 끼쳐드린
것 같아서 면목이 없네요. 애가 갑자기 엇나가는 통에 상의드린 건

데, 이렇게까지 마음을 써주시니 그저 감사할 뿐이에요. 그럼요. 쎄팅 다 끝난 마당에 이제 와서 못 내놓겠다는 게 말이나 되나요. 애가 아직 어려서 물정 모르고 까부는 거지, 제까짓 게 뭘 어쩌겠어요. 여차하면 애 부모랑 연락을 시도해볼 수도 있고요. 예? 아이고, 그럼요. 그렇게까지 시끄러워지면 안되죠. 그렇기 때문에 댁에서도 저 같은 사람을 통해 일을 추진하고 계신다는 거, 잘 알고 있습니다. 무슨 일이 있어도 딴소리 못하게 단속할 테니까, 아무 걱정 마세요. 그나저나 운이 참 좋으세요. 산모 보셨잖아요. 외모는 물론이려니와 아이큐에 이큐, 지큐, 거기다 엠큐까지, 그만한 애 구하기 정말 어려운 일이죠. 태아 조건까지 완벽한데다가 상태도 아주 좋아요. 이렇게 맞춘 듯이 딱 떨어지기도 쉽지 않은데, 저도 놀랐다니까요. 이건 거의 기적 같은 일이라고 보시면 될 거예요. 그럼요. 일은 틀림없이 마무리하겠습니다."

허리를 짚고 서서 조심스레 숨을 몰아쉬었다. 낮에 본 지은의 눈물이 떠올랐다. 뻑뻑한 목구멍을 타고 뜨거운 숨이 꿀렁꿀렁 넘어오는 듯한 느낌이었다. 눈물이 솟구쳤고 가슴이 답답해졌다. 주먹으로 가슴을 쳐보았다. 그런다고 꽉 막힌 가슴이 시원해질 리 없다는 것을 알면서도 달리 방법을 찾을 수 없었다. 아랫도리를 피로 물들인 채 널브러져 있던 이미영의 모습도 떠올랐다. 지체할 시간이 없었다. 가슴을 두들기던 주먹으로 숙소의 문을 두들겼다. 아무리 두들겨도 뚫릴 것 같지 않던 가슴과는 달리, 숙소의 문은 이내 열렸다. 한꺼번에 쏟아져나오는 불빛 속에서 누군가 모습을 드러냈지만, 눈에 가득 고인 눈물 탓에 시야가 뿌옇게 흐려 잘 보이지 않았다. 가슴과 문을 두들기던 주먹으로 이번엔 눈물을 훔쳐냈다. 비로소 맑아진 시야 속으로 마주 선 사람의 얼굴이 또렷하게 들어왔다. 빛과 어둠의 경계에서 나를 올려다보고 있는 사람은 김선생이었다. 김선생의 모습을 확인하는 순간 갑갑하게 죄어들던 심장이 툭, 떨어져버리는 것만 같았다. 다리에 힘이 풀려 그대로 주저앉고 말았다.

"어이구, 얘가 왜 이런댜. 이 시간에 여서 대체 뭐허는 거라니, 응? 왜 이랴? 얘, 아가! 정신 챙기고 말을 혀야 쓰지!"

김선생은 나의 커다란 몸뚱이를 흔들어대다 끝내는 등허리를 철썩 때렸다. 나는 김선생의 야윈 팔뚝을 붙잡으며 멀찌감치 떨어져서 있는 최선생을 건너다보았다. 최선생은 미심쩍은 표정으로 나를 훑어보다 눈이 마주치자 슬그머니 시선을 피했다.

"미영언니가 쓰러졌어요. 피를 많이 흘려요."

김선생의 도움으로 간신히 몸을 일으켜 숙소로 들어서며 말했다. 여전히 다리에 힘이 붙지 않아 벽에 기대설 수밖에 없었다.

"뭐? 미영이가? 어딜 얼마나 다쳤는데? 혹시 하혈을 한다는 거니? 구급차는 불렀어? 아니, 넌 지금 그런 애길 그렇게 느긋하게 하고 있었단 말이야?"

최선생이 숙소 입구를 막고 서 있는 나를 한쪽으로 밀치며 뛰쳐나갔다. 그 바람에 휘청하는 나를 김선생이 붙잡아주었다. 나는 김선생의 손을 뿌리쳤다.

"구급차 못 불렀어요. 선생님이 대신 좀 불러주세요."

힘없이 중얼거린 뒤 휘청휘청 숙소를 빠져나왔다. 복도를 지나 계단 쪽으로 꺾어지려 할 때 복도와 계단의 불이 환하게 켜졌다. 뒤를 돌아보았다. 복도 끝에서 김선생이 나를 바라보고 서 있었다.

5

앙증맞은 모자와 턱받이의 주인인 아기는 결국, 그것들이 필요 없을 곳으로 떠났다. 출산예정일을 겨우 5주 남겨두고, 이미영은 아기를 흘려보내고 말았다. 그리고 아기와 함께, 다시 아기를 가질 기회까지 영영 잃어버렸다. 벌써 열흘째 입원중인 이미영에 관한 소식들은 주로 배불뚝이에 의해 둥지로 전해졌다. 최선생은 임신부들에게 되도록이면 병원에 가지 말라고 당부했다. 이미영이 원하지 않을뿐더러, 가뜩이나 다가올 출산과 그후의 생활에 대한 불안감에 시달리고 있는 임신부들에게도 좋을 것 없다는 게 이유였다. 최선생의 당부 때문인지, 임신부들은 툭하면 삼삼오오 모여앉아 눈물을 찍어내면서도 선뜻 병문안에 나서지는 않았다. 지은 역시 다소 멍한 표정으로 눈물을 찍어내는 임신부들의 모습을 지켜보기만 할 뿐이었다. 오로지 배불뚝이만이 하루도 빠짐없이 이미영이 입원해 있는 병원으로 갔다. 매일 아침 모두의 만류를 뿌리치고 부득불 혼자서 둥지를 나서는 배불뚝이의 모습에선 단순한 호기심이나 걱정보다는 생존에 대한 강한 집착 같은 것이 느껴졌다. 이미영과 임신 주차가 비슷한 배불뚝이가 가장 두려워하는 것은 이미영의 아기가 사산되었다는 사실이 아닌 것 같았다. 첫날 병원에서 돌아온 배불뚝이가 다른 이야기는 다 제쳐두고, 이미영이 수술 도중 죽을 뻔했는데도 따로 연락할 만한 사람이 하나도 없었다는 말만 반복한 것을 보면 말이다. 하긴, 겨우 열네살에 생각지도 못한 임신을 한 채로 가족들에게까지 외면당한 어린 임신부에게 그보다 더 두려운 일이 무엇이겠는가. 태반조기박리에 의한 사산, 그리고 혈액응고장애로 인한 자궁적출. 의사가 내린 진단은 명료했다. 그러나 태 안에서 별다른 문제 없이 34주를 꽉 채운 아기를 갑작스런 죽음으로 몰고 간 태반박리의 원인은 분명치 않았다. 그 와중에도 지은은 수시로 관리동을 들락거렸고, 최선생은 툭하면 대수로울 것 없는 꼬투리를 잡아 지은을 몰아세웠다. 그사이 내 체중은 4킬로그램이 더 늘어 세 자릿수로의 회귀를 코앞에 둔 지경에 이르고 말았다. 새로 산 트레이닝복 바지가 너무 끼는 바람에 수시로 엉덩이 부분을 잡아빼는 나를 보며, 둥지의 임신부들은 너나할 것 없이 다이어트는 포기한 거냐고 물었다. 그날 이후로는 폭식도 하지 않았고 식사량 역시 조절한다고 하고 있는데도 체중은 계속해서 늘었다. 까페에 고민을 털어놓자 아나들은 초심으로 돌아가 철저한 자기검열을 해볼 것과 음식을 섭취한 후엔 반드시 구토할 것을 권유했다. 이대로 모든 것이 끝나버리는 것은 아닐지 시간이 흐를수록 불안감은 더해갔다.

김선생이 이미영의 아기용품들을 하나씩 태우기 시작했다. 뒷마당 한구석에 마련된 소각장으로 임신부들이 모여들었다. 몇몇 임신부들은 이미영에게 묻지도 않고 그러는 법이 어디 있느냐며 항의하기도 했지만 소용없었다.

"가지고 있어봐야 두고두고 가슴만 후벼대지. 제손으로 태우게 하는 것보담은 훨씬 나니께 암 말두 말어."

김선생은 부지깽이로 불길 속을 헤집는 틈틈이 거칠고 뭉툭한 손으로 눈물을 훔쳐냈다. 나는 그런 김선생의 모습을 지켜보면서 그날 밤 빛과 어둠의 경계에 서 있던 그녀의 얼굴을 떠올렸다. 김선생은 그동안 최선생에게 동조해온 것일까. 아니면 단지 묵인하고 있었던 것일까. 동조와 묵인에는 도대체 어떤 차이가 있는 것일까. 어쨌든 김선생이 그 모든 사실을 알고 있었다는 점만은 분명했다. 김선생이 동그란 짱구베개를 불길 속에 던져넣었을 때 지은이 다가와 슬며시 내 팔을 잡아끌었다. 나는 지은의 손에 이끌려 불길을 에워싸고 있는 임신부 무리에서 빠져나왔다. 지은은 뒷마당을 완전히 벗어나 장독대 근처에 이르러서야 내 팔을 놓았다.

"여기서 나가야겠어."

지은이 발끝으로 잔디가 깔린 마당을 콕콕 찍어 파내며 말했다. 얼굴이 하얗게 질린 탓에 주근깨와 기미가 더욱 도드라져 보였다. 머릿속으로 남은 돈의 액수를 헤아려보았다. 둥지에 온 이후 거의 쓰지 않았다고는 해도 겨우 삼십만원 남짓이 전부였다. 지은은 얼마나 가지고 있을지 궁금했지만 묻지 않았다. 물으나마나 얼마 되지 않을 것이 뻔했다. 한숨이 절로 나왔다.

"언제, 어디로 갈 건데? 생각해둔 곳은 있어?"

여전히 마당을 파헤치고 있는 지은의 발끝을 바라보며 물었다. 그러나 지은은 아무런 대답도 하지 않은 채 마당을 파헤치는 일에만 골몰했다. 답답했지만 다그칠 수가 없었다. 지은이 이렇게 갑작스레 둥지를 떠나려는 이유는 충분히 짐작할 수 있었다. 그러나 그런 지은을 말려야 할지 그냥 둬야 할지 판단이 서지 않았다.

"괜찮겠어? 그 몸으로…… 너야말로 집으로 돌아가는 게 어때?"

내가 다시 말을 이었다. 지은은 그제야 움직임을 멈추고 고개를 들었다. 나는 공연히 움찔해 지은의 눈치를 살폈다. 화가 난 것 같지는 않았지만 여전히 입을 꾹 다문 채 아무런 말도 하지 않았다.

"미영언니 말이야, 다음주에 퇴원한대. 그때 다시 얘기할게. 어쨌든 여기서 곧 나갈 거니까 그렇게 알고 있어."

한참동안이나 내 얼굴만 골똘히 바라보던 지은이 뜻밖의 말을 꺼냈다.

"이미영 말이야? 그 여잔 또 왜?"

의아한 마음에 되물었다. 그러나 지은은 이번에도 대답해주지 않았다. 지은이 뒷마당으로 돌아간 뒤, 나는 지은이 발끝으로 파헤쳐놓은 땅을 꾹꾹 눌러 밟았다. 움푹 팬 자국은 대충 메웠지만 땅과 함께 파헤쳐진 채 아무렇게나 짓이겨진 잔디 때문에, 결 곱던 잔디마당에는 작지만 보기 흉한 흠집이 남고 말았다. 지은과 이미영이 각별한 사이였던가. 지난 시간들을 돌이켜봤다. 그러나 별로 떠오르는 것이 없었다. 내가 이미영에 대한 불만이나 험담을 늘어놓을 때마다 속까지 나쁜 사람은 아니니 오해하지 말라며 이미영을 두둔하기는 했지만, 그건 다른 사람들에 대해 이야기할 때도 마찬가지였다. 그렇다고 지은이, 배불뚝이와 그런 것처럼 이미영과 눈에 띄게 붙어지낸 것도 아니었다. 아무리 돌이켜봐도 지은과 이미영 사이에는 어떤 연결고리도 없었다. 도대체 이미영의 퇴원과 우리가 이곳을 떠나는 일이 무슨 상관인지 이해가 되지 않았다.

여느 날들과 다를 바 없는 시간이 흘러갔다. 임신부들은 최선생이 자랑하던 체계적인 플랜에 완벽하게 길들여진 모습으로 먹고 입고 걷길 반복했다. 나 역시 그녀들의 모습을 지켜보는 것이 더이상 불편하지 않았다. 불편하기는커녕, 그런 기괴한 광경이 익숙하게 느껴졌다. 상황에 대한 이해와는 아무런 상관없이 사람은 길들여질 수 있는 존재라는 사실을 절감할 수밖에 없었다.

"미영언니 말이에요, 퇴원하고 나서 만약 여기로 온다면 언제까지 있을 수 있는 거죠?"

평소와 똑같은 식사시간이 끝나갈 무렵, 지은이 갑작스레 입을 열었다. 배불뚝이를 제외한 모두의 시선이 지은에게로 쏠렸다. 배불뚝이는 국그릇에 코를 처박다시피 한 채 남은 국물을 떠먹고 있었다. 다른 때 같았으면 지은의 말 한마디 한마디에 가장 적극적으로 반응했겠지만, 이미영의 사고 이후로는 매사에 시큰둥한 태도로 일관하고 있었다. 배불뚝이의 관심사는 오로지 이미영뿐인 듯했다. 이미영의 무사에 자신의 미래가 달려 있기라도 한 것처럼 수시로 그녀의 상태를 체크했고, 안녕을 기원하는 일에 하루를 온통 쏟아부었다. 김선생에게 기도하는 방법을 배웠다던 어느날엔 장독대 앞에서 두 손을 모은 채 종일 허리를 굽혀가며 반복해서 절을 하기까지 했다. 지은은 그런 배불뚝이의 행동이 못마땅한 듯 혀를 찼지만 굳이 말리지는 않았다.

"글쎄. 일단은 회복속도를 고려해야겠지만, 그리 오래 머물지는 않을 거야. 그게 규칙이라는 건, 너도 알잖니?"

최선생의 눈초리가 다시금 샐쭉해졌다. 국을 다 떠먹은 배불뚝이가 고개를 들었다. 그리고 탁, 소리가 나도록 거칠게 수저를 내려놓았다.

"아기를 못 낳았다고 바로 쫓아내겠다는 거예요? 돌봐줄 식구 하나 없이 혼자서 죽다 살아난 사람을요? 미영언니는 선생님이 선택한 사람이었잖아요. 그런데도 그런 식으로 내쫓겠다는 거예요?"

모두의 시선이 이번에는 배불뚝이를 향했다. 최선생의 얼굴에 당황한 빛이 역력했다. 지은마저도 입을 다물지 못했다. 생각없이 나댈 줄만 아는 배불뚝이의 입에서 나왔다고는 도무지 믿기지 않는 말을 기점으로, 가뜩이나 불안하던 주방 공기가 술렁이기 시작했다. 한동안 입을 쩍 벌린 채 배불뚝이를 쳐다보던 임신부들이 웅성거렸고 개중에 몇몇은 눈물바람을 하며 훌쩍대기까지 했다. 최선생이 동요하는 임신부들을 제지시키려 크게 박수를 쳤지만 소용없었다. 그러자 식사시간 내내 씽크대 앞에서 엉거주춤 서 있던 김선생이 나서서 식탁을 치우기 시작했다. 나도 서둘러 자리에서 일어났다. 그 바람에 식탁의자가 요란한 소리를 내며 뒤로 넘어가고 말았다. 나는 허둥지둥 의자를 일으켜세운 뒤 빈 그릇들을 치웠다. 지은 앞에 놓인 그릇을 치우기 위해 다가갔을 때, 식탁 밑으로 배불뚝이의 손목을 꼭 쥐고 있는 지은의 손이 보였다. 배불뚝이는 여전히 씨근거리며 최선생을 노려보고 있었다.

"다들 일어나! 어서 안 일어나? 빨리 일어나서 각자 방으로 가!"

최선생이 악을 쓰듯 소리쳤다. 그제야 웅성거림을 멈춘 임신부들이 주춤주춤 자리에서 일어났다. 그리고 최선생이 다시 크게 박수를 치자 느릿느릿 주방을 빠져나갔다. 다른 임신부들이 각자의 방으로 다 돌아간 뒤에도 배불뚝이는 식탁머리에 버티고 앉아 있었다. 지은이 최선생에게 불려갈 때마다 그랬던 것처럼, 이번에도 절대로 일어나지 않을 기세였다. 지은이 그런 배불뚝이를 일으켜 세우려 안간힘을 쓰고 있었다.

"내가 선택한 사람이라니, 너 그게 무슨 소리야."

최선생이 굳은 얼굴로 물었다. 지은이 기어이 배불뚝이의 등허리를 후려쳤다. 그때까지도 씨근거리던 배불뚝이는 그제야 맥이 탁 풀린 표정으로 자리에서 일어났다. 지은은 배불뚝이를 끌고 주방에서 나갔다.

"얘들이 번갈아가며 왜 이렇게 속을 썩이나 모르겠네. 이지은! 하영이 방에 들여보내고 넌 사무실로 와. 알았니?"

최선생은 주방을 나서는 지은의 뒤통수에 대고 소리쳤다. 김선생이 남은 반찬들을 모조리 싱크대에 쏟아붓다 움찔했다. 넋이 반쯤은 나간 듯한 표정이었다. 이미영 역시 지은과 마찬가지로 최선생이 선택한 사람인 모양이었다. 선생님이 선택한 사람,이라는 말을 내가 제대로 이해했다면 말이다. 그리고 배불뚝이는 김선생과 마찬가지로 그 모든 사실을 알고 있었다. 어쩌면 둥지 안의 모두가 알고 있는지도 모를 일이었다. 갑자기 둥지가 살아움직이는 하나의 거대한 생명체처럼 느껴졌다. 그리고 지은을 비롯한 임신부들은 모두, 그 거대한 생명체의 뱃속에서 짓이겨지고 뒤섞이길 반복하며 서서히 소화되고 있는 것만 같았다. 멀리서 바라보면 매끈하게 빛나지만 가까이 들여다보면 수많은 크레이터가 존재하는 어느

먼 세계처럼, 둥지는 스스로의 모습을 철저히 감춘 채 태연스레 바깥세상과 공전하고 있는 것이다. 바깥세상의 누구도 그 존재를 수상히 여기지 않는 것은, 어쩌면 당연한 일인지도 몰랐다.

배불뚝이를 진정시킨 뒤 관리동으로 건너간 지은은 밤이 깊도록 돌아오지 않았다. 다른 때 같았으면 주방을 정리하자마자 숙소로 건너갔을 김선생은 늦도록 둥지에 남아 있었다. 나도 방으로 들어가지 않고 김선생 옆을 지켰다. 그녀가 무슨 말이든 해주길 바랐기 때문이다. 변명이든 설명이든 상관없었다. 그저 어떤 식으로든 그녀가 나를 이해시켜주었으면 좋겠다는 마음뿐이었다. 세상의 냉대가 얼음처럼 박혀 있던 가슴을 잠시나마 따뜻하게 덥혀주었던 늙은 여자의 눈물과 '아가' 소리를, 가능하면 오랫동안 추억하고 싶었다. 그러나 김선생은 입을 꾹 다문 채 텔레비전의 채널만 이리저리 돌려댔다. 김선생에게서 리모컨을 뺏어 텔레비전을 껐다. 그와 동시에 둥지에는 무거운 침묵이 내려앉았다. 마치 세상의 모든 소리가 일순간에 소거된 것 같았다. 김선생이 초점을 잃은 눈으로 나를 바라봤다. 배불뚝이를 비롯한 임신부들은 각자의 방에 처박힌 채 꿈쩍도 하지 않았다. 어찌된 일인지 화장실에 가는 사람조차 없었다. 밤낮을 가리지 않고 쉴새없이 들락거리는 통에 화장실을 둘러싼 크고작은 소란이 끊이지 않았던 평소의 모습을 생각하면 이해하기 힘든 일이었다. 혹시 둥지의 왕성한 소화력을 견디지 못한 임신부들이 그새 완전히 삭아 사라져버리기라도 한 것은 아닌지 의심스러울 정도였다.

"살다보믄, 알아도 모르는 척해야 쓰는 일도 있는 겨."

김선생이 무거운 침묵을 가르며 나지막이 뇌까렸다. 그러고는 무릎을 짚으며 힘겹게 일어서서 펑퍼짐한 일바지를 탁탁 털었다. 나는 멀거니 앉아 김선생이 하는 양을 바라봤다.

"그동안 여길 거쳐간 애기들이 몇이나 되는가 아냐. 이나마도 읎는 것보담은 나으니께. 암만, 낫고 말고."

김선생은 현관 앞에 허리를 짚고 선 채로 몇마디 더 덧붙인 뒤 둥지를 나섰다. 변명이라기엔 너무 궁색했고 설명이라고 하기에도 무언가 미진했다. 어쩔 수 없는 일이어서 말리지 않았다는 뜻인지, 말리고 싶어도 말릴 수 없었다는 뜻인지조차 헷갈렸다. 김선생의 말을 천천히 곱씹어보았지만 끝내 결론을 내릴 수는 없었다. 하긴, 그 두 입장의 차이가 무엇인지조차 모호한 마당에 생각이 정리될 리 만무했다. 나는 들고 있던 리모컨을 내려놓고 일어섰다. 임신부들은 여전히 각자의 방에 틀어박힌 채 꿈쩍도 하지 않았다. 김선생의 입장이 어느 쪽인지는 판단할 수 없었지만, 둥지 안의 모두가 이 어처구니없는 상황을 충분히 인지하고 있다는 사실만은 확실해 보였다. 갑자기 뱃속이 짜르르했다. 약한 통증 후엔 극심한 허기가 몰려왔다. 아무래도 저녁을 먹는 둥 마는 둥 한 탓인 것 같았다. 주방으로 가 냉장고를 열어보았다. 혀를 면도칼로 베어서라도 먹지 말라던 여섯번째 계명이 떠올랐지만 체머리를 흔들며 우유팩을 집어들었다.

"우유 정도는 괜찮을 거야……"

자기위안인지 체념인지 모를 말이 신음처럼 흘러나왔다. 우유를 한 잔 가득 따라 단숨에 들이켰다. 두번째 잔을 따를 때는 허기에 버금가는 죄책감 때문에 뒷목이 뻐근할 지경이었다. 냉장고문을 다시 열었을 때, 달걀옷을 입혀 구워낸 토스트가 눈에 들어왔다. 낮에 임신부들이 먹다 남긴 간식이었다. 접시를 싼 비닐랩에 살짝 눌린 토스트가 먹음직스러워 보였다. 우유 때문에 축축해진 입가를 훔쳐낸 뒤 랩에 싸인 토스트를 손가락으로 살짝 눌러보았다. 토스트는 말랑했다. 갓 구워냈을 때만은 못해도 아직은 먹을 만해 보였다. 모든 일은 처음이 힘들 뿐, 그다음부터는 점점 더 쉬워지게 마련이다.

6

"야, 박유미! 지금 갈 거니까 짐 싸."

지은이 현관으로 들어서자마자 소리쳤다. 이미영에게 다녀오겠다며 둥지를 나선 지 채 한 시간도 되지 않은 때였다. 다듬은 콩나물을 김선생에게 넘겨주려다 갑작스런 지은의 목소리에 놀라 콩나물이 담긴 바구니를 엎고 말았다. 쏟아진 콩나물을 서둘러 바구니에 담아 김선생에게 건네준 뒤 지은에게로 갔다. 김선생도 콩나물 바구니를 받아든 채로 쫓아나왔다. 막 화장실에서 나오던 임신부 하나가 시선을 피하듯 고개를 수그린 채 방으로 들어가버렸다. 방으로 들어간 지은은 커다란 가방에 옷가지들과 화장품, 그리고 그동안 둥지에서 만든 아기용품 몇가지를 되는대로 쓸어담았다.

"한시까지 병원 앞으로 가기로 했어. 시간 없으니까 너도 얼른 준비해."

지은은 방문 앞에 멍하니 서 있는 나를 재촉했다. 지은의 재촉에 덩달아 마음이 급해졌다. 내 방으로 가려고 돌아섰을 때, 콩나물 바구니를 들고 서 있는 김선생과 눈이 마주쳤다. 당황한 기색이 역력했지만, 김선생은 나를 향해 천천히 고개를 끄덕여줬다. 나는 서둘러 방으로 가 옷을 갈아입고 짐을 싸기 시작했다. 올 때보다 짐이 늘어 배낭에 다 들어가지 않았다. 하는 수 없이 주방으로 가 김선생이 냉장고 옆 틈새에 끼워둔 쇼핑백을 꺼내왔다. 짐을 다 싸고 아무렇게나 묶은 머리를 풀어 다시 빗고 있을 때 지은이 들어왔다. 지은은 내가 싸놓은 짐을 흘끔 본 뒤 벽장 안에서 이미영의 캐리어를 끄집어냈다. 나는 벌떡 일어나 서랍장에서 이미영의 옷가지들을 전부 꺼냈다. 몇가지 안되는 화장품들도 가방 옆에다 옮겨놓았다. 그밖에는 책과 공책 몇권이 전부였다. 꽤 많았던 아기용품들은 김선생이 이미 다 태워버려 남아 있는 것이 없었다.

"쇼핑백에 든 건 뭐야? 일루 가져와. 이 언니 짐이 얼마 안돼서 여기다 같이 넣어도 되겠다."

지은이 이미영의 옷가지들을 챙겨넣으며 말했다. 지난달에 새로 산, 그러나 겨우 한 달 사이에 다시 작아져버린 트레이닝복과 입고 있던 티셔츠가 든 쇼핑백을 지은 쪽으로 밀어줬다. 세 사람의 짐을 싸는 데 채 이십분도 걸리지 않았다. 나는 배낭 하나와 큼직한 보스턴백, 그리고 중간 크기의 캐리어를 현관 밖으로 옮겼다. 지은이 전화로 택시까지 부르고 나자 비로소 둥지를 떠난다는 사실을 실감할 수 있었다. 김선생은 콩나물 바구니를 손에 든 채로 따라나와 우리를 지켜보고 있었다. 문득 최선생도 이 일을 알고 있는지 궁금해졌다.

"최선생님은? 우리 지금 가는 거 알아?"

"응."

지은은 내 말이 떨어지기 무섭게 대꾸했지만 건성인 것 같았다. 나는 연방 주변을 살피는 지은의 팔을 잡아흔들었다.

"왜 그래? 무슨 문제 있어?"

"하영이 때문에. 하영이 오기 전에 가야 돼. 걔 오면 시끄러워질 테니까 얼른 옮기자."

지은이 캐리어를 끌고 마당을 가로질렀다. 나는 배낭을 걸머멘 뒤 보스턴백을 들었다.

"하영이도 병원에 가는 거 같던데, 못 만났어?"

지은을 따라가며 물었다. 그러나 지은은 묵묵부답이었다. 둥지를 돌아봤다. 김선생이 우리를 쫓아오고 있었다. 잔디마당을 지나 양옆으로 황금색 금잔화가 한창인 꽃길 중간에서 지은이 멈춰섰다. 거친 숨을 씩씩대며 지은의 뒤를 따르던 나도 덩달아 걸음을 멈췄다. 지은이 돌아섰다.

"저희 가요. 나중에…… 아주 나중에 연락드릴게요. 그래도 괜찮죠?"

지은이 물기 가득한 목소리로 말했다. 지은의 시선이 향하는 곳에는 여전히 콩나물 바구니를 들고 있는 김선생이 서 있었다. 김선생은 아무런 대답도 하지 않았다. 그저 내게 그랬던 것처럼 천천히 고개를 끄덕여주었을 뿐이다. 지은이 다시 돌아서서 걷기 시작했다. 어쩐지 눈물이라도 왈칵 쏟아질 것만 같은 기분이었다.

택시는 얼마 지나지 않아 도착했다. 지은은 캐리어는 그대로 둔 채 혼자만 뒷좌석에 올라탔다. 하는 수 없이 내가 캐리어까지 끌고 택시 뒤쪽으로 가 섰다. 택시기사는 차에서 내리지 않고 트렁크문만 열어주었다. 트렁크에 가방들을 싣는데 기어이 눈물이 쏟아지고 말았다. 허리를 더욱 푹 수그리고 눈물을 훔쳐냈다. 한동안 트렁크에 고개를 처박은 채 우물쭈물하자 택시기사가 클랙슨을 울려댔다. 다시 한번 눈물을 훔쳐낸 뒤 트렁크문을 닫았다. 하얀 대문 앞에 서 있는 김선생이 내 쪽을 바라보고 있었다. 나는 서둘러 택시에 올라탔다.

"콜비랑은 별개로 들어오는 비용까지 계산해줘야 하는 건 알지?"

출발 직전 택시기사가 말했다.

"네."

지은이 짧게 대답했다. 병원으로 가는 중간에 최선생과는 잘 마무리된 거냐고 물었지만 지은은 대답하지 않았다. 배불뚝이 이야기를 꺼냈을 때 짧은 한숨을 내쉰 것 말고는 표정의 변화조차 없었다.

택시가 병원 앞에 도착하자 지은은 내게 입구에서 기다리라는 말만 남긴 채 서둘러 먼저 내렸다. 나는 트렁크에서 짐을 내린 뒤 배낭을 뒤져 택시비를 지불했다. 택시비는 콜비까지 합쳐 모두 이만사천원이었다. 터무니없이 비싸다는 생각이 들었지만 아무 소리도 하지 않고 달라는 대로 주었다. 십여분 후, 지은이 이미영을 부축하고 병원에서 나왔다. 그뒤로 배불뚝이가 바짝 따라붙었다. 그

새 얼마나 울었는지 배불뚝이의 얼굴은 물에 불은 만두처럼 푹 퍼져 있었다.

"언니들, 진짜로 나만 놔두고 가려고 했던 거야?"

배불뚝이가 내 앞에 놓인 세 개의 가방과 우리 세 사람을 차례로 쳐다보며 울먹였다.

"그럼, 지금 나더러 너까지 달고 가라는 거야? 무슨 고아원 차릴 일 있냐?"

이미영이 앞을 가로막고 선 배불뚝이를 향해 짜증스럽다는 듯 팔을 휘저으며 쏘아붙였다. 지은은 난감한 표정으로 배불뚝이를 바라봤다.

"언니가 그냥 가버리면 난 어떻게 해. 나 이제 곧 아기 낳을 건데, 혼자 어떻게 해. 응?"

배불뚝이는 연방 콧물을 들이마셔가며 훌쩍거렸다. 작고 깡마른 몸피 때문에 평소에도 도드라져 보이긴 했지만, 오늘따라 배불뚝이의 배가 유독 위태로워 보였다. 지은은 말없이 배불뚝이의 등을 토닥였다. 갑자기 배불뚝이가 컥컥대기 시작했다. 콧물을 들이마시다 사레라도 든 모양이었다. 지은은 울다 컥컥대길 반복하는 배불뚝이의 등을 툭툭 두드려주었다. 이미영은 잔뜩 찌푸린 얼굴로 지은과 배불뚝이의 모습을 쳐다보며 혀를 찼다.

"야, 얼른 가서 택시 잡아."

이미영이 내게 소리쳤다. 잠시 누그러졌던 배불뚝이가 또다시 울음을 터뜨리며 지은에게 매달렸다. 이미영이 배불뚝이를 떼어내려 하자 지은이 만류했다. 그리고 대책없이 엉겨드는 배불뚝이를 꼭 안아주었다. 커다랗게 부푼 배를 가진 임신부 둘이 얼싸안고 우는 모습이 이상해 보였는지 사람들의 시선이 모두 우리에게 쏠렸다.

"야, 뭐해! 택시 잡으란 소리 못 들었어?"

이미영은 다른 사람들의 시선이 불편한 듯 나를 재촉했다. 바닥에 내려놨던 배낭을 다시 걸머메고 보스턴백을 팔에 낀 채 캐리어까지 끌며 진입로 끝에 있는 택시정류장으로 갔다. 택시는 잡고 말고 할 것도 없었다. 줄지어선 택시들 중 가장 앞차로 가 기사에게 트렁크를 열어달라는 시늉을 했다. 이번에는 기사가 택시에서 내려 직접 트렁크에 짐을 실어주었다. 기사에게 고맙다는 인사를 건넨 뒤 병원 입구 쪽을 바라보았다. 그때까지도 세 사람의 구도에는 아무런 변화가 없었다. 지은과 배불뚝이는 얼싸안고 있었고 이미영은 그런 두 사람을 빤히 쳐다보며 무슨 말인가를 하고 있었다. 나는 기사에게 택시를 한쪽으로 빼달라고 부탁한 뒤 그녀들에게 갔다.

"택시 기다려. 빨리 와."

내 말을 들은 배불뚝이가 한층 서럽게 울부짖기 시작했다. 그 울음소리가 얼마나 컸는지, 이번에는 이미영마저 기겁을 해 배불뚝이를 달래기 시작했다. 병원 입구에서 택시가 서 있는 곳까지 나오는 내내, 배불뚝이는 지은에게 들러붙은 채 울부짖었고 이미영은 그런 배불뚝이를 끊임없이 타박했다.

"도착하는 대로 전화할게. 그리고 아기 낳을 때 꼭 연락해. 그러면 와서 같이 있어줄게. 이제 정말 가봐야 해. 그러니까 그만 울어. 약속할게."

"정말이야? 정말이지? 정말 약속 지킬 거지?"

배불뚝이가 거듭 확인했다. 지은은 같은 약속을 열 번도 넘게 하고서야 배불뚝이에게서 놓여날 수 있었다. 지은과 이미영이 먼저 뒷자리에 탔다. 택시에 타기 전, 주머니에 따로 넣어둔 돈 삼만원을 꺼내 배불뚝이에게 내밀었다. 나는 지은이 두번 다시 배불뚝이에게 연락하지 않으리라는 걸 알고 있었다. 이런 식의 약속은 원래 다 그렇게 깨어지게 마련이니까.

"버스 기다리지 말고 택시 타고 들어가."

배불뚝이는 내가 내미는 돈을 순순히 받아들었다. 그러곤 눈물이 그렁한 눈으로 나를 노려봤다.

"어디까지 가요?"

너무 오래 기다리게 한 탓인지 택시기사가 인상을 잔뜩 찌푸린 채 퉁명스럽게 물었다.

"터미널이요."

이미영이 짧게 대답했다. 그 대답을 끝으로, 우리는 둥지를 떠나왔다.

차고 날카로운 달

이미영이 나를 받아준 것보다 더욱 놀라운 점은 그녀가 우리와 같은 도시에 살았다는 사실이었다. 버스에서 내린 뒤 어떻게 할 생각이냐고 물으며 지은의 옆구리를 찔러보았지만, 지은은 별다른 대꾸 없이 다시 택시를 잡았다. 하는 수 없이 허둥지둥 세 개의 가방을 트렁크에 싣고 그녀들을 따라 택시에 올라탔다. 택시는 십여 분을 달려 오래된 집들이 빽빽한 주택가의 골목 앞에 우리 세 사람과 세 개의 가방을 내려놓고 떠났다. 제법 가팔라 보이는 골목은 좁고 구불구불했다. 우리집과는 도시의 반대쪽에 위치해 있긴 하지만, 그래봐야 마을버스로 삼사십분이면 충분할 거리였다. 수도권의 소도시에서 유치원과 초등학교, 그리고 중학교와 고등학교를 다닌 우리를 알아볼 만한 사람이 언제 어디서 튀어나올지 알 수 없는 일이었다. 더구나 지은이나 나나 눈에 띈다면 띄는 생활을 해온 터였다. 아무 말이 없는 지은과 이미영의 얼굴을 번갈아 바라보았다. 당황하는 나와는 달리 그녀들의 표정은 담담했다. 이미영이 천천히 오르막을 오르기 시작했다. 지은은 재빨리 불편한 몸으로 어기적거리는 이미영을 부축했고, 나는 세 개의 가방을 메고 들고 끌며 그녀들을 따라갔다. 을씨년스러운 주택가의 좁고 지저분한 골목길을 한참이나 돌고 돌아 도착한 곳은 낡은 다세대주택 앞이었다.

"여기서 기다려. 언니 데려다놓고 내려와서 같이 들어줄게."

지은이 세 개의 가방을 메고 들고 끄느라 낑낑대는 나를 돌아보며 말했다.

"삼층 끝집이야. 그냥 네가 천천히 옮겨. 임신부한테 그런 거 시키는 거 아니야. 그 정돈 알지?"

이번에는 이미영이 말했다. 나는 다급히 이미영에게 고개를 끄덕였다. 동시에 지은을 향해서는 팔뚝에 낀 보스턴백이 덜렁거릴 정도로 힘껏 손사래를 쳤다. 덕분에 고개를 끄덕이는 것도 손사래를 치는 것도 아닌, 이상한 모양새가 되고 말았다. 그 모습이 우스꽝스러웠는지 지은과 이미영이 동시에 웃음을 터뜨렸다. 나 역시 그런 그녀들을 보며 멋쩍게 웃었다. 여러모로 불안하기 짝이 없는 상황이었지만, 문득, 어쨌든 웃으면서 시작할 수 있게 돼서 다행이라는 생각이 들었다. 말이야 바른 말이지, 출산을 5주 남겨놓고 허무하게 아기를 흘려버린 노처녀와 출산을 겨우 두 달 앞둔 열일곱 살짜리 예비 미혼모, 그리고 폭식과 구토를 반복하며 줄였던 체중이 무서운 속도로 원상복귀중인 슈퍼울트라 개량돼지가 모여서 함께 웃을 수 있는 일이 어디 그리 흔하겠는가.

집에 온 지 일주일째 되던 날, 아침 일찍 진료를 받기 위해 산부인과에 간 이미영이 오후 늦도록 돌아오지 않았다. 어두워질 무렵부터는 십 분에 한 번꼴로 전화를 걸어봤지만 받지 않았다. 이미영은 여전히 잘 먹지도 자지도 못했다. 생각보다 회복속도가 더딘 것 같아 걱정하던 차에 연락조차 되지 않으니 온갖 불길한 생각이 다 들 수밖에 없었다. 지은과 나는 저녁도 먹지 못하고 그녀를 기다렸다. 다행히 아홉시가 조금 넘어 이미영은 별탈없이 돌아왔다.

"어디 갔던 거야? 전화는 왜 안 받은 건데?"

지은이 낡은 쏘파 위에 무너지듯 주저앉는 이미영을 향해 소리쳤다. 이미영은 아무렇지도 않은 표정으로 가방에서 두툼한 약봉지를 꺼내 탁자 위에 던져놓았다.

"야, 돼지! 물 좀 떠와라."

이미영이 가방을 베게 삼아 쏘파 위로 몸을 누이며 말했다. 낡고 지저분한 쏘파가 삐걱거렸다. 내가 부엌에서 서성거리는 동안에도 지은은 계속해서 이미영에게 잔소리를 퍼부어댔다. 그런 지은의 모습을 보고 있자니 기분이 묘해졌다. 잔소리를 퍼부어대는 지은이라니. 빛나는 후까시를 자랑하던 모습은 온데간데 없었다. 물잔을 가져다 탁자 위에 놓자 이미영이 힘겹게 몸을 일으켰다. 지은은 아예 이미영의 맞은편 바닥에 주저앉아 그녀를 지켜보고 있었다.

"일자리 구하러 다녔다, 왜! 집구석에서 턱 받치고 있으면 누가 공짜로 밥 먹여주는 줄 알아? 어쩔 수 없어서 너희 같은 골칫덩어리들을 떠맡긴 했지만 재워주는 거 이상은 나도 못해. 그러니까 니들 밥벌이는 각자 알아서 해. 못하겠으면 지금이라도 공밥 먹여줄 부모한테 돌아가든가."

지은의 눈빛이 날카롭게 빛났다. 지은은 무슨 말인가를 하려는 듯 입술을 달싹이다가 나를 돌아보더니 입을 다물어버렸다. 전부터 이상하게 여기던 일이긴 했다. 도대체 이미영은 왜 지은과 나를 '떠맡은' 것일까. 제 밥벌이도 시원치 않아 보이는 형편인데다, 미혼모 보호시설을 전전할 수밖에 없을 정도로 변변한 가족조차 없는 처지에 말이다. 톡 까놓고 말해서 그녀 역시 우리만큼이나 막막한 인생이었다. 그런 그녀가 도대체 무슨 이유로 지은을, 게다가 나까지 받아들였는지 이해가 되지 않았다.

"그렇게 노려볼 거 없어. 오래 있을 곳이 못된다는 거 알고 있었잖아. 당분간만 있겠다고 한 약속, 똑바로 지켜."

이미영은 미간을 잔뜩 찌푸린 채 약을 삼켰다. 그때까지도 이미영을 노려보고 있던 지은이 벌떡 일어나 방으로 들어가버렸다. 이미영은 만사가 귀찮다는 듯 고개를 절레절레 흔들더니 다시 누웠다. 낡고 지저분한 쏘파가 푹 꺼지며 삐걱거렸다.

그날 이후로도 이미영은 아무 말 없이 집을 나갔다가 저녁 늦게야 돌아오길 반복했다. 여전히 몸상태가 말이 아닌 것 같아 몇번이나 말려보았지만 막무가내였다. 아무도 공짜로 밥을 먹여주진 않는다는 그녀의 말은 나도 충분히 이해할 수 있었다. 그러나 문제는 그녀가 단순히 먹고사는 일을 해결하기 위해 그러는 것 같지 않다는 점이었다. 그녀는 둥지에서 아기용품을 손뜨개할 때 그랬던 것처럼 일자리를 구하는 일에 지나치게 집착하고 있었다. 그밖의 다른 것에는 아무런 관심도 보이지 않았다. 심지어 먹고 자는 일에 대해서조차 그랬다. 그때는 그녀가 그토록 뜨개질에 골몰하는 이유에 대해 생각해보지 않았지만 지금에 와서는 어렴풋이나마 알 수 있을 것 같았다. 아마도 그건, 당시 그녀가 할 수 있는 유일한 자학이었을 것이다. 그리고 지금도 여전히 그녀는 스스로를 괴롭히고 있었다. 그때와 방법이 달라졌을 뿐, 본질은 조금도 변하지 않았다.

"월요일부터 출근할 거야."

다른 날보다 일찍 들어온 이미영이 말했다. 드디어 일자리를 구한 모양이었다. 무슨 일인지 궁금했지만 묻지 않았다. 대신 서둘러 저녁식사를 준비했다. 이미영의 집에 온 이후 청소에서 식사준비에 이르기까지, 거의 모든 집안일을 내가 도맡다시피 하고 있었다. 아무도 그렇게 하라고 시킨 적은 없었지만 지은과 이미영은 물론 나 자신까지도 그게 당연한 일이라 여기고 있었다. 오랜만에 세 사람이 모두 모여 식사를 했다. 비록 계란국과 계란프라이, 그리고 쉬어터진 김치쪼가리가 전부였지만 아무도 불평하지 않았다. 지은과 이미영은 여전히 둥지에서와 마찬가지로 아주 느린 속도로 식사를 했다. 하긴, 몸에 배어버린 습관을 털어내기가 그리 쉬운 일은 아닐 것이다. 식사가 끝나자 지은이 약봉지를 챙겨 이미영에게 내밀었다. 지은이 이미 예전의 지은이 아니라는 사실을 인정할 때가 된 건지도 모른다는 생각이 들었다.

좀처럼 잠이 오지 않았다. 이미영의 집에 온 뒤로는 언제나 그랬다. 뚜렷한 이유도 없이, 거의 매일밤 두어 시간은 뜬눈으로 뒤척이다 잠들곤 했다. 사실, 끼니 때마다 꾸역꾸역 먹어대는 것도 민망한 지금 같은 처지에 잠이 잘 온다는 건 말이 안됐다.

"쟨 자나?"

이미영이었다. 나를 두고 하는 말 같았다. 그냥 자는 척해야 할지 아직 잠들지 않았다고 말해야 할지 망설여졌다.

"글쎄. 야, 자냐?"

약간의 틈을 두고 지은이 말했다. 나도 모르게 두 눈을 꼭 감았다. 그리고 가능하면 고른 숨소리를 내려 노력했다. 어쩐지 깨어 있다고 말하기가 멋쩍게 느껴졌다.

"자나보네."

한동안 내 대답을 기다리던 지은이 몸을 뒤척였다. 지은은 나날이 부풀어오르는 배 때문에 최근 들어 부쩍 힘들어하고 있었다.

"왼쪽으로 누워봐. 그럼 좀 나을 거야."

이미영의 목소리가 여느 때와는 달리 부드러웠다. 이미영도 저런 식으로 말할 수 있는 사람이라는 사실이 놀라웠다.

"어떻게 누워도 마찬가지야. 허리가 아파서 죽겠어."

이번엔 지은이 마치 투정을 부리는 투로 말했다. 내가 아는 지은은 화를 내면 냈지 절대로 투정 따위를 부릴 애가 아니었다. 상대가 누구든 마찬가지였다. 그런 애가 콧구멍에 솜뭉치라도 쑤셔박은 것 같은 목소리로 투덜거리고 있었다. 아무리 임신을 하면 이런저런 변화가 생기게 마련이라고는 해도 이건 너무 심한 변화가 아닐까.

"점점 더 힘들어질 거야. 애 낳고 나면 더할 거고. 그런데도 괜찮겠어?"

이미영의 목소리에 근심이 가득했다. 두 사람 사이에 존재하는 특별한 유대가 도대체 언제부터 시작된 것이며, 또 어디에서 기인하는 것인지 참을 수 없이 궁금했다.

"이젠 괜찮지 않아도 할 수 없지 뭐."

지은은 말끝에 깊은 한숨을 내쉬었다. 그러자 이미영도 덩달아 한숨을 내쉬었다.

"말했지만, 난 지금이라도 네가 포기했으면 좋겠어. 이만큼 한 걸로도 충분해. 혼자서 모든 걸 책임지기엔 넌 아직 너무 어려."

이미영은 마치 친구처럼, 언니처럼, 그리고 엄마처럼 지은을 타일렀다. 두 사람의 대화를 듣고 있자니 나 혼자만 궤도 밖으로 튕겨져나온 것 같은 소외감에 가슴이 시렸다. 조심스레 몸을 움츠렸다. 혹시라도 깨어 있는 걸 들킬까봐 잠꼬대하듯 입맛도 두어 번 다셨다. 그러나 지은과 이미영은 더이상 아무 말도 하지 않았다. 그로부터도 한참이나 더, 나는 잠들지 못했다. 지은과 이미영도 그랬는지는 알 수 없었다.

이미영이 출근하고 나면 지은은 가방 속에 숨겨둔 뜨개질감을 꺼내와 뜨개질을 했다. 이미영이 있을 땐 절대로 하지 않았다. 아마도 이미영이 둥지에서의 기억을 되새기게 될까봐 조심하는 것 같았다. 지은은 며칠 전부터 조끼를 뜨기 시작했다. 이미영의 집에서 오래된 뜨개질교본을 발견해낸 뒤로 한동안 꽤 골똘히 들여다보는 것 같더니, 이젠 조끼 앞판에 무늬까지 떠넣으며 열심이었다. 지은이 뜨개질을 하다 말고 펼쳐놓은 교본을 들여다보며 고개를 갸웃거렸다. 나는 젖은 걸레로 마루를 훔쳐내고 있었다. 비대한 몸집 덕에 두어 번의 걸레질만으로도 온몸에서 땀이 솟는 느낌이 확연했다. 코밑에 맺힌 땀을 슬쩍 훔쳐낸 뒤 교본을 들여다보고 있는 지은을 바라봤다.

"왜, 뭐 할말 있어?"

지은이 교본에 시선을 고정한 채 물었다.

"아니…… 미영언닌 무슨 일을 하는 거래?"

딱히 떠오르는 말이 없어 우물우물 물었다.

"화장품 케이스 같은 거 만드는 데서 일한대."

"공장?"

"응."

"그래……"

어쩐지 무안해져 서둘러 걸레질을 계속했다. 한동안 교본을 들여다보던 지은도 다시 뜨개질을 시작했다. 속도는 여전히 느렸지만, 손놀림은 제법 익숙해진 듯 보였다. 나는 이따금 뜨개질하는 지은의 모습을 흘끔대며 마루를 닦았다. 걸레질을 다 마칠 즈음엔 머리카락이 이마와 볼에 척 들러붙을 정도로 온몸이 땀에 젖었다. 무엇보다 숨이 찼다. 걸레를 놓고 바닥에 주저앉아 가쁜 숨을 골랐다.

"도로 마찬가지구나. 이번엔 진짜 살 좀 빼나보다 했는데."

지은은 이번에도 뜨개질감에서 시선을 떼지 않고 말했다. 가뜩이나 가쁜 숨이 아예 턱 막히는 것 같았다. 걸레를 빨기 위해 일어서려다 다시금 털썩 주저앉았다. 나는 무심한 얼굴로 뜨개질을 하고 있는 지은을 올려다보았다. 한참을 그렇게 쳐다봤지만 지은은 끝내 뜨개질감에서 시선을 떼지 않았다. 사실, 지은이 틀린 말을 한 것은 아니었다. 누구보다 나 스스로가 뼈저리게 느끼고 있었으니까 말이다. 이미영의 집에는 체중계가 없었다. 그래서 지금의 체중을 정확하게는 알 수 없었지만, 이대로라면 프로아나를 꿈꾸기 이전으로 돌아가는 것도 시간문제라는 정도는 충분히 짐작할 수 있었다. 이전까지 내가 시도한 모든 다이어트의 종착점은 '요요'였다. 멈추는 순간 되돌아가고 만다는 평범하고도 필연적인 진리를, 이번에도 나는 너무 쉽게 잊었다. 돌이켜보면, 체중이 두 자릿수가 되던 순간부터 나 역시도 이번엔 진짜로 빠지나보다 싶은 생각에 느슨해졌던 것 같다. 최악의 경우, 가속도가 붙은 요요로 인해 나는 과거보다 훨씬 더 거대한 슈퍼울트라 개량돼지가 될 수도 있었다. 단 한번도 최악의 경우를 비껴가본 적 없었던 지난 시간들을 감안한다면, 거의 확실한 수순이었다.

"그렇게 세상 다 끝난 얼굴 하고 있을 거 없어. 지금이라도 다시 시작하면 되잖아. 지금 안되면 다음에 하면 되고, 다음에 안되면 또 그다음에 하면 되고."

터무니없을 정도로 긍정적인 지은의 태도는 위로가 되기는커녕 오히려 화를 돋웠다. 지은의 발치를 향해 들고 있던 걸레를 집어던졌다. 걸레는 정확히 지은의 발등 위에 떨어졌다. 지은은 놀랐는지 커다란 눈을 동그랗게 뜬 채 나를 응시했다. 놀라기는 나 역시 마찬가지였다. 엄마를 까고 집 나온 년이 할말은 아니지만, 그래도 어쨌든, 내가 지은에게 무언가를 집어던질 수도 있다는 사실이 믿기지 않았다. 지은이 발등의 걸레를 슬쩍 차냈다. 그러곤 다시금 뜨개질을 하기 시작했다. 이건 정말이지 말도 안되는 상황이었다. 이런 경우 지은은 두꺼운 지방층으로 둘러싸인 나의 비대한 몸뚱이를 자근자근 밟아주거나, 하다못해 오금이 저릴 만큼 악랄한 욕지거리라도 쏟아내야 옳았다. 문득, 이 모든 일이 지은 때문이라는 생각이 들었다. 어느날 갑자기 궤도를 벗어나버린 지은 때문에 나까지 엉뚱한 곳에서 헤매고 있는 거라는 생각을 지울 수가 없었다.

"다 너 때문이야."

나는 최대한 냉정을 되찾기 위해 애쓰며 말했다. 언젠가 지은은, 정말로 화를 내고 싶을 땐 냉정해져야 한다고 말한 적이 있다. 나는 지금 내가 얼마나 화가 났는지 지은에게 제대로 보여주고 싶었다. 지은은 그제야 뜨개질하던 손을 멈췄다. 그리고 저를 노려보고 있는 나를 세상에 다시없을 만큼 말간 눈으로 바라보았다. 그런 눈과 마주하고 있자니 온몸의 힘이 풀리는 듯했다. 마음을 다잡으며 입술을 더욱 세게 깨물었다. 찝찔한 피냄새가 입안 가득 퍼졌다. 눈자위가 뜨거워졌고, 기어이 눈물이 쏟아지고 말았다.

"이게 다 너 때문이야. 네가 임신만 하지 않았어도, 애를 낳겠다는 멍청한 고집만 부리지 않았어도, 아니, 둥진지 뭔지 그렇게 괴상한 데로 도망만 치지 않았어도 이렇게까지 되진 않았을 거라고! 너만 아니었다면, 난 강간을 당하지도 않았을 거고, 엄마를 까는 일도 없었을 거고, 집을 나오지도 않았을 거야. 너만 아니었다면…… 난 끝까지 프로아나 철칙을 지켰을 거야. 또다시 이렇게 살이 찌진 않았을 거란 말이야!"

내가 무슨 말을 하고 있는지도 정확히 모르는 채 악을 써댔다.

"그렇게 생각해? 이게 다 나 때문이라고? 정말 그렇게 생각하는 거야?"

지은이 차분한 목소리로 거듭 물었다. 지은이 아무리 이상하게 나와도, 이제는 더이상 지은답지 않다는 생각조차 들지 않았다.

"알았어. 알았는데, 지금 네가 하고 싶은 말은 그런 게 아니잖아. 네가 정말 하고 싶은 얘길 해봐. 들어줄게."

예상치 못한 말에 들끓던 가슴이 서늘해졌다. 어쩌면 나는 지은에게가 아니라 우리의 의지와는 아무런 상관없이 제멋대로 굴러가고 있는 상황에 화를 내고 싶은 것인지도 몰랐다. 지은에게 지금 우리가 방향을 상실한 채 표류하고 있다는 사실을 알리고 싶었다. 그러니 지금처럼 무성의한 긍정의 말이나 쏟아낼 것이 아니라, 다시 키를 잡고 정확한 방향을 제시해달라고 말이다. 그걸 할 수 있는 사람은 지은뿐이었다. 내게 지은은 모행성과도 같았고, 나는 언제나 그애의 주변을 맴도는 위성에 불과했다.

"제일 괴로운 게 뭐야? 강간당한 일이야? 아니면 집으로 돌아갈 수 없게 만드는 상황들이야? 그것도 아니면 다시 살이 찌는 거야? 지금 네가 화났다는 건 충분히 알겠으니까, 괜히 헛소리하면서 시간낭비하지 말고 뭐 때문에 화가 났는지를 똑바로 말해보란 말이야."

지은이 예전처럼 단호하고 분명한 어조로 말했다. 그토록 바라던 모습이었는데도 막상 지은이 그렇게 묻자 대답할 말이 선뜻 떠오르지 않았다. 내가 우물쭈물하자 지은은 재차 내 대답을 채근했다.

"말해봐. 다 들어주겠다니까?"

"너야. 달라진 너…… 너무 달라져서 예전으로는 절대로 돌아갈

수 없을 것 같은 너. 네가 돌아가지 못하면 나도 돌아갈 수 없을 테
니까……"

나는 고개를 푹 수그리며 대답했다. 지은은 한동안 아무 말이 없
었다. 익숙한 상황이었다. 지은은 당당하게 묻고 나는 고개를 수그
린 채 그애의 눈치를 살피며 대답하고. 아무리 임신을 했어도, 이상
한 규칙들이 난무하는 둥지에 머물렀어도, 이미영과의 이해할 수
없는 유대로 나를 소외시켜도, 지은은 지은이었다. 지은은 달과 서
태지에 대해 이해해준 유일한 친구였다. 비로소 마음이 진정되는
느낌이었다.

"병신같이, 어리광 그만 부려. 달라진 건 내가 아니라 상황이야.
상황이 변했으면 상황에 맞춰 적응하는 게 당연한 거 아니야? 난
뜬금없는 꿈이나 꾸면서 도망칠 궁리만 하고 있는 너랑은 달라. 난
임신을 했거든. 그게 무슨 뜻인지 알아? 내 뱃속에 사람이 들어 있
다는 뜻이야. 너나 나처럼 살아숨쉬는 사람 말이야. 그런데 얜, 너
나 나보다도 약해. 아무 힘도 없어서 내가 버리면 버려질 수밖에
없어. 아직까지도 난, 하루에 수천번도 넘게 생각해. 이 애를 버려
야 하는 게 아닐까, 차라리 버리는 게 아이한테도 좋은 일이 아닐
까. 미영언니 애기처럼 얘도 어느날 갑자기 사라져버렸으면 좋겠
다는 생각까지 해. 그게 어떤 기분인 줄 알아? 뱃속에서 멀쩡히 살
아 꿈틀대는 애가 사라졌으면 좋겠다고 생각하며 밥 먹고 잠자는
게 어떤 일인지 네가 아냐고. 내가 돌아가지 못하면 너도 돌아갈
수 없을 거라고? 도대체 왜 그런 생각을 하는 건데? 나 때문에 강
간을 당해서? 다구리당할 때 커버해줄 사람이 나뿐이라서? 설마,

나 따라서 집을 나왔다고 말하고 싶은 거야? 넌 내 친구야. 나도 네 친구고. 너랑 난 그냥 친구야. 누가 누구의 보호자가 될 순 없어. 알 아들어?"

　지은의 말투는 시종일관 차분하고 냉정했다. 그러니까 지은은 지금, 정말로 화를 내고 있는 것이었다. 그런데 이상하게도 화를 내는 지은이 두렵지 않았다. 지은이 화를 내면 더 하고 싶은 말이 있어도 참고, 설사 억울한 점이 있더라도 참으며 그애의 눈치를 살피는 게 당연했는데, 이번엔 그러고 싶지가 않았다. 나는 벌떡 일어나 지은의 발치에 떨어져 있는 걸레를 집어들었다. 그리고 화장실로 가 걸레를 빨았다. 물기를 꼭 짠 걸레를 걸레통에 던져넣은 뒤 부엌으로 가 물을 한 컵 따라 마셨다. 차가운 물 때문인지 뱃속이 찌르르했다. 연이어 극심한 허기가 몰려왔다. 최근 들어 부쩍 잦아진 일이었다. 그리고 그때마다 나는 무언가를 먹었다. 몽둥이만한 싸구려 쏘시지, 생라면, 지은이 먹다 남긴 과자 부스러기는 물론 딱딱하게 굳어버린 찬밥 덩어리까지, 허한 속을 달랠 수 있는 것이라면 무엇이든 집어삼켰다. 지은이나 이미영에게 들키면 싫은 소리를 들어야 했지만 멈출 수가 없었다. 냉장고를 열어보았다. 고춧가루가 눌어붙은 김치통 하나와 너무 삭아 꿉꿉한 냄새가 나는 무장아찌가 담긴 유리병, 그리고 누런 기름띠가 뜬 마요네즈를 비롯한 몇 가지 쏘스병들이 보였다. 양파와 고추 같은 채소들도 한쪽 구석에서 시들어가고 있었다. 아무리 살펴봐도 먹을 만한 것은 보이지 않았다. 밥솥을 열어보았다. 역시 비어 있었다. 씽크대 구석구석까지 모두 뒤져보았지만 라면 한 봉지 찾을 수 없었다. 머릿속이 멍해지면서 가슴이 갑갑해졌다. 입안이 바싹 말라 심한 갈증까지 느껴졌다. 지금 당장 무언가를 먹지 못한다면 견딜 수 없을 것 같았다. 참아야 한다는 걸 잘 알고 있었지만 어쩔 수가 없었다. 도대체, 뜬금없는 꿈이나 꾸면서 도망칠 궁리만 하고 있는 나 같은 인간, 아니, 슈퍼울트라 개량돼지가 먹는 것 말고 무엇을 할 수 있겠는가 말이다. 나는 다시 한번 냉장고와 밥솥과 씽크대를 차례로 뒤져나가기 시작했다.

"제발 그만 좀 해!"

비명에 가까운 지은의 외침이 싸늘한 집 안 공기를 가르고 날아와 내 심장에 박혔다. 나는 씽크대 서랍을 뒤적이다 멈칫했다. 그리고 그 자리에 털썩 주저앉았다. 나의 비대한 심장이 당장이라도 젖가슴을 뚫고 튀어나올 듯 펄떡거리기 시작했다. 난데없이 구역질까지 났다. 주먹으로 가슴을 쿵쿵 두들겼다.

"괜찮아?"

지은이 어느새 다가와 있었다. 나는 가슴을 두들기던 손으로 지은의 무릎을 잡았다.

"배고파죽겠어. 아무리 먹어도 배가 고파. 살을 빼지 못하면 달로 갈 수도 없을 텐데, 정말 어떻게 해야 할지 모르겠어. 난 앞으로 어떻게 될까? 우린 정말…… 어떻게 되는 걸까? 그냥 죽어버리고 싶어."

지은은 울먹이는 내 등을 토닥여주었다. 둥지에서 내 어깨와 등을 토닥이고 쓸어내리던 손길만큼이나 따뜻했다. 그러나 이번엔 그 따뜻한 손길 안에서도 불안감을 떨쳐낼 수가 없었다. 도대체 얼마나 더 이런 시간들을 견뎌야 하는 것인지, 어째서 아무도, 심지어 내 부모조차도 나를 찾지 않는 것인지, 생각할수록 막막하기만 했다. 돌아가고 싶지 않은 게 아니었다. 돌아가고 싶어도 돌아갈 수가 없을 뿐이었다. 이대로 돌아간다면, 머지않아 세상에서 가장 거대한 히끼꼬모리가 되고 말 것이다. 그러다가 결국엔, 고래가 되어버린 길버트 그레이프의 엄마처럼 거대한 쓰레기로 남겨지겠지. 집을 통째로 태워버리지 않고서는 치워없앨 수도 없을 만큼 거대한 쓰레기 말이다. 도저히 쓸어담을 수도 파묻을 수도 없을 만큼 거대한 쓰레기를 위해 눈물을 흘려줄 사람은 없다. 달도, 서태지도, 지은마저도 머지않아 나를 잊을 것이다. 슈퍼울트라 개량돼지는 그렇게 모두에게 잊히고 말 것이다. 아무리 눈물을 쏟아내도 두려움은 가시지 않았다.

물때 낀 거울 속에서 길버트 그레이프의 엄마가 울고 있었다. 그녀도 과거 어느 한때는 작고 여린 아기였다. 아기는 어느날 갑자기 세상 속에 던져졌고 세상을 굴러다니다 세상으로부터 버려졌다. 너무 거대해졌기 때문이다. 세상은 아기가 왜 거대해졌는지에 대해선 조금도 궁금해하지 않았다. 그저 거대해진 아기를 부담스러워했을 뿐이다. 궁금해하지도 않는 일에 이해를 구하는 건 더구나 불가능했다. 천천히 손을 뻗어 '마마'의 늘어진 볼을 쓰다듬었다. 그녀가 얼마나 지쳤을지 이해할 수 있었다. 자식들은 그녀를 위해 집을 불태웠다. 그리고 떠났다. 자식들이 그녀를 언제까지 기억했는지에 대해서는 어디에서도 들을 수 없었다. 그건 단지 영화에 불과하니까. 그러니까 사실 그녀는 세상에 없는 존재다. 하지만 물때 낀 거울 속에는 그녀가 존재했다. 거대한 히끼꼬모리가 된 뒤에도 끊임없이 음식들을 집어삼키는 식충. 늘어진 볼살, 뱃살, 좆살 때문에 그 망신을 당하고도 여전히 틈만 나면 먹어대는 돼지. 달로 가기는커녕 단 1쎈티미터도 날아오를 수 없을 게 뻔한, 거대한 쓰레기.

"말해봐. 이거 말고 다른 방법이 있어?"

거울 속 마마에게 물었다. 그녀는 잠시 늘어진 볼살을 실룩대다가 천천히 입을 벌렸다. 두툼하고 붉은 혀가 두려운 듯 자꾸만 입 안쪽으로 숨어들었다.

"이러지 마. 다른 방법이 없다는 거 알잖아."

어느새 다물어버린 마마의 입을 억지로 벌려 혀를 잡아뺐다. 침 때문에 혀를 잡은 손이 자꾸만 미끄러졌다. 혀를 붙잡은 손가락에 힘을 줬다. 그러나 소용없었다. 마마가 스스로 혀를 내밀지 않는 한 방법이 없었다. 물때 낀 거울 속 마마의 눈에 눈물이 고였다. 그녀는 늘어진 볼살을 실룩이며 한동안 눈물을 쏟아냈다. 마음 아팠지만 마마의 일그러진 얼굴을 타고 흐르는 눈물을 닦아주지 않았다. 그녀가 원하는 건 동정이 아니라는 걸 잘 알고 있기 때문이었다. 잠시 뒤 마마는 스스로 붉은 혀를 내밀었다. 새로 사온 문구용 칼의 날을 밀어올렸다. 새 칼날은 반지르르 윤기가 돌았다.

지은이 발견하지 못했다면 나는 정말로 혀를 자를 수 있었을까. 문구용 칼 따위로 혀를 자르는 게 가능한 일일까. 고작 2쎈티미터도 안되는, 흠집에 가까운 상처밖에는 내지 못했는데. 내가 제대로 할 수 있는 일이 있기나 한 걸까.

"도대체 이 짓을 어떻게 하라는 거야!"

피 섞인 침인지, 침 섞인 피인지, 정의하기 모호한 액체가 소리를 지를 때마다 물때 낀 거울과 세면대에 튀었다. 화장실문을 억지로 따고 들어온 지은의 얼굴이 사색이 되었다.

"이 미친년! 너 지금 뭐하는 거야?"

좁아터진 화장실에서 거울을 향해 피를 튀겨가며 악을 써대는 슈퍼울트라 개량돼지를 보고도 놀라지 않을 임신부는 없을 것이다. 내 뺨을 두어 대 올려붙인 뒤 억지로 입을 벌려 상처를 확인하는 지은의 얼굴은 하얗게 질려 있었다. 지은은 다짜고짜 벽에 걸려 있던 수건을 내 입속에 쑤셔넣었다.

"야, 이 병신아! 누가 진짜 이따위 짓을 하래. 정말로 이런 짓을 하는 미친년이 어디 있어!"

내가 아프다고 악을 쓸 때마다 지은은 그렇게 왜 그런 찐따 같은 짓을 한 거냐고 소리를 질러댔다. 잠시 뒤, 지은은 피와 침으로 축축해진 수건 대신 새 수건을 꺼내 내 입에 물렸다. 그러고는 나를 돼지 몰듯 앞세우고 병원으로 향했다. 병원으로 가는 내내 사람들의 시선이 우리에게 집중됐다. 몇몇은 도대체 무슨 일이냐며 괜한 참견을 해오기도 했다. 하긴, 만삭의 어린 임신부가 입에 수건을 쑤셔박은 슈퍼울트라 개량돼지를 앞세운 채 끊임없이 욕지거리를 퍼붓는 게 흔히 볼 수 있는 장면은 아니다.

혀의 상처를 살펴보던 의사가 한심하다는 듯 혀를 찼다. 혀의 상처를 보고 혀를 차는 의사의 혀를 싹둑 잘라버리고 싶다는 생각이 들었지만, 일단은 눈물을 찔끔대며 그의 말을 경청했다.

"수건은 왜 물고 와? 그러다 숨막혀 죽을 일 있어? 가만히 좀 있어봐. 일고여덟 바늘 정돈 꿰매야겠는데? 꿰매고 약 처방해줄 테니까 때맞춰서 잘 먹고, 수시로 가글하고, 실밥은 저절로 녹으니까 그냥 두면 되지만, 경과를 봐야 하니까 일주일쯤 뒤에 다시 한번 오고. 뭐 궁금한 거 없어? 왜 아무 말들이 없어? 그런데 이거 도대체 뭘 갖고 이런 거야? 왜 이런 짓을 했는데?"

의사는 궁금해죽겠다는 듯 나와 지은을 번갈아 쳐다보며 물었다. 그러나 나도 지은도 대답하지 않았다. 무례한 의사의 시답잖은 질문 따위는 무시하는 게 상책이었다. 치료과정은 생각보다 간단했다. 마취를 한 덕에 꿰맬 때도 그다지 아프지 않았다. 집을 나와서도 의료보험의 혜택을 받을 수 있다는 사실에 좀 놀란 것을 제외하면 신기할 정도로 무덤덤했다.

"아, 진짜! 내가 너 땜에 쪽팔려죽겠다."

병원문을 나서면서 지은이 나지막하게 투덜거렸다. 지은을 흘끗 본 뒤 묵묵히 앞서 걸었다. 나는 아무렇지도 않았다. 그저 심란한 꿈을 꾸다 깬 사람처럼 기운이 조금 없을 뿐이었다. 둔해진 혀의 감각과 함께 내 안에서 자글거리던 무언가가 한뭉텅이쯤 쑥 빠져나간 것처럼 허전했지만 불쾌한 것은 아니었다.

이미영의 집으로 돌아와서 내가 가장 먼저 한 일은 화장실 청소였다. 지은은 화장실문 앞에 버티고 서서 이런저런 잔소리를 늘어놓았다. 길고도 긴 잔소리의 내용을 정리해보면 '어떻게 날이 갈수록 점점 더 이상해지냐'는 것과 '혀를 잘라버릴 결심까지 한 년이 굶는 건 왜 못하는지 이해를 못하겠다'는 것이었다. 지저분한 거울과 세면기를 말끔히 닦아낸 뒤 바닥에 물을 뿌렸다. 그럴 리가 없는데도 화장실에선 아직도 비릿한 피냄새가 진동하는 것만 같았다. 화장실 청소를 마친 뒤에는 저녁밥을 준비했다. 사실 준비랄 것도 딱히 없었다. 언제나 그랬듯 계란국, 혹은 계란찜과 계란프라이, 쉬어터진 김치쪼가리 아니면 군내나는 무장아찌가 전부인 밥상이었다. 쌀을 씻어 전기밥솥에 안치며 지은의 잔소리가 엄마의 그것과 무엇이 다른지 생각해봤다. 잘 모르겠다는 생각이 들었다. 취사 버튼을 누른 뒤 그때까지도 떠들어대고 있는 지은을 돌아봤다. '제발 그 입 좀 다물어'라고 말하고 싶었지만 여전히 감각이 둔한 혀가 제대로 놀려지지 않을 것 같아 포기했다. 마취가 조금씩 풀리면서 욱신거리기 시작한 혀의 통증은 입을 조금이라도 달싹일라치면 삼십팔만배쯤, 그러니까 또다시 제자리로 돌아와버린 나와 달의 거리만큼 심해졌다.

궁색한 밥상 앞에 마주 앉았지만 지은도 나도 제대로 먹을 수가 없었다. 지은은 자꾸만 역겹다며 헛구역질을 해댔고, 나는 혀가 아파 식힌 계란국조차 제대로 넘기기가 힘들었다.

"내가 왜 너까지 달고 이 집에 있는 줄 알아?"

조금 멍한 채로 빈 수저만 내려다보고 있다가 지은의 말에 고개를 들었다. 지은은 계란국을 한 숟가락 떠서 삼키곤 인상을 찌푸렸다. 지은과 이미영의 관계야 늘 궁금하게 여겨온 것이 사실이었다. 그러나 지금은 지은이 갑자기 왜 이런 얘기를 꺼내는지가 더 궁금했다.

"너도 알아야 할 것 같아서 말하는 거야. 지금까진 별로 알 필요

없다고 생각했는데, 아닌 거 같아."

지은은 밥을 한 숟가락 담뿍 떠먹었다. 그리고 수저로 툭툭 잘라 놓은 계란프라이를 집어 밥과 함께 우물거리기 시작했다. 신중하게 밥을 씹는 지은의 모습이 좀 우스꽝스러웠지만 웃을 수가 없었다. 잘못 웃었다가는 달과의 거리만큼이나 막막한 통증에 시달리게 될지도 모를 일이었다.

"사실 나, 미영언니 둥지에서 처음 만난 거 아니야. 그전부터 알고 있었어."

"어떻게?"

나도 모르게 묻고 나서 아차 싶었다. 눈물이 질끔 날 정도로 아팠다.

"너 우리 아빠 알지? 여자 엄청 밝히는 거. 엄마한테 걸린 것만도 장난 아니었잖아."

지은이 뜬금없이 아빠 얘기를 꺼냈다. 지은의 아빠가 바람둥이라는 건 나뿐만 아니라 어지간한 동네사람들은 다 아는 사실이었다. 엄마는 지은 엄마가 그 문제로 속상해할 때마다, 그 대신 지은 아빠는 인물 좋고 능력도 있지 않느냐며 위로를 했지만, 동네아줌마들과 모여 있을 땐 인물 반반한 놈들은 꼭 그놈의 인물값을 하더라며 지은의 아빠를 흉보곤 했다.

"덕분에 우리 엄마가 탐정노릇 꽤나 했잖아. 처음엔 얼마나 웃겼는지 아냐? 심증은 충분한데 물증을 못 잡으니 얼마나 열이 받았겠냐. 미치고 펄쩍 뛸 일이었겠지. 만날 술 처먹고 물건 때려부수고 혼자 아주 쌩 지랄이었다니까. 그래도 뭐, 나중엔 아빠 숨소리만 들고도 여자가 있는지 없는지 알아챌 정도가 됐으니까 그 방면으론 원래 좀 재능이 있었나봐. 나 중학교 가고부턴 어디서 점쟁이 빤쓰라도 얻어입고 왔는지, 일단 심증만 갔다 하면 빼도박도 못할 물증까지 완전 논스톱으로 잡아냈다니까. 내가 전에 우리 아빠 전력 가지고 평균을 내본 적이 있었는데, 일년에 이점 칠명꼴이더라. 완전 대박이지 않냐?"

지은은 뭐가 그리 재미있는지 얘기를 하는 내내 키들거렸다. 웃고 있는 지은의 모습이 쓸쓸해 보였다. 볼품없고 무능력한데다 소심하기까지 한 우리 아빠가 내게 그랬던 것 못지않게, 잘생기고 능력 있지만 바람기를 주체 못하는 지은의 아빠 역시 지은에겐 상처가 되었을 터였다.

"처음이었어. 엄마보다 내가 먼저 눈치를 챈 건. 그 짓거릴 하도 보다보니 나한테도 저절로 그런 재주가 생긴 건지 그날따라 아빠가 괜히 이상해 보이는 거야. 사실 아빠한테 또다시 여자가 생겼다고 해도 난 별 상관없다고 생각했어. 그냥 한번 따라가봤던 거지. 그날 내가 무지하게 심심했걸랑. 엄마가 하던 그 웃기는 탐정노릇을 따라해가며 쫓아온 곳이 바로 이 집이었어. 어울리지도 않게 과일까지 사들고 가는데, 얼마나 웃겼는지 몰라. 현관 앞에 쪼그리고 앉아서 한 세 시간쯤 기다렸나? 둘이 나란히 나오다가 딱 마주친 거지. 그날 우리 아빠, 아마 열라 쪽팔렸을 거다. 딸년한테 그런 구질구질한 현장을 들켰는데 오죽했겠냐. 내가 뭐라고 하기도 전에, 친구랬다, 아는 동생이랬다, 회사 동료랬다, 조낸 버벅대더라고. 병신같이. 진짜 병신 같았다니까. 게다가 미영언니, 솔직히 그게 얼굴이냐? 그전에도 나, 우리 아빠가 만나던 여자들 중 몇명은 본 적이 있거든. 물론 다 엄마가 증거물로 수집한 사진을 통해서 본 거였지만, 그래도 그렇게까지 수준 떨어지는 여자들은 아니었단 말이야. 둘이 나란히 서 있는 걸 보는데, 어디서 만나도 저딴 걸 만났나 싶은 게, 씨발, 나까지 쪽팔리더라."

키들키들 웃어가며 이야기를 이어가던 지은이 갑자기 웃음을 멈추고 고개를 푹 수그렸다. 한동안 그렇게 아무 말도 없던 지은이 다시 밥을 한 숟가락 담뿍 떠먹었다.

"그다음에 내가 어떻게 했게?"

지은이 맨밥을 우물거리며 물었다. 내가 대답하지 않은 채 우물쭈물하자 지은은 이내 말을 이어갔다.

"뻥 뜯었어."

"뻥? 누구한테? 너희 아빠한테? 아니면 이미영?"

미간을 찌푸리며 연달아 물었다. 마취가 완전히 풀렸는지 통증은 한층 심해졌다. 겨우 2센티미터가량의 상처만으로도 이렇게 아픈데, 정말 혀를 잘라내기라도 했다면 어땠을까. 식은땀이 절로 솟았다.

"물론 둘 다한테. 그게 남는 장사잖아? 그 시점에 내가 아빠한테 실망을 했네, 어쨌네, 해가며 지랄 떨어봐야 달라지는 것도 없었을 텐데, 뭐. 그래서 그냥 뻥 뜯었어. 둘 다한테, 지속적으로, 대박 알차게."

지은은 밥을 한 숟가락 더 떠먹었다. 반찬도 없는 맨밥을 입안에 담뿍담뿍 퍼넣고는 제대로 씹기도 전에 삼키길 반복했다. 둥지에서와는 전혀 딴판이었다.

"한동안 알뜰하게 뜯어먹다가 시들해졌는데, 집 나오니까 다시 생각나더라고. 뭐, 돈이 필요하기도 했지만 꼭 그것 때문만은 아니었어. 진짜로 어떻게 지내는지 궁금하기도 했으니까. 그래서 전화했더니 다짜고짜 아빠랑 헤어졌으니까 다신 연락하지 말라는 거야. 그러더니 제가 먼저 그냥 끊더라고. 뭐 이런 씨발년이 다 있나했다니까. 저희들이 헤어졌으면 헤어진 거지, 그렇다고 저랑 나랑계산이 끝난 건 아니잖아. 안 그러냐?"

지은은 동의를 구하듯 내 쪽으로 얼굴을 쑥 들이밀었다. 도대체무슨 계산이 남았다는 건지는 납득이 가지 않았지만, 나는 무턱대고 고개를 끄덕였다.

"그래서 또 전화했지. 안 받데? 다시 했지. 또 안 받데? 문자를 보냈지. 지금 내 선에서 끝낼래, 아니면 네 말대로 다 끝난 마당에 우리 엄마하고 처음부터 다시 해결 볼래. 그러고 나니까 바로 전화가오더라고. 그길로 바로 내려가서 만났지. 만났는데…… 그 모양인거야. 너무 어이가 없으니까 무슨 말을 해야 할지도 모르겠더라. 생각해봐라. 뱃속에 우리 아빠 새끼를 담고 있는 여자랑 마주 앉아서무슨 얘길 하겠냐? 그냥 딱 보는 순간 알겠더라고. 뱃속의 애가 누구 새낀지. 정말 어처구니가 없어서 말이 다 안 나오더라니까. 나중에 겨우 정신 차리고 물어봤지. 애를 지우든가 해야지, 이런 데 숨어 있으면 어떻게 하냐고. 그랬더니 숨어 있는 거 아니래. 자긴 애를 위해 최선의 선택을 한 거라나? 그러더니 애를 지우긴 왜 지우냐면서 막 성질을 내는 거야. 자긴 우리 아빨 정말 사랑했다나, 뭐라나. 어쩔 수 없이 헤어지긴 했지만 사랑해서 생긴 애를 지울 순 없다고 그러더라고. 완전 쌩 또라이가 따로 없는 거지, 유부남이랑 바람나서 애새끼나 밴 주제에, 그게 그 유부남 딸년 앉혀놓고 할 소리냐? 안 그래?"

나는 이번에도 고개를 끄덕여주었다. 제정신이 아닌 걸로 따지면 지은이나 이미영이나 거기서 거기라는 생각이 들었지만 대놓고 그렇게 말할 수는 없는 노릇이었다.

"그래도 뭐, 그렇게 나오니까 할말이 없긴 하더라. 사랑했다는데, 거기다 대고 뭐라고 하겠냐. 개도, 소도, 다 하는 게 사랑인데. 처음엔 아주 정신이 번쩍 들게 망신을 줄까 해서 쫓아간 거였는데, 못하겠더라. 그렇게 가게 된 거야. 둥지에…… 이미영도 내가 임신했다는 걸 단박에 알아보더라고. 처음엔 정말 싫었어. 웃기잖아. 내가 뭐 그딴 거 따질 입장은 아니지만, 그래도 굳이 족보를 따지자면 어쨌든 엄마뻘인데, 엄마랑 딸년이 나란히 애 밴 채로 시설에 입소한 꼴이잖아. 그것도 모자라서 나중엔 둘이 똑같이 뱃속의 애를 떼어볼 궁리까지 한 거고. 아니지. 떼어보내는 정도가 아니었지. 팔아먹는 거나 마찬가지지. 어쨌든 이건 뭐, 온 가족이 함께 찍는 막장 드라마도 아니고……"

지은이 말 중간에 기침을 했다. 정신없이 삼켜대던 밥 때문에 사레가 들린 모양이었다. 서둘러 물을 따라 먹이고 등을 두드려주었다. 지은은 한동안 켁켁대다 눈물을 쓱 훔치더니 다시 밥을 퍼먹기 시작했다. 그리고 이야기 역시 계속 이어갔다.

"그러니까, 죽은 그앤 엄밀히 말해서 내 동생인 셈이지. 미영언니와는 본의아니게 피차 가해자이면서 피해자가 된 셈이고. 야, 사연 열라 끝장나지 않냐? 나 완전 불쌍하지? 그러니까 내 말 들어. 나 같은 인생도 사는데 네가 죽긴 왜 죽냐?"

지은이 입안 가득 밥을 우물거리며 말했다. 붉게 충혈된 눈가에 물기가 그득했다. 사레가 들린 때문만은 아닌 것 같았다. 나는 계란프라이를 집어 지은의 밥 위에 놓아주었다.

"최선생한텐 연락 없었어?"

문득 걱정스러워져 물었다. 지은은 내가 올려준 계란프라이를 오물오물 먹었다.

"몰라. 휴대폰 꺼놨거든. 연락하면 어쩔 거야. 다 토해놓고 나왔는데."

"그 여잔 원래 그런 일 하는 사람이야?"

"그런 일이라니?"

"돈 받고 아기 넘겨주는 거 말이야. 그건 아길 파는 거나 마찬가지잖아. 명색이 미혼모 보호시설을 운영한다면서 그런 짓을 해도 되는 건가?"

발음이 약간 새긴 했지만 그런대로 견딜 만했다. 확실히 인간이 적응 못할 고통 따윈 없다는 생각이 들었다. 지은이 고개를 들어 나를 빤히 쳐다봤다. 나는 애써 태연한 척 지은의 시선을 피하지 않았다.

"그렇게 단순한 문제가 아니야. 팔긴 누가 누굴 팔았다는 거야? 내가 그렇게 얘기했다고 너까지 그러면 되겠냐? 까놓고 말해서, 그저 입양을 원하는 어떤 사람과 나를 연결해준 것뿐이야. 다른 입양과 다른 점이 있다면, 그쪽에서 조건에 딱 맞는 아기를 입양해서 끝까지 입양 사실을 비밀에 부친 채 키울 수 있길 바랐다는 것뿐이지. 우리가 무슨 범죄를 저지르려 했던 게 아니란 말이야. 어차피 버릴 거, 잘사는 집에 보내는 게 애한테도 좋고, 그 덕에 출산 후 생활지원까지 넉넉히 받을 수 있다면 나한테도 좋은 기회라고 생각했기 때문에 성사된 계약이었어. 최선생 입장에선 시설운영비를 지원받을 수 있는 일이었고. 굳이 잘잘못을 따지자면 내 잘못이 가장 커. 안 그래?"

지은은 조목조목 따지듯 설명했지만, 말을 다 마치기도 전에 제쪽에서 먼저 내 시선을 피했다. 지은이 먼저 내 시선을 피한 것은 처음이었다. 너무 꼰대 같은 표현이긴 하지만, 정말 살다보니 별일을 다 겪는다 싶은 생각이 절로 들었다.

"그래서…… 앞으론 어떻게 할 생각이야?"

"뭘 어떻게 해?"

"그렇게 둥지에서 나왔을 땐, 무턱대고 나온 것만은 아닐 거 아니야."

"무턱대고 나온 건데?"

"뭐?"

"무턱대고 나온 거 맞다고. 왜, 그럼 안돼? 아길 낳아서 내가 키울 수 있을지 어떨지도 아직 모르겠는데, 뭘 어떻게 할지 그걸 어떻게 알겠어?"

지은이 수저를 내려놓으며 말했다. 그리고 끄응, 소리를 내며 자리에서 일어났다.

"아, 허리 아파죽겠어. 어떻게 된 게, 서 있어도 아프고 앉아 있어도 아프고 누워도 아프냐."

지은이 허리를 짚은 채 천천히 걸음을 옮겼다. 나는 주섬주섬 상을 걷어치웠다. 거래가 아니었다고 변명했지만, 그건 분명한 거래였다. 그렇지 않았다면 지은이 이렇게 '무턱대고' 둥지에서 도망쳐나오는 일은 없었을 테니까. 지은의 말대로 제안은 최선생이 했겠지만 그 제안을 받아들인 것은 지은이었다. 하지만 당장 오갈 데 없는 열일곱살짜리 미혼모에게 그건 뿌리치기 힘든 유혹이었을 것이다. 처음부터 공평치 못한 거래인 셈이다. 게다가 이미영 역시 같은 제안을 받았다면, 이런 식의 거래가 꽤 오랫동안 지속적으로 이루어져왔다는 뜻이다. 말하자면 지은은 함정에 빠졌던 것이다. 그리고 그 함정에서의 상처 때문에 제 남은 삶을 엉망으로 만들고 말 선택을 하게 될지도 몰랐다. 문득 둥지의 임신부들 중 몇명이나 같은 제안을 받았을지 궁금해졌다.

"입양시키자. 다른 시설을 알아보면 되잖아. 그렇게 해야 돼. 그게 맞는 거야. 응?"

뒤뚱거리며 마루를 선회하고 있는 지은을 향해 소리쳤다. 입을 벌릴 때마다 통증 때문에 움찔움찔 몸서리가 쳐졌다. 그러나 지은은 조금도 조급할 것 없다는 듯 어깨를 들썩해 보일 뿐이었다. 온몸의 기운이 쭉 빠지는 기분이었다. 처음 지은의 임신 사실을 알았을 때와 달라진 것이 하나도 없었다. 커다란 배를 쑥 내밀고 내 눈앞에서 왔다갔다하고 있는 어린 임신부를 골똘히 바라보았다. 이 임신부의 과거와 현재, 그리고 미래에 대해 생각했다. 더불어 이 임신부에게 빌붙어서 무의미한 시간들을 흘려보내고 있는 슈퍼울트라 개량돼지에 대해 생각했다. 또다시 원점이었다. 언제부턴가 지은과의 대화는 같은 지점만 맴돌다 멈춰서곤 했다. 도대체 언제였을까. 우리의 성장이 멈춰선 시점은. 우리는 확실히, 방향을 잃은 것 같다.

"저녁 땐 먹을 만한 것 좀 해먹자. 진짜 더는 이렇게 못 먹겠다."

지은이 말했다. 나는 그래, 그러자,라고 낮게 웅얼대며 등을 돌렸다. 남은 계란국을 모조리 배수구에 흘려보냈다. 버릴 것이 계란국만은 아닐지도 모른다는 생각이 들었다.

슈퍼마켓은 좁고 지저분한 골목을 한참이나 돌아내려가야 보이는 큰길가에 있었다. 이미 여러차례 들른 곳인데도 슈퍼마켓의 주인여자는 오늘도 생전처음 보는 괴물과 마주친 듯 눈을 휘둥그렇게 뜨고 나를 훑어봤다. 참치통조림과 두부, 그리고 반찬이 될 만한 것들을 몇가지 되는대로 집어들고 서둘러 계산을 마쳤다. 슈퍼마켓에 들어서는 순간부터 불규칙하고 뜨거운 콧김을 씩씩 내뿜던 나는 주인여자의 시선에서 벗어나서야 숨을 돌릴 수 있었다. 검정색 비닐봉지를 덜렁대며 다시 좁은 골목으로 들어섰다. 골목 입구에 공중전화박스가 보였다. 골목 분위기에 꼭 걸맞게 지저분하기 짝이 없었다. 무심코 지나치려다 걸음을 멈춰섰다. 문득, 이미 여러차례 이 길을 지나다녔지만 공중전화박스를 본 것은 오늘이 처음이라는 생각이 들었기 때문이다. 익숙한 풍경 속에서 낯선 물건을 발견할 때의 생경함에는 오래 고여 딱딱해진 감정조차 말랑하게 만드는 힘이 있다. 나는 천천히 전화박스를 향해 돌아섰다. 한참을 더 망설이다 도로 슈퍼마켓으로 갔다. 가장 싼 전화카드는 삼천원이었다. 반찬거리를 사고 남은 돈은 이천사백원뿐이었다. 하는 수 없이 들고 있던 봉지를 뒤져 납작한 어묵봉지를 꺼내놓았다.

막상 전화기 앞에 서자 다시 망설여졌다. 공연히 전화를 걸었다가 또다시 같은 상처를 입게 될까봐 두려웠다. 한동안 수화기를 들었다 놨다, 카드를 넣었다 뺐다 하며 갈등을 거듭했다. 골목을 오가던 사람들이 좁은 전화박스 안에서 비비적거리는 나를 흘끔거렸다. 다시 수화기를 들고 카드를 집어넣었다. 발신음이 떨어졌다. 크게 심호흡을 한 뒤 천천히 엄마의 전화번호를 눌렀다. 번호를 누르는 내내 어딘가 부자연스럽고 낯선 느낌이 들었다. 곧 익숙한 통화연결음이 흘러나왔다. 언젠가 엄마를 대신해 내가 다운로드해주었던 곡이다. 옛사람을 그리워하는 내용의 포크쏭인데, 그 노래를 다운로드해달라고 부탁하는 엄마에게 그리워할 옛사람이라도 있는 거냐고 물었다가 뒤통수를 얻어맞았다. 그게 언제쯤이었던가. 기억을 되짚어봤지만 정확히 기억나지 않았다. 그저 아주 오래전의 일 같다는 생각만 들었다. 그러고 보면 엄마와 관계된 일들은 다 너무 오래된 것들뿐이었다. 통화연결음이 두번째로 반복되고 있는데도 엄마는 전화를 받지 않았다. 귓전을 울리던 맥박소리가 점점 커졌다. 통화연결음이 끊어지자 음성사서함 전환 안내멘트가 흘러나왔다. 재발신버튼을 누른 뒤 다시 전화를 걸었다. 이번에도 받지 않았다. 수화기를 내려놓을까 하다 다시 한번 재발신버튼을 눌렀다. 잠깐의 정적 뒤에 다시 발신음이 떨어졌다. 수화기 너머에서 들려오는 발신음 속으로 내 맥박소리가 엉겨들었다. 천천히 궁의 전화번호를 눌렀다. 다양한 안주를 저렴한 가격으로 써비스하겠다는 음성안내가 반복적으로 이어졌다. 정말 반복적으로, 끝도 없이 이어졌다. 궁의 문을 열지 않을 리가 없었다. 엄마는 추석 당일을 제외하곤 설날에도 가게문을 열었다. 하나밖에 없는 딸년이 집을 나간 뒤에도 꼬박꼬박 가게문을 열고 현재보다 나을 거라는 보장도 없는 미래를 온몸으로 낚아올린 사람이다. 만약 정말로 가게문을 열지 않은 거라면, 엄마는 지금 대단히 심각한 문제적 상황에 직면해 있음이 분명했다. 내가 사라진 이후에 벌어질 수 있는 문제적 상황이란 건 무엇일까. 도무지 짐작조차 되지 않았다.

집으로 전화를 걸어보는 것은 더 오래간만이었다. 전화번호를 기억해냈다는 사실 자체가 경이로울 지경이었다. 일곱 자리 숫자를 누를 때마다 손가락 끝이 간지러웠다. 그러나 경이로움과 간지러움 사이를 오가며 누른 일곱 자리 숫자는 끝내 아무 응답도 하지 않았다. 상상 가능한 모든 경우를 다 떠올려보았다. 아빠가 죽었나? 엄마가 죽었나? 아니면, 둘다 죽었나? 더이상은 떠오르는 것도 없었다. 이제 연락을 해볼 데라고는 아빠의 휴대폰밖에 없었다. 아빠 전화번호가 뭐였는지는 정말 기억나지 않았다. 어떻게 아빠 전화번호도 모를 수가 있는지 아빠에게 미안한 마음이 들었지만, 아빠 역시 내 전화번호를 모를 거라는 데 생각이 미치자 조금 덜 미안해졌다. 들고 있던 수화기를 내려놓았다. 전화기가 토해낸 카드를 빼내며 쓸모도 없을 전화카드는 괜히 샀다는 생각을 했다. 한동안 멍한 눈으로 전화박스 너머의 세상을 바라보았다. 유리벽 저편의 세상은 좁고 지저분하고 구불구불했다.

마지막 골목을 꺾어들어오는데 앞서 걷고 있는 이미영의 모습이 보였다. 걸음을 빨리해 집앞에 다다를 즈음엔 이미영을 따라잡을 수 있었다.

"지금 와요?"

가쁜 숨을 몰아쉬며 말을 걸자 이미영이 돌아봤다. 일이 고됐는지 눈그늘이 짙게 드리워져 있었다.

"그건 뭐야?"

"저녁하려고요. 그냥 두부랑, 뭐, 그런 것들이에요."

"그럼 아직 저녁도 안했단 말이야? 지금 시간이 몇신데! 근데 너, 발음은 왜 또 그 모양이야? 혀라도 부러졌냐?"

이미영이 날카롭게 쏘아붙였다. 이상한 일이었다. 이전처럼 이미영이 어렵게 느껴지지 않았다. 지은 아빠와 그렇고 그런 관계로 엮인 여자라는 걸 알게 돼서 그런지, 측은한 마음이 드는 한편 어딘가 모르게 만만해 보이기까지 했다.

"혀는 멀쩡해요. 약간 상처가 나긴 했지만."

대수롭지 않다는 듯 중얼거린 뒤 성큼성큼 계단을 오르기 시작했다. 이미영은 뒤따라 계단을 오르는 내내 길 막지 말고 빨리 좀 올라가라며 핀잔을 해댔다. 이미영의 재촉에 이층계단을 오를 땐 발을 헛디뎌 넘어질 뻔했다. 성깔 부려대는 꼴을 보니 측은하던 마음이 싹 가셔버렸다. 하여간 타고난 밉상, 진상, 화상임에 틀림없다.

이미영은 저녁밥을 먹으면서도 밥은 덜 퍼졌고 참치찌개는 너무 짜고 콩나물무침에선 비린내가 난다며 투덜거렸다. 전 같으면 못 먹을 거라도 만들어 내놓은 사람처럼 주눅이 들었겠지만 이젠 아

무렵지도 않았다. 밥을 먹는 건지 밥알을 세는 건지 도무지 알 수
없는 태도로 깨작대면서도 음식의 맛을 느낄 수 있다는 사실이 신
기할 따름이었다. 나는 찬물에 만 밥을 아주 천천히 떠먹었다. 의사
는 당분간 뜨겁거나 자극적인 음식은 먹지 말라고 했다. 의사가 굳
이 말해주지 않았다 해도 뜨겁거나 자극적인 음식을 먹을 수 있는
상태가 아니었다. 설사 뜨겁거나 자극적인 음식을 먹는다 해도 아
무 맛도 느끼지 못할 것 같았다. 마취가 풀리면서 혀의 감각은 거
의 정상으로 돌아왔다. 당연히 통증 또한 극심해졌다. 돌아오지 않
은 것은 미각뿐이었다. 점심때는 아직 마취가 덜 풀려서 그렇겠거
니 했지만, 여전히 아무 맛도 느껴지지 않았다. 일시적인 현상일 거
라고 짐작하면서도 내내 이런 상태가 유지되길 바라는 마음 또한
없지 않았다. 맛을 느끼지 못한다면 무언가를 먹고 싶다는 생각도
하지 않게 될 테니, 그것도 나쁘지 않을 것 같았다. 내가 아무런 반
응도 보이지 않자 답답했는지, 이미영이 이번에는 지은을 타박하
기 시작했다.

"너 갑자기 밥을 왜 그렇게 빨리 먹는데? 네가 소야? 돼지야? 애
까지 가진 여자가 밥 먹는 게 그게 뭐야? 천천히 먹으란 말이야, 천
천히!"

나야 이미영이 뭐라고 하든 언제나 그냥 듣고만 있었지만, 지은
이 가만있을 리 없었다.

"아, 거 정말! 이젠 하다하다 별걸 다 가지고 지랄이야."

지은이 투덜거리자 가뜩이나 죽상이던 이미영의 얼굴이 한층 더
심하게 일그러졌다. 조짐이 심상치 않았지만 더이상 신경 쓰고 싶

지 않았다. 미각은 사라지고 통증만 남은 혀와 엄마가 직면했을 문제적 상황에 대한 생각만으로도 머리가 터질 것 같았다. 나는 아무 맛도 느껴지지 않는 밥을 천천히 씹었다. 혀에 밥알이 닿을 때마다 등줄기에서 식은땀이 솟았다.

"너, 자꾸 싸가지없이 말할래?"

"그러게 누가 먼저 그따위로 말하래?"

이미영이 훈계라도 하듯 낮은 소리로 뇌까리자 지은이 비죽비죽 웃었다. 이미영은 탁, 소리가 나도록 수저를 거칠게 내려놓았다. 지은도 지지 않겠다는 듯 이미영을 쏘아봤다. 나는 두 사람을 번갈아 쳐다보았다. 별것도 아닌 일에 왜들 갑자기 이렇게 흥분을 하는지 모를 일이었다. 둘의 모습을 보고 있자니 한숨이 절로 새어나왔다. 먼저 비운 밥그릇과 수저를 개수대로 옮겼다. 지은과 이미영은 여전히 대치중이었다. 마치 눈싸움이라도 하는 것 같았다. 다분히 과장된 면이 있기는 하지만 지은은 불과 몇달 전까지만 해도 일대일 맞다이의 전설이라 불리던 애였다. 그런 애가 서른두살이나 먹은 노처녀, 그것도 제 아빠의 옛 내연녀와 밥상머리에 마주 앉아서 눈싸움을 하고 있었다. 기가 막혔지만 한편으로는, 자신의 말대로 변한 상황에 맞춰 적응해가고 있는 지은의 노력이 가상하게 느껴지기도 했다. 사실, 출산을 코앞에 둔 임신부가 커다랗게 부푼 배를 받쳐들고 맞다이를 깔 수는 없는 노릇이니까.

이제 둘은 다소 멍한 얼굴로 서로를 마주 보고 있었다. 처음과 같은 긴장감은 사라진 지 오래였다. 마치 비디오의 정지화면을 보는 것처럼 지루하기까지 했다. 나는 다시 밥상 앞으로 다가가 앉았다. 밥도 찌개도 다 식어빠진 지 오래였다.

"밥들 안 먹어요?"

먼저 이미영을 향해 말했다. 이미영은 그제야 정신이 돌아온 듯 밥상과 내 얼굴을 번갈아 쳐다보았다. 지은도 마찬가지였다.

"얼른 먹어요. 상 치우게."

이미영이 느릿느릿 자리에서 일어나더니 쏘파로 갔다.

"왜요, 그만 먹게요? 더 먹지 그래요."

"됐어."

이미영은 짧게 대답한 뒤 쏘파 위에 누워버렸다. 지은은 잠시동안 이미영을 바라보다 신경질적으로 다시 수저질을 시작했다. 나는 밥상머리에 앉아서 지은이 밥 먹는 모습을 지켜보았다. 불룩한 배 때문에 다리도 허리도 제대로 구부리지 못하고 어정쩡한 자세로 앉아 밥을 먹는 지은이 안쓰러웠다. 우리는 왜 돌아가지 못하는 걸까. 기다리는 사람이 없는 것도 아닌데…… 마음이 답답해졌다. 긴 한숨을 내쉬며 마른세수를 했다. 지은이 고개를 들었다. 지은과 눈이 마주치자 또다시 한숨이 새어나왔다. 전에 없이 볼이 미어져라 밥을 우물거리는 지은을 바라보며 나도 모르게 중얼거렸다.

"우리 진짜, 지금 뭐하고 있는 거니……"

애초부터 답 같은 건 존재하지 않는 문제였을지도 모를 일이다.

휴대폰을 들고 밖으로 나왔다. 한참을 층계참에서 서성이다 단축번호도 지정해두지 않은 아빠의 전화번호를 찾아 통화버튼을 눌렀다. 꽤 긴 연결음이 울린 끝에 아빠가 전화를 받았다.

"여보세요."

"………"

"여보세요. 전화 걸었으면, 말을 해야지."

아빠의 말투에서 술기운이 뚝뚝 흘렀다. 무슨 일이 나도 크게 난 게 틀림없었다. 가게문도 열지 않고 술에 취해 있는 아빠라니, 무슨 사단이 나지 않고서야 엄마가 그런 아빠를 가만뒀을 리가 없다. 어쨌든 '아빠가 죽었나'와 '둘 다 죽었나'라는 두 개의 가정이 빗나갔음은 한번에 확인할 수 있었다.

"여보세요. 너 누구냐니까!"

"………"

일부러 말을 안한 것은 아니었다. 다만, 도대체 아빠와 무슨 말을 어떻게 해야 할지 감이 잡히지 않았을 뿐이다. 길고 나지막하게 한숨을 내쉬었다.

"너, 혹시…… 유미냐?"

"………"

"유미 맞지? 유미야…… 유미야?"

아빠는 말 중간에 길게 트림을 했다.

"너, 유미 맞지. 그렇지? 유미야, 네 엄마가……"

아빠는 한동안 말을 잇지 못했다. 나는 아무 소리도 내지 않고 아빠가 다시 말을 이어가기를 기다렸다. 한참의 시간이 흐른 뒤, 아빠가 다시 입을 열었다. 술기운 때문인지 아니면 정말로 울먹이기라도 하는 건지, 아빠의 목소리는 듣기 안쓰러울 정도로 떨렸다.

"유미야…… 네 엄마가 이상하다. 이상해…… 어떻게 이상하냐면…… 그건 잘 모르겠는데, 하여튼 이상해. 하루종일 잠만 잔다.

그러다 깨면 또 하루종일…… 뭔가를 먹어. 닥치는 대로 아무거나 먹어대. 먹고 나선 그걸 또 다…… 토한다. 그러곤 다시 잠만 자. 다른 건 아무것도 안해. 네 엄마가 정말로…… 이상해졌다."

아빠는 엄마가 이상해졌다고 말했다. 그런데 어떻게 이상한 건지는 잘 모르겠다고 했다. 아빠의 말에 따르면 엄마는 종일 자거나 먹고 토하는 일만 반복하고 있었다. 그래서 이상한데, 그게 어떻게 이상한 건지는 잘 모르겠다는 소리였다.

"유미야 난…… 어떻게 하면 좋을지 모르겠다. 네 엄마를 어떻게든 해야 할 텐데, 어떻게 해야 하는지도 모르겠고, 너도 어떻게든 찾아야 할 텐데, 어떻게 찾아야 하는지도 모르겠다. 네 엄마한테도 너한테도, 난 어떻게 하면 좋을지…… 정말 모르겠다. 네 엄마가…… 말을 안해줘. 네 엄만 말을 안한다. 누구와도 말을 안해. 내가 어떻게 해야 할지 말해주질 않으니…… 난 아무것도 할 수가 없구나. 내가 어떻게 하면 좋겠니……"

그놈의 어떻게, 어떻게, 어떻게…… 나야말로 어떻게 하면 좋을지 묻고 싶었다. 어쨌든, '엄마가 죽었나'라는 마지막 가정도 다행히 빗나갔다. 그래도 확실히 엄마가 이상해지긴 한 모양이었다. 그리고 아빠는 늘 그래온 것처럼 뭘 어떻게 해야 할지 전혀 모르고 있었다. 내가 없는 사이에 벌어진 문제적 상황이란 건, 사실 아무 문제도 아니었다. 엄마와 아빠는 평소와 조금도 달라지지 않았다. 엄마는 지극히 엄마다운 선택을 한 거였고, 아빠 역시 다른 어느 때보다 아빠다웠다. 나는 조용히 휴대폰의 폴더를 닫았다. 동시에 금 가 있던 가슴이 쩍 벌어졌다. 또다시 나타난 크레바스. 도저히 메울 수 없을 것 같은 간극이었다. 아빠와 나 사이에, 그리고 나와 엄마 사이에, 또 엄마와 아빠 사이에 존재하는 크레바스는 너무 넓고 깊고 길어서 섣불리 뛰어넘을 수도 요령껏 돌아갈 수도 없었다. 그저 서로의 사이에 그토록 넓고 깊고 긴 간극이 존재한다는 사실을 받아들이고 항상 발밑을 조심하며 걷는 수밖엔 없었다. 그게 싫다면 산을 떠날 수밖에. 혀를 말아 입천장에 대봤다. 비명을 지르고 싶을 만큼 고통스러웠다.

지은과 이미영은 저녁식사 후로도 내내 어색해하더니 서로 뚝 떨어진 곳에 잠자리를 폈다. 덕분에 나도 평소보다 한참이나 밀려난 자리에 이불을 펼 수밖에 없었다. 지은과 이미영이 먼저 자리에 누웠다. 나는 서로에게 등을 돌리고 누운 두 사람을 내려다보다 불을 껐다. 그리고 어둠을 더듬어 내 자리로 돌아와 용도가 분명치 않은 탁자 밑으로 발을 뻗고 누웠다. 조금만 잘못 움직이면 탁자 다리에 발이 걸리는 바람에 덜그럭거리는 소리가 났다. 덕분에 가뜩이나 불편한 자리에서 몸을 뒤척이는 것마저 여의치 않았다. 차라리 마루로 나가서 잘까 하는 생각이 들기도 했지만, 공연히 이말저말 늘어놓을 일이 귀찮아서 포기했다. 지은 역시 잠자리가 불편한지 다른 날보다도 유독 자주 몸을 뒤척였다. 왼쪽으로 누워보라고 말해줄까 하다가 그만뒀다. 어쩐지 그 말은 이미영이 하도록 놔둬야 할 것 같았기 때문이다. 그러나 틀림없이 아직 깨어 있을 이미영은 끝내 아무 말도 하지 않았다.

눈이 어둠에 익숙해지고 나면 잠들기는 더욱 힘들어진다. 어둠 속에선 모든 사물의 색이 사라지고 오로지 미세한 빛과 그 빛으로 인한 그림자만이 남는다. 그 완벽한 흑백의 공간에선 누구라도 정직해지지 않을 수 없다. 나는 집으로 돌아가고 싶었다. 하지만 그만큼 도망치고 싶기도 했다. 돌아가고 싶은 것도 도망치고 싶은 것도 모두 정직한 내 마음이었다. 지은도 마찬가지일 것이다. 아기를 키우고 싶을 것이다. 버리고 싶기도 할 것이다. 키우고 싶은 것도 버리고 싶은 것도 모두 지은의 정직한 마음인 것이다. 지은은 지금도 끊임없이 갈등하고 있다고 했다. 머지않아 지은은 선택을 하게 될 것이다. 설사 그것이 잘못된 선택이 되더라도, 그래서 내가 그애를 말릴 수밖에 없는 상황이 온다 하더라도, 선택은 어디까지나 지은의 몫이다. 나도 이제는 선택을 해야 할 것 같다. 돌아갈 것인가, 아니면 도망칠 것인가. 엄마는 나와 화해를 하거나 타협하는 대신, 스스로를 완전히 놓아버리는 지극히 엄마다운 협박으로 내 발목을 붙잡고 늘어지고 있었다. 게다가 혼자서는 양말 한 짝 신는데도 어떻게, 어떻게, 어떻게……를 연발할 게 뻔한 아빠를 볼모로 잡고 있었다. 별 영향력은 없지만, 그렇다고 어떻게, 어떻게, 어떻게만 연발하다 늙어죽게 내버려둘 수도 없는, 딱 그만큼의 영향력은 갖춘 볼모 말이다.

"자냐?"

이미영이었다. 누구에게 하는 말인지는 알 수 없었다. 잠들지 않은 것이 분명한데도, 지은은 대답하지 않았다. 나 역시 아무 말도 하지 않았다.

"하루종일 본드 냄새가 진동을 해서, 오후만 되면 머릿속이 멍해지는 거야. 손놀림도 둔해지고…… 다른 사람들은 다 멀쩡한 거 같은데, 처음이라 그런지 나만 계속 그러네."

이미영은 푹 잠긴 목소리로 마치 읊조리듯 말했다.

"한참을 멍한 상태로 똑같은 일을 반복하다보면, 어느 순간에 문득 그런 생각이 드는 거야. 이런 냄새 맡으며 일하는 거 아기한테 안 좋을 텐데, 하는 생각 말이야. 나도 모르게 깜짝 놀라서 공장 밖으로 뛰쳐나가곤 해."

이야기 끝에 이미영은 피식, 바람 새는 소리를 냈다. 공장에서 뛰쳐나온 이미영이 찬바람을 쐬고 맑아진 정신으로 무슨 생각을 했을지 충분히 짐작이 갔다.

"어차피 버릴 생각이었으면서 이제 와서 왜 이러는 건지 모르겠다니까. 도대체 왜 늘 나만 이렇게……"

이미영이 코먹은 소리 끝에 흐느껴 울기 시작했다. 완벽한 흑백의 공간에서 이미영이 울고 있었다. 무슨 말이든 해줘야 할 것 같았지만 입이 떨어지지 않았다. 그녀의 눈물에 세상이 다 잠겨버린다 한들 지금 그녀에게는 아무런 위로도 되지 않을 것이다. 하여간 오늘은, 정작 자르고 싶었던 마마의 혓바닥은 잘라내지도 못한 채 찔러도 피 한 방울 나오지 않을 것 같은 여자들이 무너지는 꼴만 차례로 목도하는, 이상한 날이다. 어둠속에서 낮은 한숨소리가 들렸다. 지은이었다.

"아빠한테 말은 했던 거야? 아기 말이야."

지은의 목소리는 의외로 냉정했다. 이미영은 대답하지 않았다. 아무래도 날 의식하는 것 같아 슬며시 돌아누웠다.

"앤 신경쓸 거 없어. 알아도 상관없으니까. 대답해. 아빠한테 말은 했던 거야? 우리 아빠가 인간성이 좋다곤 말 못하겠지만, 그래도 알면서도 이렇게 방치할 인간은 아니란 말이야. 아빠한테 말했어?"

지은이 다그쳐 물었다. 여전히 냉랭한 말투였다.

"말 안했지? 그럴 줄 알았어. 하여간 멍청하긴. 찔찔 짤 거 없어. 언니가 멍청해서 그 모양이 됐으면 지금부터라도 정신 똑바로 차리면 되는 거야."

지은의 냉정한 말투로 봐선 화를 내고 있는 게 틀림없었다. 그러나 누구 때문에 화가 났고, 누구에게 화를 내고 있는지는 분명치 않았다. 이미영에게 이야기를 하고 있기는 했지만, 꼭 그녀에게 화를 내고 있는 것 같지는 않았다.

"둥지로 들어가고 나서부터 내내 생각했어. 나라도 아빠한테 연락을 해줘야 하는 게 아닐까. 아빠도 모르는 아빠 자식이 아빠가 모르는 곳에서 자라게 내버려둬도 되는 걸까. 하지만 결국 못했어. 나 역시 아빠도 모르는 아빠 손자를 아빠가 모르는 곳에서 자라게 할 작정이었는데, 내가 무슨 자격으로 그런 말을 하겠어. 아기가 결국 그렇게 되고 나서부턴, 내가 아무런 조치도 취하지 않았기 때문에 그런 일이 벌어진 것만 같아서 나도 괴로웠어. 어쨌든 그앤, 정말 이렇게 얘기하긴 싫지만, 내 동생이기도 했으니까. 그러니까 언니만 괴로운 것처럼 징징거리지 말란 말이야."

지은이 이미영을 향해 돌아누웠다. 그리고 다시 말을 이었다.

"유미 걘, 거식증에 걸리는 게 목표인 애야. 프로아난지 뭔지가 되겠다면서 쉽고 빠르게 토하는 방법 같은 걸 연습했어. 애들이 젤 뭐라고 불렀는지 알아? 슈퍼울트라 개량돼지야. 쟨 일주일에도 몇 번씩이나 애들한테 삥을 뜯기고 다구리를 당했어. 쟬 가장 많이 팬 게 누군지 알아? 나야. 쟤랑 가장 친한 친구도 바로 나고. 그래서 그런지 쟨 매일 이상한 생각만 해. 쟨, 달에 우리가 모르는 특별한 세상이 있다고 믿어. 서태지가 그 증거라나? 그리고 언젠가 자긴 서태지와 함께 그 세상으로 가게 될 거라고 정말로 믿고 있다고. 오늘 쟤가 무슨 짓을 벌였는지 알아? 자기 혀를 자르겠다고 설쳐댔어. 사방 군데 피를 튀겨가면서 거울 속 저한테 악을 써대고 있었지. 그 꼴이 정말이지 갈 데 없는 미친년이더군."

얼굴이 화끈거렸다. 지은의 입을 틀어막고 싶었지만 그럴 수가 없었다. 인정하고 싶지 않아도 지은의 말은 모두…… 사실이었다. 화가 난다기보다는 그냥, 슬펐다. 나도 모르게 이를 악물다가 머리카락이 쭈뼛 설 정도의 통증에 신음을 토해내고 말았다. 그러나 지은은 신경 쓰지 않고 제 할말을 이어갔다.

"내가 오늘 저 미친년이 날뛰는 꼴을 보면서 무슨 생각을 했는지 알아? 아, 이렇게라도 살아야 하는 거구나. 제 혀를 칼로 베어내고, 뱃속의 새끼를 내다버릴 궁리를 하면서도, 꾸역꾸역 살 수밖에 없는 거구나. 열여덟살짜리 미혼모로 사는 건 어떤 걸까. 새끼를 버린 열여덟살짜리 여자애로 사는 건 어떤 걸까. 어느 쪽이 덜 불행할까. 아니면 더 행복할까. 청승 떨 거 없어. 다들…… 어떻게든 살아가게 마련이니까."

빛나는 후까시를 자랑하는 나의 모행성은 마지막까지 냉정을 잃지 않았다. 그러나 자신 역시 미래에 대한 불안감에 시달리고 있는 평범한 여자애에 불과하다는 사실까지 숨기지는 못했다. 사실 어찌 보면 당연한 일이다. 아무리 다 자란 척해봐야 지은은 가출한 고딩에 불과하다. 임신은 할 수 있을지 몰라도 엄마가 되기에는 아직 너무 어리다. 그리고 그것은 나 역시 마찬가지다. 걸핏하면 아무래도 상관없다며 태연한 척해왔지만, 정말로 괜찮은 적은 단 한번도 없었다. 상처가 아물기도 전에 다시 상처 입기를 반복해오는 동안 마음은 회복이 불가능할 정도로 짓물러버렸다. 그런 내게 달과 서태지는 단순한 환상이 아니었다. 서태지와 함께 가게 될 새로운 세상에 대한 기대는 지난 시간 동안 나를 지탱해온 유일한 버팀목이었다. 내게 달은, 이 세상에서 살아남기 위해 선택할 수밖에 없는 '다른 세상'이었다. 그리고 누군가가 굳이 말해주지 않아도 잘 알고 있었다. 수많은 크레이터로 뒤덮인 그 척박한 세계에서 나는 끝내 아무것도 찾아내지 못할 거라는 걸. 하지만 믿고 싶었다. 서태지는 달에서 온 아주 특별한 사람일 거라고. 인간의 눈으로는 볼 수 없는 달의 뒤편, 그 영겁의 어둠속에는 스스로가 빛이 되어 살아가는 위대한 존재들의 세상이 숨겨져 있을 거라고. 머지않아 나는 서태지와 함께 그 도저한 세계로 떠나게 될 거라고. 그리고 그곳에서 비로소 모든 걸 다시 시작할 수 있을 거라고. 이미영은 말이 없었다. 흐느낌도 잦아들었다. 결국, 불행한 사람을 진심으로 위로할 수 있는 것은 타인의 더 큰 불행뿐이다. 나 역시, 나보다 더 큰 불행과 직면한 그녀들의 현실을 지켜보며 지난 시간들을 위안해왔는지도 모를 일이다.

간밤에 잠을 설친 탓인지 이미영은 부쩍 수척해진 얼굴로 출근했다. 어쩌면 오늘도 그녀는 본드 냄새에 취해, 뱃속의 아기를 이미 잃었다는 사실을 까맣게 잊은 채 맑은 공기를 찾아 공장을 뛰쳐나갈지도 모른다. 그러다 정신이 들면 크고작은 불행들이 끊임없이 반복되고 있는 자신의 삶을 억울해할 것이다. 하지만 어쩔 수 없는 일이다. 너무 많은 불행과 고통 들을 곳곳에 숨겨둔 채 태연을 가장하고 있는 세상에서, 견뎌내는 것 말고 우리가 할 수 있는 일은 아무것도 없으니까. 지은은 이미영이 출근하자마자 가방에서 뜨개질감을 꺼내와 뜨다 만 조끼를 이어서 뜨기 시작했다. 꽈배기 무늬가 가지런히 들어간 앞판은 이미 완성했고, 지금은 조끼의 뒤판을 뜨고 있다. 나는 이미영이 출근한 뒤 지은과 함께 늦은 아침을 챙겨먹었다. 지은이 밥 먹는 모습을 유심히 보았다. 전날처럼 허겁지겁 먹지는 않았지만, 그래도 둥지에 있을 때보다는 속도가 빨라진 것 같아 마음이 놓였다. 밥을 다 먹은 뒤 지은은 낡은 쏘파로 가 다시 뜨개질을 했고, 나는 간혹 지은의 모습을 흘끔대며 설거지를 했다. 어제 그리고 그제와 다를 바 없는 오늘이 무심히 흘러가고 있었다. 혀의 통증도 딱 하루만큼 덜했다. 다행히 미각은 여전히 돌아오지 않았다.

뜨개질하는 지은의 모습을 한동안 물끄러미 바라보다 방으로 들어갔다. 그리고 조용조용 배낭을 챙겼다.

"지금 가게?"

방에서 배낭을 챙겨들고 나오는데 지은이 물었다. 마치 잠시 놀러 왔던 친구를 배웅하는 듯한 말투였다. 나 역시 심상히 고개만 끄덕였다. 지은은 뜨고 있던 조끼를 내려놓고 자리에서 일어났다.

그리고 나를 따라 현관으로 나왔다.

"어디로 갈진 정하고 가는 거야?"

"나가서 생각해봐야지. 걱정 마. 금방 정할 거야."

"안 나갈게. 조심해서 가."

"다시 올 거야. 그러니까 어디 딴 데로 도망갈 생각 마."

혹시나 싶어 다짐을 두었다.

"딴 데는 무슨. 갈 데도 없어. 나 너 믿어. 너도 나 믿지?"

지은이 말간 눈을 빛내며 말했다. 나는 천천히 고개를 끄덕여주었다.

"시간이 많지 않다는 건 알지?"

내가 묻자 지은도 고개를 끄덕였다. 두번째 계단을 내딛는데 등 뒤에서 현관문 닫히는 소리가 났다. 그 소리가 어찌나 요란한지, 계단 창문이 덜그럭거릴 지경이었다. 매사에 가차없고 냉정한 지은다웠다. 지은은 이미 결정한 일에 대해서는 망설이거나 뒤돌아보는 법이 없었다. 유난히 너비가 좁고 가파른 계단을 조심스레 내려오면서, 지은이 옳은 결정을 내리면 좋겠다는 생각을 했다. 그리고 나 역시 내 결정에 후회하는 일이 없기를 바랐다. 설령 후회하게 되더라도 부디 덜 상처받게 되기를 진심으로 바랐다.

좁고 구불구불한 골목을 한참 돌아나오다보니, 골목만큼이나 낡고 지저분한 전화박스가 보였다. 전화박스 앞에서 멈춰서서 주머니에 손을 찔러넣었다. 전화카드가 손에 들어왔다. 카드의 매끄러운 모서리를 손가락 끝으로 반복해서 문지르다가 카드 양끝을 엄지와 중지로 꾹 눌렀다. 카드는 힘없이 접혔다. 내 몸을 무겁게 짓

누르던 하나의 세계가 비로소 접히는 느낌이었다. 나는 이제 막, 그 동안 나의 자전주기와 공전주기를 결정해온 모행성으로부터 떨어져나왔다. 나의 모행성과 나는 서로에게 크고작은 영향을 미치며 조력해왔지만, 사실상 언제나 나를 결정하는 건 모행성이었다. 내가 모행성을 떠나 혼자서도 자전과 공전을 계속할 수 있을지, 아직은 자신이 없다. 하지만 스스로 하나의 행성이 되어 또다른 세계를 꿈꿀 수 있는 위성을 끌어당기자면, 모행성으로부터의 분리는 필연적이다. 전화박스 안으로 들어가 반으로 접힌 카드를 전화기 위에 올려놓았다. 당분간 전화카드가 필요할 일은 없을 것이다. 박스에서 나와 서둘러 걸음을 옮겼다.

아폴로 11호의 사령선 조종사였던 마이클 콜린스는 아폴로계획에 참여한 우주비행사 중 달 표면을 밟지 못한 유일한 사람이다. 그는 닐 암스트롱과 에드윈 올드린이 달에 착륙해 달 표면을 탐사하는 동안 사령선인 컬럼비아호를 타고 달 궤도를 비행했다. 아폴로계획의 99퍼센트를 함께하고도 달 표면을 밟지 못했다는 이유로 세간의 관심에서 멀어졌지만, 그 대신 그는 달의 뒤편으로 간 최초의 인류가 되었다. 달의 뒤편, 지구와의 무선통신마저 두절된 칠흑같은 공간에서 그는 보았다. 달의 지평선 위로 모습을 드러낸 파란 오아씨스를. 지구에서 가장 멀리 떨어져 있던 순간에 그는 지구를 발견한 것이다. 어쩌면 그는 달이 아니라 지구를 보기 위해 그곳에 갔는지도 모른다. 그가 첫 우주비행 이후 두번 다시 달로 가지 않은 것은 아마도 그래서였을 것이다. 그는 아폴로 17호의 선장이 될 수 있는 기회 대신 가족들과 함께 개를 기르고 낚시하며 소일하는 지구에서의 일상을 선택했다.

　좁고 구불구불한 골목길을 벗어나기 직전 생각했다. 나 역시 어쩌면, 현실 저편의 다른 세상이 아니라 모든 것이 불확실한 현실에 발을 딛기 위해, 차고 날카롭게 빛나는 달의 뒤편에 집착해온 것이 아니었을까. 하지만 나는 아직 그래도 달로 떠날 것인가, 아니면 지구에 남을 것인가 결정하지 못했다. 골목을 벗어나 큰길가에 있는 버스정류장으로 갔다. 버스를 기다리며 배낭에서 MP3를 꺼내 이어폰을 꽂았다. 집으로 가는 버스노선은 다양했다. 그중에서 가장 복잡한 경로로 운행되는 버스를 타기로 마음먹었다. 그래봐야 집까지는 한 시간이면 충분할 터였다. 달로 갈 것인지 지구에 남을 것인지, 한 시간 안에 결정해야 한다는 뜻이었다. 시간이 충분하지는 않지만 어떻게든 결론을 내릴 수 있을 것이다. 멀리 버스가 다가오는 것이 보였다. 버스에 올라타기 직전, MP3의 플레이버튼을 눌렀다. 서태지가 오랜 침묵을 깨고 다시금 내 안에서 속삭이기 시작했다. 그는 언제나 모든 답을 가지고 있었다.

그녀에 대해 알고 싶은 두세 가지 것들

1. 지금 만나러 갑니다

그녀를 처음 본 건 트위터에서였다.

소설 쓰는 주정뱅이. 심각한 관계 부적응자. 지극히 소심한 B형. 전혀 로맨틱하지 않은 처녀자리. 실연에 익숙한 연애치……

대부분의 소설가들이 자신이 쓴 소설 제목으로 소개를 대신하거나 잠언 같은 문장을 짧게 적어놓는 것에 비하면 그녀의 자기소개는 솔직한데다 귀여움이 넘쳤다. 나, 여기 있어요! 하면서 사람들 사이에서 손을 번쩍 들어놓고는, 막상 시선이 집중되자 얼굴을 붉히며 헤헤헤, 하고 웃어버리는 것 같았다.

트위터에 올리는 글마저 꼼꼼하게 퇴고하는 작가들 사이에서 스스럼없고 자유분방한 그녀의 글은 돋보였다. 그녀는 자신의 일상을 공개하고 변화무쌍한 감정을 드러내는 데 거리낌이 없었고, 가끔은 연애에 대한 고민이나 글쓰기의 어려움에 대해서도 솔직하게 토로했다. 그녀의 글을 읽으면서 나는 빙그레 웃기도 하고, 무슨 일이 있는 게 아닐까 걱정하기도 했다. 언젠가, 글이 안 써진다, 계속 소설을 써야 할지 모르겠다는 글을 본 적이 있지만, 나는 차마 답글을 달지 못했다.

그래서 그녀가 제4회 창비장편소설상을 받게 되었다는 소식을 들었을 때, 나는 누구보다 기뻤고 그녀의 수상을 진심으로 축하했다. 그녀는 많은 사람들의 축하 속에서 얼떨떨해하는 것 같았고, 그걸 지켜보는 동안 나는 좀 아득한 기분에 잠겼다. 당선 전화를 받았던 몇년 전 가을 오후가 떠올랐기 때문이다. 어떤 순간은 지나고 난 후에 좀더 또렷해지기도 한다. 내게는 그 오후의 순간이 그랬다. 그때 나는 구름 위를 걷는 것 같았지만 한편으론 조금 외로웠다. 그런데 어느덧 시간은 이만큼 흘러서 나를 새로운 수상자와 조우하게 만들었다.

그녀를 실제로 본 건 창비 시상식장에서였다. 그녀는 단상 위에서 수상소감을 말하고 있었다. 짐작했던 것보다 키가 컸고 긴 생머리는 찰랑거렸다. 그녀는 다른 수상자들처럼 미리 적어온 소감문을 읽지 않았고 천천히, 짧게 말했다. 그녀의 목소리는 낮고 씩씩했지만 사람들을 집중시키는 힘이 있었다. 나는 행간에 숨은 여백을 읽듯 말과 말 사이에 숨은 떨림과 부담감을 느꼈고, 그래서 좀 뭉클해졌다. 축하와 기대 속에서 그녀가 흔들리지 않기를 진심으로 바랐다.

다시 만났을 때 그녀와 나는 함께 점심을 먹었다. 우리는 다이어트에 대해 말하면서도 크림쏘스 스빠게띠를 주문했고, 기름진 음식은 왜 이리 맛있는가에 대해 공감하며 접시를 비웠다. 가까이에서 본 그녀는 웃음소리가 컸고 농담하는 것을 좋아했다.

인터뷰 제의를 받았을 땐 새로운 작가의 탄생에 일조한다는 사실에 흔쾌히 승낙했지만 시간이 지날수록 황시운 씨와 그녀의 수상작 『컴백홈』에 대해 잘 쓸 수 있을까, 슬그머니 걱정이 되었다. 하지만 『컴백홈』을 읽는 동안 나는 운명적인 기분에 사로잡혔다. 주인공의 이름이 '유미'라니, 이건 내가 쓸 수밖에 없지 않은가!

그녀를 만난 날, 거리는 한산했고 창밖의 햇살은 유난히 따뜻했다. 봄이 오고 있었고 내 앞에는 첫 책의 출간을 앞둔, 봄 같은 작가가 앉아 있었다.

2. 돌진하는 이야기꾼

그녀와 마주 앉아서 커피를 마시는 동안 나는 한 명의 소설가가 어떻게 태어나는가, 평범한 독자였던 사람이 어떻게 직접 이야기를 만들기로 결심하는가가 궁금해졌다. 아니 그밖에도 이 새로운 소설가에 대해 궁금한 것은 너무나도 많았다.

—수학과 출신인 걸로 알고 있는데 어떤 계기로 소설을 쓰겠다고 결심하게 되었는지 궁금하다. 언제 소설 쓰기에 빠져들게 되었는지.

사실 소설가가 되겠다는 생각은 한번도 해본 적이 없었다. 대부분의 사람들이 인생의 목표를 고민하고 결정하는 십대 후반 이십대 중반에, 나는 하고 싶은 일이 하나도 없었다. 심지어 좋아하는 것도 없었다. 지금도 그때를 떠올리면 막막한 기분이 든다. 눈앞에 버티고 있는 시간이 너무 버거워서 잠자리에 들 때마다 아침에 일어나면 삼십년이나 사십년쯤 훌쩍 지나가서 폭삭 늙어 있었으면 좋겠다고 생각하곤 했다.

　대학을 졸업하고 첫 직장에 다니던 어느날, 우연히 들른 서점에서 전경린 선생님의 소설집 『바닷가 마지막 집』을 발견하게 되었다. 그날 내가 왜 이름도 생소한 소설가의 책을 집어들었는지는 잘 모르겠다. 사실 그때 나는 90년대가 전경린 선생님을 비롯한 여성작가들의 전성기라는 것도 모를 정도로 문학에 문외한이었다.

　그 책을 사들고 지하의 좁고 어두운 까페에 들어가서 읽기 시작했다. 에어컨 바로 앞자리에 앉는 바람에 온몸에 소름이 돋았지만, 자리를 옮길 생각도 하지 못하고 책 속으로 빠져들어갔다. 그리고 첫번째 수록작인 「평범한 물방울 무늬 원피스에 관한 이야기」를 읽자마자 소설을 써야겠다고 결심해버렸다. 돌이켜보면 그때의 결정은 어떤 계획이나 대책도 없는, 굉장히 즉흥적인 것이었다. 하지만 나는 그렇게 하기로 결정해버렸고 실행에 옮겼다. 곧바로 다니던 직장을 그만두고 아파트를 정리하고 집으로 돌아왔다. 그 모든 과정이 두 달도 걸리지 않았다. 지금껏 그토록 분명하고 빠르게 무언가를 결심한 적도, 그 결심을 일사천리로 실행에 옮긴 적도 없었다.

　어릴 때부터 문학을 연모하고 소설가나 시인이 되기 위해 오랜 시간 동안 피나는 노력을 아끼지 않아온 분들에 비하면 내 얘기는 시시하거나 황당할지도 모르겠다. 별다른 계기나 깨달음도 없이 어느날 갑자기 소설을 쓰게 됐다는 식이기 때문이다. 그래서인지 나는 다른 작가들에 비해 독서도 부족하고 자기세계도 빈약한 편이다. 누구보다 나 자신이 그 사실을 잘 알고 있다. 하지만 나는 오랜 세월 동안 무언가를 열망해온 사람들이 경험해보지 못한 시간을 체험해봤다. 하고 싶은 것이 아무것도 없어서 사는 게 무의미하기만 했던 시간을 넘치도록 경험했다. 꿈이 없는 사람이 가슴속에 담고 다니는 허무와 무기력은 일반적인 게으름과는 질적으로 다르다. 나는 하고 싶은 일이 아무것도 없는 십대와 이십대가 어떤 심정과 자세로 허송세월을 하는지, 누구보다 잘 알고 있다고 생각한다. 그리고 그런 경험은 실제로 소설을 쓰게 된 지금의 내게 큰 자산이 되어주고 있다.

—전공인 수학이 소설을 쓰는 데 분명히 도움되는 점이 있을 거라고 생각한다. 그럼 반대로 부족하다고 느껴지는 부분을 채우기 위해 어떤 노력을 했는지, 특별한 방법이 있다면 무엇인지 궁금하다.

수학을 전공했기 때문에 치밀한 계산을 해서 멋진 구성을 세운다거나 논리적으로 주제를 전달하는 데 능하다고 대답할 수 있다면 좋겠지만, 솔직히 학교 다닐 때 학과공부에 그다지 흥미를 느끼지 못했고 열심히 하지도 않았기 때문에 어떤 도움을 받았는지는 잘 모르겠다. 전공이 수학이고 꽤 오랫동안 학생들에게 수학을 가르치며 밥벌이를 해왔는데도, 난 그다지 수학적이거나 논리적인

사람이 아니다. 대신 문학을 전공하지 않아서 힘들었던 점은 너무
많다.

내 주변에는 문학을 가르치는 사람도 배우는 사람도, 심지어 소
설을 읽는 사람조차 없었다. 배운 것도 없고 물려받은 것도 없는
시골 출신의 도시노동자들이 대개 그렇듯 부모님은 하루하루 먹
고사는 일만으로도 벅찬 분들이셨다. 주변 친구들도 소설가는 소
설을 쓰는 사람이라는 사실밖에 몰랐고, 학창시절 나를 가르친 선
생님들 중 누구도 자신이 감명깊게 읽은 문학작품에 대해 얘기해
주지 않았다. 지금 생각해보면 어떻게 그럴 수가 있나 싶을 정도로
문학과는 완전히 담을 쌓은 삶이었다. 그런 와중에 소설을 써야겠
다고 결심했으니 막막할 수밖에 없었다.

처음 한 일은 소설가들의 홈페이지에 들락거리는 것이었다. 간
혹 독자들의 질문에 답을 해주는 소설가가 있으면 게시판에 이런
저런 궁금증을 털어놓은 다음 답을 기다렸다. 그 질문에 가장 먼저
답을 해주신 분이 바로 이순원 선생님이셨다. 소설을 쓰고 싶은데
어떻게 써야 할지 모르겠어요,라는 질문에 선생님은 하고 싶은 이
야기를 정한 다음 게시판에 글을 쓰듯 편안하게 쓰면 된다고 대답
해주셨다. 선생님의 그 대답이 내게는 삶의 방향을 제시해주는 해
답처럼 느껴졌다. 그때 쓴 내 첫번째 소설은 나중에 선생님께 호된
질책을 받았지만, 선생님 밑에서 공부하는 동안 문장을 쓰는 법부
터 차근차근 익히게 되었다. 나는 그렇게 갓난아이가 말을 배우듯,
더듬더듬 소설을 써내려가기 시작했다.

그다음에 내가 선택한 방법은 필사였다. 좀 무식한 방법이긴 하

지만 나에게는 확실히 도움이 되었다. 김승옥 오정희 양귀자 이청준 이문구 황석영 윤흥길 성석제 전경린 은희경 김영하 선생님들의 작품을 주로 필사했는데, 처음 소설을 쓰겠다고 결심했던 때처럼 계획도 맥락도 없이 무조건 베껴썼다. 그뒤로는 무작정 써보고 끊임없이 수정하기를 반복했다.

그후에 이승우 선생님을 만나게 되었고, 선생님을 통해서 소설이 뭔지 어렴풋하게나마 깨닫게 되었다. 선생님은 소설가가 어떻게 읽고, 어떻게 쓰고, 어떻게 생각해야 하는지 별다른 설명이나 지적 없이 가까이에서 몸소 보여주셨다. 그런 스승을 만난 건 큰 행운이었고, 그런 과정이 나를 소설가가 되게 했다고 믿는다.

―2007년에 서울신문 신춘문예로 등단했다. 첫 장편소설인 『컴백홈』을 쓰기까지 어떤 시간을 보냈는지 궁금하다. 『컴백홈』을 쓰게 된 계기에 대해서도.

많은 신인들이 겪는 과정이겠지만, 나 역시도 등단 후에 원고청탁이 없는 시간이 길었다. 등단작에 대한 주변의 평이 나쁘지 않았기 때문에 사실 그렇게까지 청탁이 없으리라곤 생각하지 못했다. 처음 한동안은 몹시 당황스러웠고, 그다음에는 화가 났고, 나중에는 이런저런 콤플렉스에 시달리기도 했다. 그런 상황에서도 소설은 계속 썼다. 그것도 꽤나 열심히. 하지만 자격지심 때문인지 마음에 드는 작품이 나오지 않았다. 돌파구가 필요하다는 생각이 들었고, 익명성이 보장되는 공모에 작품을 보내야겠다고 결심했다.

『컴백홈』은 원제가 '차고 날카로운 달'이었는데, 서태지의 노래

「울트라맨이야」를 들으면서 본 달의 이미지에 착안해서 쓴 소설이다. 혼자서 밤 산책을 하다가 보름달이 크고 밝다고 느끼게 되었는데 내 눈에는 그 모습이 따뜻하고 부드럽다기보다 차고 날카롭고 황량하게 보였다. 아마도 당시의 내 상태가 그랬기 때문일 것이다. 그날 본 달의 이미지와 서태지의 노래, 그리고 상처받은 자의 정처 없는 밤 산책. 『컴백홈』은 바로 그 장면에서 출발한 소설이다.

　—『컴백홈』도 그렇지만, 등단작인 「그들만의 식탁」에도 음식이 중요한 소재로 등장한다. 또 주인공들이 음식을 대하는 태도, 음식을 먹는 행위에 대한 서술도 많다. 음식에 대해 특별히 관심을 갖는 이유가 있는지.

　음식을 만들고 먹는 일 모두에 관심이 많다. 사실 작년에, 소설가로 자리를 잡을 수 없다면 다른 길을 찾아봐야 하는 게 아닌가 고민한 적이 있다. 나이도 있고 미혼인데 언제까지 되지도 않을 일에 매달려 있을 수가 없었다. 그때 생각한 것이 바로 음식점 창업이었다. 그 일이 만만해서가 아니라 먹을 걸 만들고 사람들이 먹는 걸 지켜보는 게 소설 쓰는 일 다음으로 좋았기 때문이다. 그래서 초기 자본이 적게 드는 분식집이나 샌드위치 가게 같은 걸 생각했고, 실제로 몇몇 프랜차이즈를 알아보고 상권 분석을 위해 이곳저곳 다녀보기도 했다.

　음식을 소재로 한 소설을 많이 쓴 건 아닌데, 공교롭게도 공모에서 뽑힌 작품들은 모두 음식이 중요한 소재로 쓰였다. 평소에도 음식을 대하는 사람들의 태도와 그뒤에 숨어 있는 심리에 대해 흥미를 갖고 있다. 나는 성욕보다도 식욕이 인간의 본성을 더 적나라하게 보여준다고 생각하는 쪽이다. 식욕은 가장 기본적인 욕구지만 주위를 둘러보면 그 식욕에 대해 이상반응을 일으키는 사람들, 식욕을 정상적으로 충족시킬 수 없는 사람들이 의외로 많다. 그리고 그 욕구불만으로 인해 나타나는 반응은 너무나 다양해서 때로는 충격적이기까지 하다.

—『컴백홈』의 주인공은 '슈퍼울트라 개량돼지'라고 불리는 왕따 여고생이다. 그녀가 속한 세계가 환상이나 위로 없이 날것 그대로 그려지고 있는데, 특히 주인공과 친구 지은의 관계가 굉장히 독특하다. 그 세계를 생생하게 보여줌으로써 무엇을 이야기하고 싶었는지, 이 세계의 어떤 점을 꼬집고 싶었는지 알고 싶다.

작년에 자살한 청소년의 수가 146명이라는 기사를 봤다. 끔찍할 정도로 많은 수다. 세상이 점점 살기 힘들어진다는 말은 아이들에게도 그대로 적용되는 것 같다. 현실은 어른들에게 들이대는 잣대를 아이들에게도 똑같이 들이댄다. 그래서 못생기고, 뚱뚱하고, 못가진 아이에게 세상은 더 잔인하다. 요즘 청소년들은 꿈이나 이상 같은 걸 생각하기 힘들고, 부모나 선생들의 보호를 기대하기가 힘든 잔혹한 현실 속에 방치되어 있다. 그 속에서 살아남기 위해 아이들은 점점 더 영악해질 수밖에 없다.

소설 속의 유미와 지은처럼 요즘 아이들의 관계는 친구면 친구, 왕따면 왕따, 이렇게 단순하게 결정되지 않는다. 아이들은 친구이면서도 따돌리고, 친구이면서도 때리고 괴롭히고, 친구이면서도 증오한다. 하지만 그건 아이들에게 폭력적인 환경을 제공하고 그들을 지속적으로 그런 상황에 노출시킨 어른들의 책임이 크다. 유미와 지은의 관계를 통해 그런 실상을 보여주고 싶었다.

나는 우리가 살고 있는 이 시대와 아이들이 모진 성장통을 겪고 나면 철이 들고 속이 꽉 찬 어른의 시대를 맞을 거라고 생각하지 않는다. 매정한 현실 속에서 자라난 아이들은 결국 자신들이 경험한 것보다 한층 더 잔혹한 세상을 만들게 될 것이다. 점점 더 악화되는 씨스템 속에서, 빠져나오고 싶어도 출구가 없기 때문에 결국 끊임없이 새로운 미로를 만들어내면서 살 수밖에 없는 이런 현실에 대해 이야기하고 싶었다.

—작품을 읽어보면 주인공뿐 아니라 주변 인물들도 막다른 골목을 향해 달려가는 것 같다. 그들의 마지막 행보, 그들에게 '컴백홈'이란 어떤 의미가 될지.

서태지의 노래 「컴백홈」의 가사 그대로다. 삶의 끝을 본 후로 내일에 대한 두려움에 사로잡히게 되고 분노는 증오가 되었지만 진실들은 혀끝에서 사라져버렸다. 돌아와야 한다고 이야기하지만, 사실 어디로 돌아간단 말인가. '홈'이 사라졌는데. 진실들이 사라진 세상에 '홈'이 존재할 수 있을까. 그러니까 '컴백홈'은 돌아갈 곳이 없는 아이들의 처지를 역설적으로 표현한 말일 수도 있다.

—사실 서태지 세대는 지금의 삼십대들이라고 할 수 있다. 그런 면에서 십대 여고생과 서태지의 조합은 엉뚱하면서도 흥미롭다. 왜 십대 여고생에게 서태지가 희망이 되었는가.

아마 요즘 십대들은 서태지를 잘 모를 것이다. 안다고 해도 소수에 불과할 것이고, 그들에게도 서태지는 그저 여러 아티스트들 중 한 명일 것이다. 하지만 지금의 삼십대에게 서태지는 그들 나름의 저항정신을 이끌어낸 문화적 아이콘이었다. 지금의 삼십대들, 그러니까 우리 세대는 서태지와 그의 음악을 통해서 우리만의 방식으로 기성세대에게 저항해온 면이 있다. 그때도 IMF 때문에 세상은 어수선했지만, 요즘 청소년들은 우리보다 더 심한 생존경쟁과 견고한 현실의 장벽 앞에 서 있는 것 같다. 문화적 환경 역시 마찬가지다. 그들에게는 꿈도, 자신들을 구해줄 가상의 영웅도 없다.

내가 가르치던 학원에서 본 대부분의 아이들은 언어를 비롯해 기존의 질서들을 파괴하는 것으로 스스로의 정체성을 확인하려 했다. 그애들은 어른들 못지않게 속물스러우며, 위험하고 살벌한 방식으로 서로를 공격하는 일에 익숙해져 있었다. 만약에 유미 같은 아이가 실제로 존재한다면 그 아인 몹시 부대끼며 살아가고 있을 것이다. 요즘 같은 시대에 그런 조건을 가진 아이라면 그럴 수밖에 없지 않겠는가. 그런 아이들 틈에, 불운했지만 그래도 서태지라는 기라성 같은 존재에게 기대고 위로받을 수 있었던 우리 세대의 아이 하나를 심어놓고 싶었다. 어떤 의미에서 서태지는 내가 경험한 마지막 희망의 상징이었기 때문이다. 그것마저 없다면 어떤 식으로 희망을 이야기해야 할지, 사실 나로서는 막막하다. 그 희망이 비록 환상에 불과할지라도 말이다.

—등단작 심사평을 보면 전통적 서술과 새로운 메씨지가 어울린 수작

이다, 탁월한 이야기꾼을 발견했다,라는 평이 있다. 『컴백홈』도 평이한 소재에 살을 붙이는 소설적 디테일과 시선을 확장시키는 솜씨가 빼어나다고 평가받았는데, 앞으로는 어떤 소설을 쓰고 싶은지 궁금하다.

다소 모호한 말이고 식상한 바람일지도 모르지만, 재미있는 소설을 쓰고 싶다. 개인적으로 주제 싸라마구의 『눈 먼 자들의 도시』 같은 소설을 좋아한다. 나는 여전히 작가로서가 아니라 독자의 입장에서 독서를 하는 편인데, 그래서인지 재미없는 소설을 읽고 나면 화가 난다. 물론 소설적 재미라는 것은 여러 방면에서 찾을 수 있는 것이겠지만, 아무튼 소설은 어떤 면으로든 반드시 재미있어야 한다고 생각한다.

그래서 내가 잘할 수 있는 이야기를 선택해서 최선을 다해, 재미있게 쓰고 싶다. 그게 어떤 이야기들이 될지는 잘 모르겠다. 서른다섯의 내가 쓸 수 있었던 건 『컴백홈』이었지만, 서른일곱의 내가 쓸 수 있는 건 아마 전혀 다른 이야기가 될 것이다.

—시상식 때 말했던 수상소감을 기억하는지. 느리지만 묵묵히 걸어가겠다는 말이 인상적이었다. 앞으로 어떤 소설가가 되고 싶은가.

난 말귀가 늦고 행동도 굼뜬 편이다. 입버릇처럼 사람들 앞에서 늦된 인간이라고 말하곤 하는데, 그건 정말이다. 사춘기도 첫사랑도 또래 친구들보다 늦었고, 그래서인지 길고 혹독하게 치렀다. 게다가 나는 어떤 일에서도 지름길을 찾아가지 못하고 헤매기 일쑤였다. 하지만 나는 느리게 가는 일에 겁을 먹지 않았고, 그래서인지 느리게나마 내가 원하는 방향으로 걸어올 수 있었다. 앞으로도 그렇게, 느리지만 똑바로 가고 싶다. 사람답게, 사람이기 때문에 느낄 수 있고 사람이니까 느껴야 하는 아픔들을 속속들이 느껴가며, 가능하면 아프게 걷고 싶다. 그러려면 아무래도 느려질 수밖에 없지 않을까.

소설을 쓰게 된 계기에 대해 말하는 동안, 소설의 주인공과 앞으로 쓸 소설에 대해 이야기하는 동안, 그녀의 얼굴은 무척 진지했고 눈은 반짝거렸다. 이 사랑이 얼마나 운명적인 것인가에 대해 말하는 사람의 얼굴이란 그럴 수밖에 없을 것이다.

지난 한 달 동안 내가 가장 많이 생각했던 사람은 『컴백홈』의 작가 황시운이었다. 그녀의 등단작을 찾아 읽었고, 시간이 날 때마다 그녀에 대해 검색했고, 그녀의 목소리가 담긴 녹음 파일에 귀기울였다. 오랫동안 그녀의 사진을 들여다보았고 함께했던 시간을 자꾸 떠올렸다. 누군가의 인터뷰 글을 쓴다는 것은 어쩌면 그 사람을 사랑하게 되는 일인지도 모르겠다. 그녀에게 이런 내용의 메씨지를 보냈더니, 어쩐지, 요즘 사랑받고 있는 기분이 들더라니!라는 답이 돌아왔다. 나는 또 빙그레 웃고 말았다.

이제 나는 그녀에 대해 아주 조금 알게 되었다. 그리고 그녀가 쓰는 다음 소설이 어떤 내용일까 벌써부터 궁금해진다. 이 글을 읽는 당신도 그녀의 글과 사랑에 빠졌으면 좋겠다.

서유미(소설가)

　황시운의 『컴백홈』은 육욕과 성욕이 지배하는 현대사회에서 성
장해가는, '슈퍼울트라 개량돼지'라는 주인공의 자아 형성과 탐색
에 대한 이야기다. 화자는 "내가 슈퍼울트라 개량돼지이기 때문에
왕따가 된 것인지, 왕따이기 때문에 슈퍼울트라 개량돼지가 되어
버린 것인지조차 분명치 않다"고 자신을 규정하고 모든 사람이 뚱
뚱하기 때문에 자기를 혐오한다고 믿는 고등학생이다. 이 작품은
무엇보다 평이한 듯한 소재에 살을 붙이는 소설적 디테일들이 성
공적으로 배치되어 있고 미혼모 시설 등 사회문제에까지 시선을
확장하는 솜씨가 빼어났다. 그래서 토론 결과 황시운의 『컴백홈』
을 수상작으로 결정했다. 서태지와 왕따 세대, 코카콜라와 프링글
스, 안나수이와 다이어트 싸이트를 종횡무진 누비는 화자가 세태

의 한 단면을 상징하는 인물로 충분했기 때문이다. 또 작가가 이야기를 끌고 나가는 에너지가 넘친다는 점, 자기비하를 넘어서 괴물이 된 자신을 바라보고 서술하는 시선이 솔직하다는 점, 십대들이 가진 일탈충동과 그에 동반된 불안을 생기있는 언어로 묘사할 줄 안다는 점을 높이 샀다. 이번 수상을 계기로 한층 성장하고 앞으로 좋은 소설들을 쓸 수 있으리라 기대한다.

제4회 창비장편소설상 심사위원 | 강영숙 은희경 정이현 진정석 한기욱

| 작가의 말 |

언제부턴가 하나의 이야기를 시작할 때면 이번이 마지막일지도 모른다는 생각을 하곤 했다. 이야기를 쓰는 내내 이 이야기를 끝으로 더이상 어떤 이야기도 쓸 수 없게 될지 모른다는 불안감에 시달리는 것이다. 마지막일지도 모를 이야기를 쓰는 마음은 절박할 수밖에 없다. 나날이 도를 더해가던 그 절박함이 드디어 절정에 이르렀을 때, 비로소 하나의 이야기가 끝이 났다. 그런 의미에서 『컴백홈』은 내 인생을 통틀어 가장 절박한 순간에 만들어진 이야기이다. 다행스럽게도 다음 이야기를 계속 이어갈 수 있게 된다면 가장 절박한 순간에 만들어진 이야기는 바로 그것이 될 테지만 말이다. 짐작건대, 누구나 그러할 것이다. 우리 모두는 가장 절박할 수밖에 없는 마지막 순간을 거듭 살아가고 있다. 삶이 위태로운 것은 언제나

지금 이 순간이 마지막일 수 있기 때문이다. 어떤 인생도 허투루 다뤄져선 안되는 이유가 바로 거기에 있다고 믿는다.

생애 첫 장편소설을 쓰기 위해 찾아간 원주의 토지문화관에서 소설보다 먼저 막걸리의 맛을 알았다. 막걸리의 맛을 알고 나자 신기하게도 겨우 싹만 틔운 채 시들어가던 이야기가 다시 자라기 시작했다. 원주의 맑은 공기와 돌아가신 어른의 품 넓은 배려 속에서, 나는 마음껏 막걸리를 마시고 별들이 총총한 밤하늘을 올려다보며 마지막일지도 모를 이야기를 만들어냈다. 한번도 뵌 적 없는 어른께 커다란 빚을 진 느낌이다. 감사하고 또 감사할 따름이다. 꿈결에서나마 잠시 뵈었던 어른의 당부대로 때맞춰 물 주고 볕 쬐이길 게을리 하지 말아야겠다. 그래서 내가 가진 이야기들을 무럭무럭 키워야겠다. 어떤 이야기도, 어떤 인생도, 가벼이 흘려보내지 말아야겠다. 내가 어른께 진 빚을 갚는 길은, 아마도 그것뿐일 것이다.

나는 내가 끝끝내 아무것도 하지 못할 줄 알았다. 무언가를 진심으로 원하게 될 거라고는 더구나 생각하지 못했다. 바라는 게 없어서, 하고 싶은 일이 없어서, 하다못해 갖고 싶은 것조차 없어서 아픈 누군가가 있다면 조금만 더 견뎌보라고 말해주고 싶다. 마음이 원하는 무언가를 찾게 될 순간이 당신에게도 반드시 올 거라고, 그러니 부디 지치지 말라고. 진실들이 사라져버린 세상일망정, 그래서 돌아갈 집마저 없어졌다 해도, 우리가 보지 못하는 달의 이면처럼 당신을 위한 다른 세상이 반드시 존재할 거라고 말이다. 내게는 이 글을 읽으시는 당신이 바로 그 증거다. 그런 당신께 나도 미약하나마 확신을 드릴 수 있다면 더없이 좋으련만!

내가 하는 일이라면 그것이 무엇이든 무조건적인 지지를 아끼지 않으실 가족들, 오랜 시간 창작의 기쁨과 고통을 함께해온 '비등점' 문우들, 그리고 우리의 삶이 곧 소설이라는 사실을 일깨워주신 이승우 선생님께 깊은 감사의 마음을 전한다. 부족한 사람의 절박한 심정을 읽어주신 심사위원 선생님들과 창비의 여러분께도 다시 한번 감사드린다.

아마도 사는 내내 쓸 것이고 쓰는 내내 고통스럽겠지만, 결코 엄살 부리거나 요령 피우지 않겠다. 무거운 삶이지만, 이야기와 함께 가볍게 살아갈 수 있었으면 좋겠다. 나도, 당신도.

2011년 5월
황시운